卫生部"十二五"规划教材

全国高等医药教材建设研究会"十二五"规划教材

全国高职高专配套教材 供五年一贯制护理学专业用

护理药理学
实践指导及习题集

主 编 徐 红 张 庆

副主编 秦红兵 方士英

编 者（以姓氏笔画为序）

方士英（皖西卫生职业学院）　　　　秦红兵（盐城卫生职业技术学院）

左晓霞（北京大学首钢医院）　　　　徐 红（滨州职业学院）

刘雪梅（泰山护理职业学院）　　　　徐茂红（皖西卫生职业学院）

吴 艳（大庆医学高等专科学校）　　徐胤聪（济南护理职业学院）

邹浩军（无锡卫生高等职业技术学校）黄宁江（永州职业技术学院）

张 庆（济南护理职业学院）　　　　黄素臻（廊坊卫生职业学院）

林莉莉（无锡卫生高等职业技术学校）符秀华（安徽省淮南卫生学校）

房 辉（江汉大学卫生职业技术学院）董鹏达（哈尔滨医科大学附属第五医院）

人民卫生出版社

图书在版编目（CIP）数据

护理药理学实践指导及习题集/徐红等主编.—北京：
人民卫生出版社，2011.9
ISBN 978-7-117-14665-4

Ⅰ.①护… Ⅱ.①徐… Ⅲ.①护理学：药理学—高等
职业教育—教学参考资料 Ⅳ.①R96

中国版本图书馆 CIP 数据核字（2011）第 155257 号

门户网：www. pmph. com	出版物查询、网上书店
卫人网：www. ipmph. com	护士、医师、药师、中医
	师、卫生资格考试培训

护理药理学实践指导及习题集

主　编：徐　红　张　庆
出版发行：人民卫生出版社（中继线 010-59780011）
地　　址：北京市朝阳区潘家园南里 19 号
邮　　编：100021
E - mail：pmph @ pmph. com
购书热线：010-67605754　010-65264830
　　　　　010-59787586　010-59787592
印　　刷：北京市卫顺印刷厂
经　　销：新华书店
开　　本：787×1092　1/16　　印张：15
字　　数：374 千字
版　　次：2011 年 9 月第 1 版　　2011 年 9 月第 1 版第 1 次印刷
标准书号：ISBN 978-7-117-14665-4/R · 14666
定　　价：24.00 元

打击盗版举报电话：010-59787491　E-mail：WQ @ pmph. com
（凡属印装质量问题请与本社销售中心联系退换）

前　言

为了配合全国高职高专护理学专业卫生部规划教材《护理药理学（第2版）》的教学，在卫生部教材办公室的统一部署和指导下，由《护理药理学（第2版）》教材编写组徐红教授和张庆副教授组织编写了这本《护理药理学实践指导及习题集》，作为配套教材，供师生教学之用。

该书包括实践指导和习题集两部分。实践指导部分主要选择了临床护理用药技能实践项目和少数验证性实验，以满足临床护理用药实践需要。习题部分从章节顺序到具体药物内容，均以《护理药理学（第2版）》为依据，充分体现了配套的原则。还编写了两套综合测试题，供学生模拟考试用。习题题型与护士执业资格考试题型一致，根据护理药理学课程特点设置了 A_1、A_2、A_3、A_4、B_1、X 型题及案例分析题。题量适中，重点突出，并附有参考答案，以便核对。

本书编写过程中，得到滨州职业学院等编者单位领导的大力支持和卫生部教材办的具体指导，在此表示感谢。

由于编者水平所限，书中难免有误，敬请广大师生批评、指正。

编　者
2011 年 5 月 16 日

目 录

第二部分 习 题 集

第一部分

实践指导

实践一 处方及医嘱的一般知识及示例

一、处 方

处方是指由注册的执业医师和执业助理医师（以下简称医师）根据患者的病情需要开写给药房要求配方和发药的书面文件，并作为患者用药凭证的医疗文书。处方直接关系到患者健康，所以必须严肃认真地开写处方和调配处方，以保证患者用药安全有效。处方具有法律上的意义，一旦出现用药差错事故，处方可作为法律凭证。《处方管理办法》已于2006年11月27日经卫生部部务会议讨论通过，自2007年5月1日起施行。

（一）处方的内容

1. 前记　包括医疗机构名称、费别、患者姓名、性别、年龄、门诊或住院病历号、科别或病区和床位号、临床诊断、开具日期等。可添列特殊要求的项目。

麻醉药品和第一类精神药品处方还应当包括患者身份证明编号，代办人姓名、身份证明编号。

2. 正文　以 Rp 或 R 标示，分列药品名称、剂型、规格、数量、用法用量。

3. 后记　医师签名或者加盖专用签章，药品金额以及审核、调配，核对、发药药师签名或者加盖专用签章。

（二）处方颜色

1. 普通处方的印刷用纸为白色。

2. 急诊处方印刷用纸为淡黄色，右上角标注"急诊"。

3. 儿科处方印刷用纸为淡绿色，右上角标注"儿科"。

4. 麻醉药品和第一类精神药品处方印刷用纸为淡红色，右上角标注"麻、精一"。

5. 第二类精神药品处方印刷用纸为白色，右上角标注"精二"。

（三）处方的开写规则及注意事项

1. 处方必须在专用的处方笺上用钢笔或圆珠笔书写，要求字迹清楚、剂量准确、内容完整，一般不能涂改，如有涂改，医生必须在涂改处签字，以示负责。

2. 每张处方限于一名患者的用药。

3. 处方中每一药占一行，制剂规格和数量写在药名后面，用药方法写在药名下面。开写药物较多时，应按药物所起作用的主次顺序书写。

4. 西药和中成药可以分别开具处方，也可以开具一张处方，中药饮片应当单独开具处方。

5. 处方中药物的剂量常采用药典规定的常用量，一般不应超过极量，如因病情需要超过极量时，医生应在剂量旁签字或加"！"，以示负责。

6. 处方中的药物剂量与数量一律用阿拉伯数字表示，并采用法定计量单位。重量以克（g）、毫克（mg）、微克（μg）、纳克（ng）为单位；容量以升（L）、毫升（ml）为单位；国际单位（IU）、单位（U）；中药饮片以克（g）为单位。

7. 处方中的药物总量，一般以 3 日为宜，7 日为限。慢性病或特殊情况可适当增加。麻醉药品和毒性药品不得超过 1 日量。一类精神药品每处方不超过 3 日常用量，二类精神药品每处方不超过 7 日常用量。有些地区规定开写麻醉药品一定要用红色处方，以示区别，引起注意。

8. 急需用药时，应使用急症处方笺，若用普通处方，应在其左上角写上"急"或"cito"字样，以便药剂人员优先发药。

二、医　　嘱

医嘱是医生拟订，由护理人员执行的治疗计划。其内容包括医嘱日期、时间、护理常规、护理级别、饮食种类、体位、药物的名称、剂量和用法、各种检查及治疗、医生和护士签名。医嘱又分为长期医嘱、临时医嘱、备用医嘱和停止医嘱 4 种。此处仅介绍医嘱中药物开写基本格式。

1. 开写格式

药名　剂型　每次剂量　给药次数　给药途径　时间　部位等

2. 示例

例 1：青霉素钠盐注射剂　80 万 U　一日 2 次　肌注

例 2：利福平片剂　一次 0.45～0.6g　一日 1 次　清晨空腹顿服

三、处方、医嘱常用外文缩写词与中文对照表

见附表。

附表　处方、医嘱常用外文缩写词与中文对照表

外文缩写词	中文	外文缩写词	中文
q. d.	每日 1 次	aa	各
b. i. d.	每日 2 次	ad	加至
t. i. d.	每日 3 次	a. m.	上午
q. i. d.	每日 4 次	p. m.	下午
q. h.	每小时	a. c.	饭前
q. n.	每晚	p. c.	饭后
q. m. 或 o. m.	每晨	h. s.	睡前
q. 6h.	每 6 小时 1 次	p. r. n.	必要时
q. 2d	每两日 1 次	s. o. s.	需要时
p. o. 或 o. s.	口服	Stat! 或 St.	立即
i. h.	皮下注射	cito!	急速地
pr. dos	顿服，一次量	Rp	请取
i. m.	肌内注射	co.	复方的

续表

外文缩写词	中文	外文缩写词	中文
i. v.	静脉注射	sig. 或 s.	用法
i. v. gtt	静脉滴注	lent!	慢慢地
i. p.	腹腔注射	U	单位
i. d.	皮内注射	I. U.	国际单位

（徐 红）

实践二　药物的剂型及药品说明书

一、药物的制剂与剂型

根据医疗需要将药物进行适当加工制成具有一定形态和规格，便于使用和保存的制品，称为制剂。制剂的形态类型，称为剂型。

（一）液体制剂

1. 溶液剂　系一种或多种可溶性药物，溶解成溶液供口服或外用的制剂。口服溶液剂一般装在带刻度的瓶中，瓶签上注明用药的数量和次数等，外用溶液剂应在瓶签上注明"不能内服"字样或采用"外用瓶签"。

2. 注射剂　是指供注射用的药物灭菌溶液、混悬液或乳剂以及供临用时溶解或稀释的无菌粉末或浓缩液。常封装在玻璃安瓿中的称注射剂。大容积的注射剂封装在玻璃瓶或塑料瓶内称输液剂，如葡萄糖注射液。

3. 乳剂　是油脂或树脂质与水的乳状混浊液。分油包水乳剂和水包油乳剂。水包油乳剂多供内服；油包水乳剂多供外用。

4. 混悬剂　常用的口服混悬剂系指难溶性固体药物的微粒分散在液体介质中而形成的液体制剂，还有供外用或滴眼用的混悬剂。用时需摇匀。

5. 合剂　指两种或两种以上药物用水作溶媒，配制成的澄清液或混悬液。其中混悬液合剂瓶签上须注明"服时摇匀"。

6. 糖浆剂　为含有药物或芳香物质的近饱和浓度的蔗糖水溶液，供口服。如远志糖浆。

7. 洗剂　多是一种含有不溶性药物的悬浊液，专供外用，如炉甘石洗剂。

8. 酊剂　是指药物用规定浓度的乙醇浸出或溶解而制得的溶液，如碘酊。

9. 其他　如流浸膏、搽剂、醋剂、凝胶剂、气雾剂、滴眼剂、滴耳剂、浸剂等。

（二）固体制剂

1. 片剂　是指药物与适宜的辅料通过制剂技术制成片状或异形片状的制剂。以口服为主，也可供外用或植入。凡味道欠佳或具有刺激性的药物，制成片剂后可包糖衣或薄膜衣；对胃有刺激性或遇胃酸易被破坏以及需在肠内释放的药物，制成片剂后应包肠溶衣。此外，还有泡腾片、缓释片、微囊片、包衣片、咀嚼片、植入片、口含片、舌下含片、纸型片等。

2. 胶囊剂　分硬胶囊剂、软胶囊剂和肠溶胶囊剂 3 种，供口服用。硬胶囊剂系将一定量的药物加适宜的辅料制成均匀的粉末或颗粒，充填于空心胶囊中制成，如头孢氨苄胶囊；软胶囊剂又称胶丸，系将一定量的液体密封在球形或椭圆形的软质囊材中制成，如维生素胶丸；肠溶胶囊囊壳不易被胃酸破坏，但可在肠液中崩解而释出有效成分。

3. **散剂** 又称粉剂，系一种或多种药物均匀混合而成的干燥粉末，可供内服或外用，如冰硼散、消化散等。易潮解的药物不易制成散剂。

4. **颗粒剂** 或称冲剂，是指药物与适宜的辅料制成的干燥颗粒状的制剂。分为可溶颗粒剂、混悬颗粒剂和泡腾颗粒剂等，口服时用开水或温开水冲服，如感冒冲剂。

5. **膜剂** 又称薄片剂，系指药物与适宜的成膜材料加工制成的膜状制剂。供口服或皮肤黏膜外用，如克霉唑口腔药膜。

6. **海绵剂** 系用亲水性胶体溶液经加工制成的海绵状灭菌制剂，如海绵明胶、淀粉海绵等。海绵剂具有质软、多孔、有弹性、吸水性能强等特点。常用的原料为碳水化合物和蛋白质，有的还加入一些必要的药物。海绵剂常用于局部止血，其多孔可促进血栓形成，是外科常用的辅助止血剂。

（三）软体剂型

1. **软膏剂** 系药物与适宜的基质均匀混合制成的膏状外用制剂。多用于皮肤、黏膜，如氧化氨基汞（白降汞）软膏。而专供眼科使用的细腻灭菌软膏，称眼膏剂，如红霉素软膏。

2. **栓剂** 是指药物与适宜基质混合制成的专供腔道给药的制剂，具有适宜的硬度和韧性，熔点接近体温，塞入腔道后能迅速软化或融化，逐渐释出药物产生局部作用或被吸收而产生全身作用，如甘油明胶栓塞入肛门具有缓泻作用。

3. **硬膏剂** 是由药物与基质混匀后，涂于纸、布或其他薄片上的硬质膏药，遇体温则软化而粘敷在皮肤上，如伤湿止痛膏。

（四）气雾剂

气雾剂是指药物与适宜的抛射剂（液化气体或压缩空气）装于耐压密封容器中的液体制剂，当阀门打开后，借助气化的抛射剂的压力，将药液呈雾状定量或非定量地喷射出来。气雾剂吸入后，药物可达肺部深处，显效快，如异丙肾上腺素气雾剂。皮肤和黏膜用气雾剂，大都能在皮肤黏膜表面形成一层薄膜，有保护创面、消毒、局麻、止痛、消炎、消肿等作用；空间消毒用气雾剂主要用于杀虫和室内空气消毒。

（五）新型制剂

1. **微囊剂** 系利用天然的或合成的高分子物质将固体或液体药物包于囊心，使成为半透明的封闭的微小胶囊。外观呈球状、葡萄串状，直径约 $5\sim400\mu m$。其优点是释放缓慢，药效较长，封闭性可提高药物稳定性和减少胃肠道的副作用等。

2. **长效剂与控释剂** 长效剂以制成溶解度小的盐或酯、与高分子化合物生成难溶性复盐、控制颗粒大小等方法减慢溶出速度，或通过包衣、微囊化、乳化等方法减慢扩散速度，达到延长药物作用的目的。控释剂可控制药物释放速度，使其接近零级释放速度，药物释放均匀平稳，达到延长作用时间、减少毒副作用之目的。控释剂可制成供口服、透皮吸收、腔道使用的不同剂型，如片剂、胶囊、注射剂、植入剂等。

3. **定向制剂** 是一类能选择性分布于靶器官和靶组织的高新技术制剂，常用作抗癌药物的载体。可通过各种给药途径，将药物导向靶区，对全身其他部位则无明显影响，可明显提高药物的选择性，使药物剂量减少，疗效提高，毒副作用减少。该类制剂包括静脉用复合乳剂、脂质体、毫微胶囊、微球剂、磁性微球剂、单克隆抗体等。它们靶向的方式主要通过淋巴系统定向、提高对靶细胞的亲和力、磁性定位及酶对前体药物的作用等方式来实现。

二、药物制剂质量的外观检查

制剂的外观检查是指对制剂用肉眼进行外观检查，不包括必要时对药品质量按药典规定的专门检查。医护人员向药房领取或使用制剂前需要进行外观质量的一般检查，凡变质、包装破损、标签不明、超过保质期等不合质量要求的药品，不应领取也不应使用。

1. 对固体剂型的检查　包括对片剂、胶囊剂、散剂及栓剂等的检查。制剂的形态应完好无损，无潮解松软、变硬、变色等情况；糖衣片的片面不得有色斑或粘连。栓剂的栓体变软后难以应用。

2. 对液体剂型的检查　应注意液体不得有霉变、变色、出现絮状物及异味等。其中溶液剂及注射剂必须澄明、无沉淀、无异物。注射剂的安瓿或药瓶必须是标签明确、外观清洁、无裂痕、无破损、封口严密无松动者方可应用。

3. 对软体剂型的检查　外观应质地均匀、无变色、无霉变、无酸败异味等，否则不应使用。

三、药品说明书

药品说明书是药品情报重要来源之一，也是医、药、护工作者和患者治疗用药时的科学依据，还是药品生产、供应部门向医药卫生人员和人民群众宣传介绍药品特性、指导合理、安全用药和普及医药知识的主要媒介。我国对药品说明书的规定包括：药品名称、结构式及分子式（制剂应当附主要成分）、作用与用途、用法与用量（毒剧药品应有极量）、毒副作用、禁忌证、注意事项、包装（规格、含量）、贮藏、有效期、生产企业、批准文号、注册商标等内容。《药品说明书和标签管理规定》于 2006 年 3 月 10 日经国家食品药品监督管理局局务会审议通过，自 2006 年 6 月 1 日起施行。

1. 批号（batch）　系药厂按照各批药品生产的日期而编排的号码。一般采用 6 位数字表示，前两位表示年份、中间两位表示月份、末两位表示日期，如某药的生产日期为 2009 年 9 月 18 日，则该药的批号为 090918。

2. 有效期（validity）　是指在一定贮存条件下能够保持药品质量的期限。如某药物标明有效期为 2009 年 9 月，即表示该药可使用至 2009 年 9 月 30 日。有的药物只标明有效期两年，则可从本药品的批号推算出其有效期限，如某药的批号为 090818，则表示该药可使用至 2011 年 8 月 17 日。

3. 失效期（expiry date）　是指药品在规定的贮存条件下其质量开始下降，达不到原质量标准要求的时间概念。如某药品标明失效期为 2011 年 10 月，即表示该药只能用到 2011 年 9 月 30 日，2011 年 10 月 1 日开始失效。

（徐　红）

实践三 溶液稀释调配练习

【目的】 掌握浓溶液稀释的计算方法和配制方法，并联系临床进行实际操作。

【材料】 100ml、500ml 量杯各 1 个、玻棒 1 根、95％乙醇、5％苯扎溴铵（新洁尔灭）10ml、蒸馏水。

【方法】

1. 配制 75％乙醇溶液 100ml

根据公式：$C_1V_1 = C_2V_2$，求得配制 75％乙醇溶液 100ml 所需 95％乙醇的毫升数。

取 100ml 量杯一个，倒入所需要的 95％乙醇，然后加入适量的蒸馏水至 100ml，搅拌后即得。

2. 稀释 5％苯扎溴铵为 0.1％的溶液

根据稀释公式，先求出 5％苯扎溴铵 10ml 要配成 0.1％的溶液需加蒸馏水的毫升数。然后，取 5％苯扎溴铵 10ml 倒入 500ml 的量杯中，加入所需的蒸馏水即得。

（徐 红）

实践四　药物的体外配伍禁忌

【目的】　观察药物配伍结果，联系其临床应用。

【材料】　癣药水、0.25％盐酸氯丙嗪溶液、1％苯巴比妥钠溶液、1％和6％盐酸四环素溶液、5万U/ml苄青霉素钾、5％维生素C、0.01％去甲肾上腺素、10％氢氧化钠。小试管5支，试管架1个，滴管5支，小烧杯1个。

【方法】　按下列顺序进行滴药，然后观察变化。

【结果】

药　　品	滴数	所加药品	滴数	结果
癣药水	5	水	25	
0.25％盐酸氯丙嗪	5	1％苯巴比妥钠	5	
1％盐酸四环素	10	5万U/ml苄青霉素钾	5	
6％盐酸四环素	5	5％维生素C	10	
0.01％去甲肾上腺素	10	10％氢氧化钠	3	

注：癣药水为水杨酸6g、苯甲酸12g，乙醇加至100ml而成

（徐　红）

实践五　常用实验动物的捉拿方法与给药方法

【目的】　结合实验内容逐步学会常用实验动物的捉拿和给药方法。

【材料】　家兔、小白鼠。

【方法】

一、小白鼠的捉拿和给药方法

（一）捉拿法

用右手提住小白鼠尾巴将尾提起，放置于鼠笼上或其他易攀抓处，轻轻向后牵拉鼠尾，趁其不备，用左手拇指和示指捏住其两耳间皮肤，使腹部向上，屈曲左手中指使鼠尾靠在上面，然后以无名指及小指压住鼠尾，使小鼠完全固定（实验图1）。

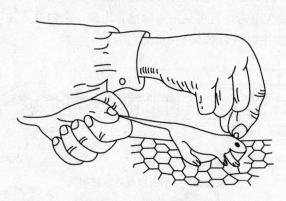

实验图1　小白鼠的捉拿方法

（二）给药方法

1. 灌胃　将小白鼠固定后，使口部向上，将颈部拉直，右手持灌胃器自口角插入口腔，沿上颚轻轻进入食管，如动物安静、呼吸无异常、口唇无发绀现象，即可注入药液（实验图2）。灌胃量一般为 0.1～0.25ml/10g。

2. 腹腔注射　将小白鼠固定后，右手持注射器自下腹部一侧向头部方向以 45° 刺入腹腔。针头刺入不宜太深或太接近上腹部，以免刺伤内脏。注射量一般为 0.1～0.2ml/10g。

11

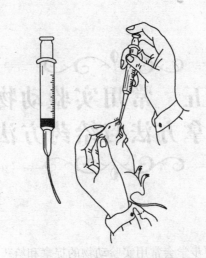

实验图 2　小白鼠灌胃器及灌胃法

3. 皮下注射　将小白鼠固定后，右手持注射器，将针头刺入背部皮下注入药液。注射量一般不超过 0.25ml。

4. 肌内注射　一人固定小鼠后，另一人持注射器，将针头刺入后肢外侧肌肉内注入药液。注射量一般不超过 0.1ml。

5. 静脉注射法　先将小白鼠固定于固定器内，将尾巴露在外面，以右手示指轻轻弹尾尖部，必要时用 45～50℃的温水浸泡或用 75% 乙醇擦尾部，使全部血管扩张充血、表皮角质软化，以拇指与示指捏住尾部两侧，使尾静脉充盈明显，以无名指和小指夹持尾尖部，中指从下托起尾巴固定之。一般选择尾两侧静脉，用 4 号针头，令针头与尾部呈 30°角刺入静脉，推动药液无阻力，且可见沿静脉血管出现一条白线，说明针头在血管内，可注药（实验图 3）。一次注射量为 0.05～0.1ml/10g。

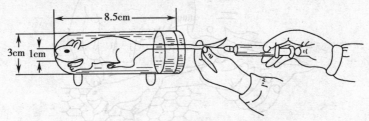

实验图 3　小白鼠尾静脉注射法

二、家兔的捉拿和给药方法

（一）捉拿法

用左手抓住颈背部皮肤将兔提起，以右手托住其臀部，使兔呈坐位姿势。

（二）给药方法

1. 灌胃　由两人合作，一人固定兔身（或用固定器将兔固定），另一人用兔开口器将兔口张开（实验图 4），并将兔舌压在开口器下边横放于兔口中。取适当的导尿管涂以液状石蜡，从开口器中央孔插入，沿上颚后壁缓缓送入食管，约 15cm 左右即可进入胃内。

注意导尿管切勿插入气管，可将导尿管的外端放入水中，如未见气泡出现，亦未见兔挣扎或呼吸困难，则证明导尿管已在胃中。此时，可连接已吸好药液的注射器，将药液缓缓推入，再推入少量空气，使管内药液全部进入胃中，然后将导尿管轻轻抽出。灌胃量一般不超过 20ml/kg。

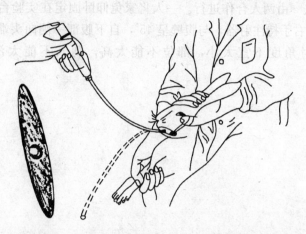

灌药前先通入水中，检查有无气泡冒出，无气泡可给药

实验图 4　家兔开口器及灌胃法

2. **耳静脉注射**　将兔置于固定器内或另一人将兔固定，拔去兔耳外缘的毛，并用 75％酒精棉球涂擦该部位皮肤，使血管扩张（兔耳外缘血管为静脉），再以手指压住耳根部的静脉，阻止血液回流并使其充血。注射者以左手拇指和中指固定兔耳，示指放在耳缘下作垫，右手持注射器从静脉末端刺入血管，当针头进入血管约 0.5cm，即以拇指和中指将针头与兔耳固定住，同时解除静脉根部的压力。右手推动针栓开始注射，如无阻力感，并见血管立即变白，表明针头在血管内；如有阻力感并见局部组织发白表示针头未刺入血管内，应将针头退回重刺（实验图 5）。注射完毕，压住针眼拔出针头，继续压迫片刻以免出血。注射量一般为 0.2～2ml/kg。

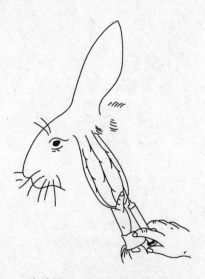

实验图 5　家兔耳静脉注射法

3. 肌内注射　固定动物，右手持注射器，令其与肌肉呈60°一次刺入肌肉中，先回抽针栓，无回血时将药液注入，注射后按摩注射部位，帮助药液吸收。

4. 皮下注射法　由两人合作进行。一人将家兔固定在实验台上，一人左手将家兔背部或后肢皮肤提起，右手持注射器，将针头刺入皮下注入药液。药液注射量为0.5ml/kg。

5. 腹腔注射法　由两人合作进行。一人将家兔仰卧固定在实验台上，另一人左手提起家兔腹部皮肤，右手持注射器，与腹壁呈45°，自下腹部一侧向头端刺入腹腔。为防止损伤内脏，进针时角度不宜太小，部位不能太高，刺入不能太深。药液注射量为5.0ml/kg。

（徐　红）

实践六　给药剂量对药物作用的影响

【目的】　观察药物的剂量对药物作用的影响。

【材料】　大烧杯2个、托盘天平1台、1ml注射器2支、0.2％安钠咖（苯甲酸钠咖啡因）注射液、2％安钠咖注射液、小白鼠2只。

【方法】　取小白鼠2只，称其体重，编号后分别放入大烧杯中，观察两鼠的正常活动，再分别腹腔注射：给予甲鼠0.2％安钠咖注射液0.2ml/10g；给予乙鼠2％安钠咖注射液0.2ml/10g，观察有无兴奋、竖尾、惊厥，甚至死亡等现象，记录发生的时间，并比较两鼠有何不同。

【结果】

鼠号	体重	药物及剂量	用药后反应及发生时间
甲			
乙			

注：本实验也可用2％水合氯醛溶液0.05ml/10g、0.15ml/10g分别腹腔注射。

（徐　红）

实践七　给药途径对药物作用的影响

【目的】　观察药物的不同给药途径对药物作用的影响。

【材料】　大烧杯2个、托盘天平1台、1ml注射器2支、小白鼠灌胃器1个、10％硫酸镁注射液、小白鼠2只。

【方法】　取小白鼠2只，称其体重并编号，分别放于大烧杯内，观察正常活动后，以10％硫酸镁注射液0.2ml/10g，分别给药：甲鼠灌胃；乙鼠肌注。观察两鼠的反应有何不同。

【结果】

鼠号	体重	给药前情况	药物及剂量	给药途径	用药后反应
甲				灌胃	
乙				肌注	

（徐　红）

实践八　静脉给药速度对药物作用的影响

【目的】　观察相同剂量的氯化钙注射液静脉注射速度不同所产生的不同结果。

【材料】　兔固定器2个、10ml注射器2支、酒精棉球、磅秤1台、5%氯化钙注射液、家兔2只。

【方法】　取家兔1只，称重，观察正常呼吸、心跳和活动情况后，由耳静脉快速注射（5～10秒内注完）5%氯化钙注射液5ml/kg。观察家兔呼吸、心跳有何变化（注意是否停搏）。另取家兔1只，称重，用上述相同剂量的氯化钙，缓慢从耳静脉注射（于4～5分钟内注完）。观察呼吸、心跳与前1只家兔有何不同。

【结果】

兔号	体重	给药前情况	药物及剂量	给药速度	用药后反应
甲					
乙					

（徐　红）

实践九 传出神经药物对兔瞳孔的影响

【目的】 观察毛果芸香碱、毒扁豆碱、阿托品和去氧肾上腺素对兔瞳孔的影响。分析药物的作用机制并联系临床应用。

【材料】 兔固定箱、手电筒、测瞳尺、1‰硝酸毛果芸香碱溶液、0.5‰水杨酸毒扁豆碱溶液、1‰硫酸阿托品溶液、1‰盐酸去氧肾上腺素溶液、家兔2只。

【方法】 取家兔2只，于适度的光照下，用测瞳尺测量两眼瞳孔的大小（mm），并用手电筒光检测对光反射。然后按下表向家兔的结膜囊内滴药2滴，滴药10分钟后，在同前的光照下，再测两兔左、右眼的瞳孔大小和对光反射。

兔号	左　　眼	右　　眼
甲	1‰硫酸阿托品	1‰硝酸毛果芸香碱
乙	1‰盐酸去氧肾上腺素	0.5‰水杨酸毒扁豆碱

如滴毛果芸香碱及毒扁豆碱的眼瞳孔已经缩小，在这两眼的结膜囊内再滴入1‰硫酸阿托品溶液2滴，10分钟后检查瞳孔大小和对光反射又有何变化。

【结果】

兔号	眼睛	药物	瞳孔大小（mm）		对光反射	
			给药前	给药后	给药前	给药后
甲	左	阿托品				
	右	毛果芸香碱				
		再滴阿托品				
乙	左	去氧肾上腺素				
	右	毒扁豆碱				
		再滴阿托品				

【注意事项】

1. 测量瞳孔时不能刺激角膜，光照强度及角度应前后一致，否则将影响结果。

2. 观察对光反射时只能用闪射灯光。

3. 滴眼时，将下眼睑拉成杯状，并压迫鼻泪管，以防药液流入鼻泪管及鼻腔，滴眼后1分钟再将手松开。

（秦红兵）

实践十　烟碱的毒性反应

【目的】　观察香烟烟雾通过液对小鼠的毒性作用，证明吸烟对人体有害。

【材料】　托盘天平、大烧杯、玻璃水烟斗、市售香烟、蒸馏水、1ml 注射器、10ml 量筒。烟碱（备用）。

【方法】　取蒸馏水 4ml，置于玻璃水烟斗内，振摇后，取 1ml 留作对照实验用。将香烟插入水烟斗上，点燃并快速吸入，直到香烟被燃烧完毕。将烟斗内的香烟烟雾通过液置于量筒中留作实验用。

取小白鼠 2 只，称重、标号，观察其正常活动。甲鼠腹腔注射香烟烟雾通过液 0.2ml/10g，乙鼠腹腔注射吸烟前烟斗内液体 0.2ml/10g 作对照，分别观察并比较两只小鼠注射后的反应。

【结果】

鼠号	用药后反应
甲	
乙	

【注意事项】　烟碱毒性大，尽量不要用手直接接触。拿盛有烟碱的瓶子后，及时用自来水洗手。

（徐　红）

实践十一 传出神经系统药物对兔血压的影响

【目的】 观察传出神经系统药物对动物血压的影响，分析其作用机制，联系临床应用。

【材料】 3％戊巴比妥钠、3.8％枸橼酸钠、1％肝素、生理盐水、0.01％盐酸肾上腺素、0.01％重酒石酸去甲肾上腺素、0.01％盐酸异丙肾上腺素、1％甲磺酸酚妥拉明、1％盐酸普萘洛尔、1％硝酸毛果芸香碱、1％硫酸阿托品、动物手术台、台式平衡记录仪、压力换能器、手术器械一套、动脉插管、动脉夹、气管插管、输液器、针头、丝线、纱布、BL-420生物机能实验系统、家兔。

【方法】

1. 麻醉 取家兔1只，称重，以3％戊巴比妥钠1ml/kg（30mg/kg）麻醉后将家兔仰卧位固定于手术台上。

2. 手术

(1) 气管插管：剪去颈部的毛，在颈部正中切开长约10cm的皮肤，分离出气管。在气管上作一"T"形切口，插入气管套管，结扎固定。气管插管一端与呼吸换能器相连，记录呼吸情况。

(2) 动脉插管：于气管旁分离出颈总动脉，在其下穿2根线，一线结扎动脉远心端，另一线备以结扎动脉插管。以动脉夹在结扎线近心侧夹住动脉血管，在动脉夹与结扎线之间将动脉剪一小口，向心方向插入与压力换能器连接好并已充满7％枸橼酸钠的动脉插管，结扎固定，记录血压变化情况（压力换能器应置和心脏同一水平位固定）。

(3) 静脉插管：任取一侧腹股沟部位，用手触得股动脉搏动处，剪去毛，沿血管走行方向切开长约4cm的皮肤，分离出股静脉。在其下穿2根线，一线结扎静脉远心端，另一线备以结扎静脉插管。在结扎线近心侧将静脉剪一小口，向心方向插入与输液装置相连的静脉插管，结扎固定（开通输液管调节阀，输入生理盐水约3ml，以检查静脉插管是否畅通，有无漏液），以备给药和输液之用。

3. 压力换能器连接于BL-420生物机能实验系统，调节好各项参数，描记正常血压曲线。

4. 给药 给药时，用注射器抽取适量药液，从连接输液管与输液针头的三通中注药。每次给药后立即由输液管注入生理盐水2ml，将药物冲入静脉，观察所引起的血压变化。待血压恢复原水平或平稳以后，再给下一药物。

第一组：观察拟肾上腺素药对血压的作用。

（1）0.01％盐酸肾上腺素　　　　　　　　0.1ml/kg

（2）0.01％重酒石酸去甲肾上腺素　　　0.1ml/kg

（3）0.01％盐酸异丙肾上腺素　　　　　　0.1ml/kg

第二组：观察拟胆碱药和M受体阻断药对血压的作用。

（1）1％硝酸毛果芸香碱　　　　　　　　0.1ml/kg

（2）1％硫酸阿托品　　　　　　　　　　0.1ml/kg

（3）1％硝酸毛果芸香碱　　　　　　　　0.1ml/kg

第三组：观察α受体阻断药对拟肾上腺素药的作用。

（1）1％甲磺酸酚妥拉明　　　　　　　　1ml/kg

（2）0.01％盐酸肾上腺素　　　　　　　　0.1ml/kg

（3）0.01％重酒石酸去甲肾上腺素　　　0.1ml/kg

第四组：观察β受体阻断药对拟肾上腺素药的作用。

（1）1％盐酸普萘洛尔　　　　　　　　　1ml/kg

（2）0.01％盐酸肾上腺素　　　　　　　　0.1ml/kg

（3）0.01％重酒石酸去甲肾上腺素　　　0.1ml/kg

（4）0.01％盐酸异丙肾上腺素　　　　　　0.1ml/kg

【结果】　记录血压变化，并复制血压曲线。

（符秀华）

实践十二　地西泮的抗惊厥作用

【目的】　观察地西泮的抗惊厥作用，联系其临床应用。

【材料】　磅秤1台、5ml注射器3支、0.5%地西泮溶液、25%尼可刹米溶液、0.9%氯化钠注射液、家兔2只。

【方法】　取家兔2只，称重、编号。两兔分别由耳静脉注射25%尼可刹米溶液0.5ml/kg，待家兔出现惊厥（躁动、角弓反张等）后，甲兔立即由耳静脉注射0.5%地西泮溶液5mg/kg（25ml/kg），乙兔耳静脉注射等量0.9%氯化钠注射液，观察两兔惊厥有何不同？

【结果】

兔号	体重（kg）	25%尼可刹米（ml）	药物及剂量（ml）	结　果
甲			0.5%地西泮溶液	
乙			0.9%氯化钠注射液	

【注意事项】　动物惊厥出现较快，宜事先备好地西泮。必要时地西泮可适当加量。

（邹浩军）

实践十三　尼可刹米对呼吸抑制的解救

【目的】　观察尼可刹米对吗啡所致呼吸抑制的解救作用，并联系其临床应用。

【材料】　磅秤 1 台、铁支架 1 个、双凹夹 1 个、兔固定器 1 个、螺旋夹 1 个、鼻插管 1 条、记纹鼓 1 台、BL-420 生物机能实验系统、呼吸换能器、液状石蜡、酒精棉球（75％）、棉签、胶布、注射器（5ml 及 10ml）、1％盐酸吗啡溶液、5％尼可刹米溶液、1％丁卡因溶液、家兔 1 只。

【方法】

1. 取家兔 1 只，称重，观察正常活动情况，然后放入兔固定器内。

2. 用 1％丁卡因溶液涂搽鼻黏膜，5～15 分钟后，将涂有液状石蜡的鼻插管轻缓插入家兔一侧鼻腔内，用胶布固定，其尾端连接于马利气鼓的通气管上，并与呼吸换能器相连。

3. 将呼吸换能器再连接于 BL-420 生物机能实验系统，调节好各项参数，描记正常呼吸曲线，并记录呼吸频率（次/分）。

4. 由耳静脉快速注射 1％盐酸吗啡注射液 1.5～2ml/kg，观察呼吸频率及幅度的变化。

5. 待呼吸频率明显减慢，幅度显著降低（或呼吸暂停）时，立即由耳静脉缓慢注射 5％尼可刹米溶液 1～2ml，观察并记录呼吸频率及幅度有何变化。

6. 待呼吸抑制被解救后，再以稍快的速度静脉注射尼可刹米 0.5ml 左右，观察惊厥的发生。

【结果】

动物	体重（kg）	观察内容	给药前	给吗啡后	给尼可刹米后	尼可刹米过量表现
		呼吸曲线				
		（次/分）				
		呼吸幅度				

【注意事项】

1. 注射吗啡的速度要快，使其产生明显的呼吸抑制。

2. 尼可刹米应事先准备好，当呼吸明显抑制时应立即注射，但速度宜缓慢。

3. 耳静脉注射时，在实验结束前针头不要拔出，以备继续注射药物。

4. 如果不用描记装置，亦可直接肉眼观察。

5. 本实验也可用生理药理记录仪或智能化药理生理监测仪记录呼吸曲线。

（徐　红）

实践十四　呋塞米的利尿作用

【目的】　观察呋塞米的利尿作用，分析其作用机制，并联系临床应用。

【材料】　兔解剖台 1 个、磅秤 1 台、8 号导尿管 1 根、缚带 4 根、100ml 烧杯 1 个、胶布、液状石蜡、2ml 注射器 1 支、1‰呋塞米注射液、1‰丁卡因溶液、雄性家兔 1 只。

【方法】　取雄性家兔 1 只，称重，将兔背位（仰卧）固定于解剖台上，将灌满水并涂过液状石蜡的导尿管自尿道插入膀胱（共插入约 8～9cm），用胶布将导尿管与兔体固定，以防滑脱。导尿管口下接以烧杯收集尿液，压迫兔下腹部，排空膀胱（确认再没有尿液排出为止）。先观察并记录给药前半小时尿量；然后，由耳静脉缓慢注射 1‰呋塞米溶液 0.5ml/kg，每隔 5 分钟收集并记录一次尿量连续 6 次，合并尿液，记录半小时总尿量，与给药前比较。

【结果】

动物	体重 (kg)	药物	给药前 半小时尿量	给药后 半小时尿量

【注意事项】

1. 实验前家兔应充分喂食富含水的蔬菜或灌水 30ml。

2. 插入导尿管时动作应轻缓，以免损伤尿道。若尿道口受刺激红肿，可局部涂擦 1‰丁卡因溶液（也可先在尿道口涂擦丁卡因，后插入导尿管）。

3. 给药前应尽量排空膀胱，以免影响实验结果。

4. 本实验也可采取影视材料教学。

（黄宁江）

实践十五　溶媒对乳糖酸红霉素溶解度的影响

【目的】　通过实践充分认识选择溶媒的重要性，并联系临床实际，了解配伍禁忌的临床意义。

【材料】　乳糖酸红霉素粉针 3 瓶（每瓶 0.3g）、0.9％氯化钠注射液、5％葡萄糖注射液、注射用水 2 支、5ml 注射器 3 支。

【方法】　将乳糖酸红霉素粉针编为甲、乙、丙号，然后甲瓶加入 0.9％氯化钠注射液，乙瓶加入 5％葡萄糖注射液，丙瓶加入注射用水，均为 6ml。振摇 3～5 分钟后，观察是否溶解。

【结果】

瓶号	溶　剂	结　果
甲	0.9％氯化钠注射液	
乙	5％葡萄糖注射液	
丙	注射用水	

（黄素臻）

26

实践十六　有机磷酸酯类中毒及其解救

【目的】　观察美曲磷酯（敌百虫）中毒症状，比较阿托品与碘解磷定的解救效果。

【材料】　磅秤1台、5ml注射器1支、10ml注射器2支、量瞳尺1把、75%酒精棉球、5%美曲磷酯（敌百虫）溶液、2.5%碘解磷定注射液、0.1%硫酸阿托品注射液、家兔3只。

【方法】　取健康家兔3只，分别称重并标记，观察并记录各兔活动情况、唾液分泌、肌紧张度、有无排便（包括粪便形态）、测量瞳孔大小、呼吸频率等各项指标。然后分别由耳静脉给各兔均注射5%美曲磷酯（敌百虫）溶液2ml/kg，观察上述指标变化情况（若给药20分钟后无任何中毒症状，可再追加0.5ml/kg）。待家兔瞳孔明显缩小、呼吸浅而快、唾液大量分泌（流出口外或不断吞咽）、骨骼肌震颤和大、小便失禁等中毒症状明显时，甲兔由耳静脉注射0.1%硫酸阿托品注射液1ml/kg；乙兔由耳静脉注射2.5%碘解磷定注射液2ml/kg；丙兔由耳静脉注射0.1%硫酸阿托品注射液1ml/kg和2.5%碘解磷定注射液2ml/kg。随即观察并记录上述各项指标的变化情况。比较药物对各兔的解救效果，分析各药解毒特点和两药合用于解毒的重要性。

【结果】

兔 号	用药前后	瞳孔直径（mm）	呼吸频率（次/分）	唾液分泌	有无排大小便	活动情况	有无肌震颤
甲	给药前						
	给5%美曲磷酯（敌百虫）后						
	给0.1%硫酸阿托品后						
乙	给药前						
	给5%美曲磷酯（敌百虫）后						
	给2.5%碘解磷定后						
丙	给药前						
	给5%美曲磷酯（敌百虫）后						
	给0.1%硫酸阿托品后						
	给2.5%碘解磷定后						

【注意事项】

1. 给阿托品的甲兔在实验即将结束时，再给 2.5％碘解磷定注射液 2ml/kg，以防死亡。

2. 本实践也可用影视材料代替。

（左晓霞）

实践十七　药物的应用和不良反应防治知识咨询

【目的】　学会观察常用药物的疗效和不良反应，并能采取正确的用药护理措施。

【材料】　隔离衣、护士帽、听诊器。

【方法】

1. 将全班同学分为 6 组，每组由一名临床护理实践指导老师带领分别进入医院病房，由指导教师选择病例：

A 组：观察支气管哮喘患者。

B 组：观察慢性心衰患者。

C 组：观察消化性溃疡患者。

D 组：观察慢性肾衰竭早期水肿患者。

E 组：观察上呼吸道感染应用青霉素的患者。

F 组：观察应用肾上腺皮质激素的肾病综合征患者。

2. 阅读病历及护理记录，了解患者病情及用药情况。

3. 指导老师带领学生进入病房，询问患者病情变化情况及用药后的反应。

4. 对药物的治疗效果和不良反应进行评价。

5. 制订用药护理措施，对患者进行用药指导和健康教育宣教。

6. 指导教师总结点评。

【结果】

所用药物	药物疗效	药物不良反应	应采取的用药护理措施

（徐　红）

实践十八　学习执行处方、医嘱及观察药物疗效和不良反应

【目的】　学会正确执行处方、医嘱。

【材料】　处方、医嘱、隔离衣、护士帽、相关物品、配药室。

【方法】

一、校内配药室实训

1. 将全班同学分为若干组，每组给予处方、医嘱各1份。
2. 阅读处方和医嘱。
3. 由指导教师带领进入配药室，学生进行配药，严格执行"三查七对一注意"。
4. 指导教师指导、点评。

二、医院配药室和病房实训

1. 将全班同学分为若干组，每组由一名临床护理实践指导老师带领，分别进入医院门诊和病房，由指导教师选择病例。
2. 查看病历及护理记录，了解患者病情及用药情况，并阅读处方和医嘱。
3. 由指导教师带领进入配药室，教师向学生示教配药过程。
4. 学生向患者进行用药说明，指导教师予以补充纠正。
5. 学生观看指导教师对患者用药。
6. 观察患者用药后的反应，并提出护理措施。
7. 指导教师开展用药护理，并对学生进行指导点评。

（徐　红）

第二部分

习 题 集

第一章 绪 论

一、A₁ 型题

1. 研究药物与机体之间相互作用的规律及作用机制的科学称为
   A. 药物学   B. 药理学   C. 药剂学
   D. 药效学   E. 药动学

2. 研究机体对药物作用的科学称为
   A. 药物学   B. 药效学   C. 药物化学
   D. 药动学   E. 配伍禁忌

3. 可作用于机体，用于预防、治疗、诊断疾病和用于计划生育的化学物质称为
   A. 药物   B. 制剂   C. 剂型
   D. 生物制品   E. 生药

4. 下面有关临床护士用药护理的叙述，**错误**的是
   A. 用药前了解患者的身体状况
   B. 用药前检查药物制剂的批号
   C. 用药时要注意用药方法和时间
   D. 注意观察药物的疗效和不良反应
   E. 发现医嘱错误，应及时调整用药方案

5. 在用药护理中，护士需请示医生后才能做的是
   A. 了解患者的用药史和过敏史
   B. 指导患者正确用药
   C. 用药前要仔细核对患者的姓名、药名、给药剂量和给药方法
   D. 用药时要注意观察患者是否出现不良反应
   E. 患者出现不良反应后是否要立即停药

二、X 型题

6. 护士在临床用药中的职责包括
   A. 了解用药史   B. 了解药物过敏史
   C. 检查药物有效期   D. 观察药物的疗效
   E. 对患者进行用药指导

7. 护理药理学的任务是
   A. 正确执行医嘱   B. 正确开展用药监护

    C. 培养用药指导能力　　　　　　　D. 正确进行生活护理

    E. 了解疾病变化规律

8. 在用药护理中，护士应该做到

    A. 要熟悉药物的作用、临床应用、不良反应及注意事项

    B. 在用药时，要做到操作前检查、操作中检查、操作后检查

    C. 要注意观察药物的疗效和不良反应，做好记录

    D. 要加强与患者的心理沟通，缓解用药时紧张情绪

    E. 对患者进行用药指导，发现患者出现不良反应立即停药

参 考 答 案

1. B　　　　　2. D　　　　　3. A　　　　　4. E　　　　　5. E

6. ABCDE　　7. ABC　　　8. ABCD

（徐　红）

第二章　药物效应动力学

一、A₁型题

1. 下列对药物选择作用的叙述，**错误**的是
   A. 是临床选药的基础
   B. 与药物剂量大小无关
   C. 选择性是相对的
   D. 是药物分类的依据
   E. 大多数药物均有各自的选择作用

2. 易产生生理依赖性的药品称为
   A. 麻醉药品　　　　　B. 麻醉药　　　　　C. 毒药
   D. 剧药　　　　　　　E. 毒剧药

3. 药物被机体吸收利用的程度是
   A. 半数有效量　　　　B. 治疗指数　　　　C. 半衰期
   D. 生物利用度　　　　E. 安全范围

4. 药物被吸收入血之前在用药局部呈现的作用称为
   A. 局部作用　　　　　B. 吸收作用　　　　C. 防治作用
   D. 选择作用　　　　　E. 不良反应

5. 药物在治疗剂量时的出现和治疗目的的无关的作用称为
   A. 治疗作用　　　　　B. 预防作用　　　　C. 副作用
   D. 局部作用　　　　　E. "三致"反应

6. 药物随血流分布到各组织器官所呈现的作用，称为
   A. 局部作用　　　　　B. 吸收作用　　　　C. 首过消除
   D. 防治作用　　　　　E. 不良反应

7. 长期应用受体拮抗药，可以使体内相应的受体数目增多，称为
   A. 受体的向上调节　　B. 受体的向下调节　C. 高敏性
   D. 耐受性　　　　　　E. 部分受体激动药

8. 以数量（或可测量值）表示的药理效应是
   A. 质反应　　　　　　B. 量反应　　　　　C. 毒性反应
   D. 不良反应　　　　　E. 特异质反应

9. 以阳性或阴性（全或无）表示的药理效应是

A. 质反应　　　　　　B. 量反应　　　　　　C. 毒性反应

D. 不良反应　　　　　E. 特异质反应

10. 药物的治疗量为

　　A. 等于最小有效量

　　B. 大于极量

　　C. 等于极量

　　D. 在最小有效量和极量之间

　　E. 在最小有效量和最小中毒量之间

11. 用阿托品治疗胃肠绞痛时，患者出现口干、心悸等反应，属于

　　A. 后遗效应　　　　　B. 副作用　　　　　　C. 毒性反应

　　D. 继发反应　　　　　E. 特异质反应

12. 哌替啶用药成瘾后，突然停药可产生戒断症状，该反应属于

　　A. 后遗效应　　　　　B. 继发反应　　　　　C. 精神依赖性

　　D. 生理依赖性　　　　E. 毒性反应

13. 停药后血浓度已降至最低有效浓度以下时仍残存的药理效应称

　　A. 耐药性　　　　　　B. 毒性反应　　　　　C. 后遗效应

　　D. 继发反应　　　　　E. 副作用

14. 药物产生的最大效应是

　　A. 阈剂量　　　　　　B. 效能　　　　　　　C. 效价强度

　　D. 治疗量　　　　　　E. ED_{50}

15. 受体激动剂与受体

　　A. 只有内在活性　　　　　　　　B. 只有亲和力

　　C. 既有亲和力，又有内在活性　　D. 无亲和力，又无内在活性

　　E. 以上皆否

16. 受体阻断剂与受体

　　A. 有亲和力，无内在活性

　　B. 既有亲和力，又有内在活性

　　C. 无亲和力，有内在活性

　　D. 既无亲和力，又无内在活性

　　E. 具有较强亲和力，仅有较弱内在活性

17. 在一定剂量范围内，药物剂量与药物作用的关系称为

　　A. 时效关系　　　　　B. 时量关系　　　　　C. 最小有效量

　　D. 治疗量　　　　　　E. 量效关系

18. 服用催眠量的巴比妥类药物，次晨出现的宿醉现象是

　　A. 副作用　　　　　　B. 毒性反应　　　　　C. 变态反应

　　D. 后遗效应　　　　　E. 特异质反应

二、A₂ 型题

19. 胸膜炎咳嗽应用镇咳药，此作用属于

　　A. 心理治疗　　　　　　　B. 对因治疗　　　　　　　C. 预防作用

　　D. 对症治疗　　　　　　　E. 局部作用

20. 6-磷酸葡萄糖脱氢酶缺乏的患者使用磺胺甲噁唑后发生溶血反应，此反应与下列何种因素有关

　　A. 病理因素　　　　　　　B. 遗传　　　　　　　　　C. 年龄

　　D. 过敏体质　　　　　　　E. 毒性反应

21. 某患者因伤寒高热，医生给予阿司匹林退热，此药物作用为

　　A. 对症治疗　　　　　　　B. 对因治疗　　　　　　　C. 局部作用

　　D. 预防作用　　　　　　　E. 选择作用

22. 患者，男，42 岁。因慢性支气管炎并发肺炎入院，医生给予氨苄西林静脉滴注，第二天患者出现药疹、皮肤瘙痒，该反应属于

　　A. 副作用　　　　　　　　B. 急性中毒　　　　　　　C. 继发反应

　　D. 药物过敏　　　　　　　E. 特异质反应

23. 患者，女，43 岁。因患肺结核入院，医生给予抗结核病药链霉素治疗，1 个月后患者出现了耳鸣，继而听力丧失，该反应属于

　　A. 副作用　　　　　　　　B. 继发反应　　　　　　　C. 后遗作用

　　D. 变态反应　　　　　　　E. 毒性反应

24. 患者，女，52 岁。患胃溃疡数年，近来发作加剧，伴反酸，医生给予抗酸药氢氧化铝口服以中和胃酸，这种药物作用属于

　　A. 选择作用　　　　　　　B. 局部作用　　　　　　　C. 吸收作用

　　D. 预防作用　　　　　　　E. 对因治疗

25. 患者，女，27 岁。妊娠 7 个月，近来常感乏力、倦怠等，血液化验显示血红蛋白 8g（低于正常）。医生给予铁剂治疗，治疗目的是

　　A. 对症治疗　　　　　　　B. 预防作用　　　　　　　C. 对因治疗

　　D. 避免发生特异质反应　　E. 减轻妊娠反应

26. 阿托品与哌替啶合用治疗胆绞痛，其目的是

　　A. 两药均可松弛胆道平滑肌

　　B. 阿托品的镇痛作用可加强哌替啶的作用

　　C. 阿托品可增加哌替啶的吸收使疗效增强

　　D. 阿托品具解痉作用，哌替啶具镇痛作用，两者合用为协同作用

　　E. 阿托品具解痉作用，哌替啶具镇痛作用，两者合用为拮抗作用

三、A₃ 型题

27~28 题共用题干

患者，女，20 岁。因患大叶性肺炎医生给予青霉素治疗，护士注入皮试液 5 分钟后患者出现呼吸困难、胸闷、面色苍白、皮肤瘙痒、发绀、脉搏细弱、血压下降、烦躁不安等反应

27. 此反应属于

　　A. 毒性反应　　　　　　　B. 血清病型反应　　　　　C. 呼吸道过敏反应

D. 过敏性休克　　　　E. 皮肤组织过敏反应

28. 发生此反应的原因是
    A. 药物剂量过大　　　B. 患者的高敏性　　　C. 产生戒断症状
    D. 患者为过敏体质　　E. 继发反应

四、A₄ 型题

29～31 题共用题干

患者，男，38 岁。因破伤风入院，意识清醒，全身肌肉阵发性痉挛、抽搐。医生给予青霉素＋抗毒素治疗

29. 用青霉素的目的是为了发挥
    A. 局部作用　　　　　B. 对因治疗　　　　　C. 对症治疗
    D. 预防作用　　　　　E. 选择作用

30. 使用青霉素前必须要
    A. 测血压　　　　　　B. 做皮肤过敏试验　　C. 记录尿量
    D. 安慰患者　　　　　E. 查血常规

31. 患者用青霉素前采取此措施是为了避免
    A. 发生后遗效应　　　B. 产生依赖性　　　　C. 发生过敏反应
    D. 毒性反应　　　　　E. 副作用

五、B₁ 型题

32～35 题共用答案
    A. 局部作用　　　　　B. 吸收作用　　　　　C. 兴奋作用
    D. 预防作用　　　　　E. 间接作用

32. 静脉滴注红霉素前用 75% 酒精进行皮肤消毒是

33. 口服抗酸药中和胃酸的作用属于

34. 尼可刹米引起呼吸加快的作用属于

35. 强心苷加强心肌收缩力，改善心力衰竭症状的同时可引起心率减慢是

36～39 题共用答案
    A. 副作用　　　　　　B. 毒性反应　　　　　C. 过敏反应
    D. 成瘾性　　　　　　E. 后遗效应

36. 阿托品治疗胃肠绞痛时引起的口干属于

37. 麻黄碱用于止咳时引起的失眠属于

38. 服用巴比妥类药催眠时，次日出现乏力、困倦等反应属于

39. 长期应用链霉素造成的耳聋属于

六、X 型题

40. 下列有关毒性反应的叙述，正确的是
    A. 与剂量无关
    B. 与剂量有关

C. 多对机体有明显损害甚至危及生命

D. 临床用药时应尽量避免毒性反应出现

E. 分为急性毒性反应和慢性毒性反应

41. 下列有关变态反应的叙述，正确的是

    A. 严重时可引起过敏性休克   B. 是一种病理性免疫反应

    C. 与剂量有关   D. 不易预知

    E. 与用药时间有关

42. 下列有关药物依赖性的叙述，正确的是

    A. 精神依赖性又称习惯性

    B. 分为生理依赖性和精神依赖性

    C. 多在连续应用时产生

    D. 身体依赖性又称心理依赖性

    E. 一旦产生生理依赖性，停药后就会产生戒断症状

43. 下列有关受体激动药的叙述，**错误**的是

    A. 药物与受体有亲和力

    B. 药物与受体有内在活性

    C. 药物与受体无亲和力

    D. 药物与受体无内在活性

    E. 药物与受体既无亲和力又无内在活性

44. 安全范围是指下列哪两者之间的范围

    A. 极量   B. 最小有效量   C. 常用量

    D. 最小中毒量   E. 半数致死量

45. 药物产生毒性反应的原因有

    A. 用药剂量过大   B. 用药时间过长

    C. 机体对药物敏感性高   D. 特异质

    E. 药物的继发反应

46. 按照药物作用的双重性，可将药物的作用分为

    A. 选择作用   B. 防治作用   C. 局部作用

    D. 对因治疗   E. 不良反应

七、案例分析

47. 患者，女，25岁。患急性扁桃体炎，医嘱青霉素皮试，皮试5分钟后患者出现胸闷、气急、面色苍白、出冷汗；脉细速、血压下降、烦躁。考虑患者可能出现什么情况？

参 考 答 案

1. B	2. A	3. D	4. A	5. C
6. B	7. A	8. B	9. A	10. D
11. B	12. D	13. C	14. B	15. C
16. A	17. E	18. D	19. D	20. B

21. A	22. D	23. E	24. B	25. C
26. D	27. D	28. D	29. B	30. B
31. C	32. A	33. A	34. C	35. E
36. A	37. B	38. E	39. B	40. BCDE
41. ABD	42. ABCE	43. CDE	44. BD	45. ABCD
46. BE				

47. 患者可能出现了过敏性休克。

（徐　红）

第三章　药物代谢动力学

一、A₁ 型题

1. 药物最常用的给药方法是
   A. 口服给药　　　　　　B. 舌下给药　　　　　　C. 直肠给药
   D. 肌内注射　　　　　　E. 皮下注射

2. 弱酸性药物在胃中
   A. 不吸收　　　　　　　B. 大量吸收　　　　　　C. 少量吸收
   D. 全部吸收　　　　　　E. 以上不对

3. 影响药物吸收的因素**不包括**
   A. 给药途径　　　　　　　　　B. 药物理化性质
   C. 剂型　　　　　　　　　　　D. 药物与血浆蛋白的结合力
   E. 吸收环境

4. 酸化尿液，可使弱碱性药物经肾排泄时
   A. 解离↑、再吸收↑、排出↓　　　B. 解离↓、再吸收↑、排出↓
   C. 解离↓、再吸收↓、排出↑　　　D. 解离↑、再吸收↓、排出↑
   E. 解离↑、再吸收↓、排出↓

5. 药物的肝肠循环可影响
   A. 药物作用发生的快慢　　　　　B. 药物的药理活性
   C. 药物作用持续时间　　　　　　D. 药物的分布
   E. 药物的代谢

6. 当以一个半衰期为给药间隔时间恒量给药时，经给药几次血中浓度可达到坪值
   A. 1 次　　　　　　　　B. 2 次　　　　　　　　C. 3 次
   D. 4 次　　　　　　　　E. 5 次

7. 老年人由于各器官功能衰退，用药剂量应为成人的
   A. 1/2　　　　　　　　 B. 1/3　　　　　　　　 C. 2/3
   D. 3/4　　　　　　　　 E. 4/5

8. 药物的半衰期长，则说明该药
   A. 作用快　　　　　　　B. 作用强　　　　　　　C. 吸收少
   D. 消除慢　　　　　　　E. 消除快

9. 药酶诱导剂对药物代谢的影响是
   A. 药物在体内停留时间延长　　　B. 血药浓度升高

    C. 代谢加快　　　　　　　　　　D. 代谢减慢

    E. 毒性增大

10. 弱酸性药物在碱性环境中

    A. 解离度降低　　　　B. 脂溶性增加　　　　C. 易透过血-脑屏障

    D. 易被肾小管重吸收　　E. 经肾排泄加快

11. 药物排泄的主要器官是

    A. 肝脏　　　　　　　B. 肾脏　　　　　　　C. 肠道

    D. 腺体　　　　　　　E. 呼吸道

12. 下列对主动转运的叙述，**错误**的是

    A. 耗能　　　　　　　B. 需载体协助　　　　C. 有竞争性抑制现象

    D. 逆浓度差转运　　　E. 顺浓度差转运

13. 下列有关药酶抑制剂的叙述，**错误**的是

    A. 可使药物在体内停留时间延长　　B. 可使血药浓度上升

    C. 可使药物药理活性减弱　　　　　D. 可使药物毒性增加

    E. 可使药物药理活性增强

14. 药物与血浆蛋白结合后，**不具有**哪项特点

    A. 药物之间具有竞争蛋白结合的置换现象

    B. 暂时失去药理活性

    C. 不易透过生物膜转运

    D. 结合是可逆的

    E. 使药物毒性增加

15. 关于肝药酶诱导剂的叙述哪项是**错误**的

    A. 能增强药酶活性　　　　　　　B. 加速其他药物的代谢

    C. 使其他药物血药浓度升高　　　D. 使其他药物血药浓度降低

    E. 苯妥英钠是肝药酶诱导剂之一

16. 影响药物脂溶扩散的因素**不包括**

    A. 药物的解离度　　　　　　　　B. 药物分子极性

    C. 药物的脂溶性　　　　　　　　D. 载体的数量

    E. 生物膜两侧的浓度差

17. **不利于**药物由血液向组织液分布的因素是

    A. 药物的脂溶性高　　　　　　　B. 药物的解离度低

    C. 药物与血浆蛋白结合率高　　　D. 药物与组织亲和力高

    E. 药物和血浆蛋白结合率低

18. 下列有关药物的叙述，**错误**的是

    A. 几乎所有药物均能穿透胎盘屏障，故妊娠期间应禁用可能致畸的药物

    B. 弱酸性药物少量在胃中吸收

    C. 当肾功能不全时，应禁用或慎用对肾有损害的药物

    D. 由肾小管主动分泌排泄的药物之间可有竞争性抑制现象

    E. 药物的蓄积均对机体有害

19. 药物的排泄过程是

  A. 药物的排毒过程   B. 药物的重吸收过程

  C. 药物的再分布过程   D. 药物的彻底消除过程

  E. 药物的分泌过程

20. 某药物的半衰期为 9.5 小时，一次给药后，药物在体内基本消除的时间约为

  A. 9 小时   B. 1 天   C. 1.5 天

  D. 2 天   E. 5 天

21. 药物在血浆中与血浆蛋白结合后

  A. 药物作用增强   B. 暂时失去药理活性   C. 药物代谢加快

  D. 药物排泄加快   E. 药物转运加快

22. 如何能使血药浓度迅速达到稳态浓度

  A. 每隔一个半衰期给一次剂量   B. 每隔半个半衰期给一次剂量

  C. 首剂加倍   D. 每隔两个半衰期给一次剂量

  E. 增加给药剂量

23. 经肝药酶转化的药物与药酶抑制剂合用后其效应

  A. 减弱   B. 增强   C. 不变化

  D. 被消除   E. 超强化

24. 下列关于药物体内排泄的叙述哪一项是**错误**的

  A. 药物经肾小球滤过，经肾小管排出

  B. 有肝肠循环的药物影响排出时间

  C. 有些药物可经肾小管分泌排出

  D. 弱酸性药物在酸性尿液中排出多

  E. 极性大、水溶性大的药物易排出

25. A、B 两药竞争性与血浆蛋白结合，单用 A 药时血浆 $t_{1/2}$ 为 5 小时，A、B 两药合用后 A 药 $t_{1/2}$ 应是

  A. <5 小时   B. >5 小时   C. 5 小时

  D. >10 小时   E. >15 小时

26. 某药物 $t_{1/2}$ 为 12 小时，按 $t_{1/2}$ 给药达坪值时间应为

  A. 0.5 天   B. 1 天   C. 1.5 天

  D. 2.5 天   E. 5 天

27. 关于被动转运的叙述哪项是**错误**的

  A. 由高浓度向低浓度方向转运   B. 由低浓度向高浓度方向转运

  C. 不耗能   D. 无饱和性

  E. 小分子、高脂溶性药物易被转运

28. 舌下给药目的在于

  A. 避免胃肠道刺激   B. 避免首关消除

  C. 避免药物被胃肠道破坏   D. 减慢药物代谢

  E. 增加吸收

29. 已知某药按一级动力学消除，上午 9 时测得的血药浓度为 100mg/L，晚 6 时测得的血药浓度为 12.5mg/L，这种药的半衰期为

  A. 4 小时   B. 2 小时   C. 6 小时

D. 3 小时   E. 9 小时

30. 丙磺舒与青霉素合用，可增加后者的疗效，原因是
    A. 在杀菌作用上有协同作用   B. 两者竞争肾小管的分泌通道
    C. 对细菌代谢有双重阻断作用   D. 延缓抗药性产生
    E. 以上都不对

31. 下列关于药物吸收的叙述，**错误**的是
    A. 吸收是指药物从给药部位进入血液循环的过程
    B. 皮下或肌注给药通过毛细血管壁吸收
    C. 口服给药通过首关消除而吸收减少
    D. 舌下或肛肠给药可因通过肝破坏而效应下降
    E. 皮肤给药除脂溶性大的以外都不易吸收

32. 硝酸甘油口服后可经门静脉进入肝，再进入体循环的药量 10% 左右，这说明该药
    A. 活性低   B. 效能低   C. 首关消除显著
    D. 排泄快   E. 以上均不是

33. 肾功能不全时，用药时需要减少剂量的是
    A. 所有的药物   B. 主要从肾排泄的药物
    C. 主要在肝代谢的药物   D. 自胃肠吸收的药物
    E. 以上都不对

二、A₂ 型题

34. 患者，男，18 岁。因患流脑入院。医生给予磺胺嘧啶＋TMP 等药物治疗，嘱其服用磺胺嘧啶时首剂加倍，此目的是
    A. 在一个半衰期内即能达到坪值   B. 减少副作用
    C. 防止过敏反应   D. 降低毒性反应
    E. 缩短半衰期

35. 患者，女，30 岁。服药过量中毒，抢救时发现应用碳酸氢钠时，则尿中药物浓度增加，应用氯化铵时尿中药物浓度减少，该药为
    A. 弱酸性药   B. 弱碱性药   C. 中性药
    D. 强碱性药   E. 高脂溶性药

36. 患者，男，66 岁。心慌、气短、呼吸困难，心率 120 次/分，口唇发绀，颈静脉怒张，肝脾肿大，下肢水肿，给予每日 0.25mg 地高辛治疗，已知地高辛的半衰期为 1.5 天，口服吸收率为 90%，估计患者约需经几天上述症状得到改善
    A. 2 天   B. 3 天   C. 7 天
    D. 10 天   E. 12 天

三、A₃ 型题

37～38 题共用题干

患者，男，40 岁。误服大量苯巴比妥后，出现昏迷、呼吸抑制、反射减弱等症状，家属送来急诊就医

37. 上述症状属于
    A. 副作用
    B. 继发反应
    C. 急性中毒
    D. 后遗效应
    E. 变态反应

38. 抢救此患者时应用何种药物以促进苯巴比妥排泄
    A. 碱性药
    B. 酸性药
    C. 大分子药物
    D. 与血浆蛋白结合率高的药物
    E. 以上均不是

四、A₄型题

39～41 题共用题干

患者，男，60 岁。晚餐后不久感胸闷、大汗、心前区压迫性疼痛，紧急就诊，拟诊为"急性心肌梗死"

39. 接诊护士给患者应用硝酸甘油起效最快的给药方法是
    A. 舌下含化
    B. 吞服
    C. 嚼碎后含一段时间
    D. 掰碎后吞服
    E. 用开水送服

40. 护士给患者采用的给药方法依据是
    A. 减少副作用
    B. 防止过敏反应
    C. 避免首过消除
    D. 避免毒性反应
    E. 避免刺激胃肠道

41. 这种给药方法的特点是
    A. 可改变细胞周围的理化性质
    B. 局部作用增强
    C. 加速药物排泄
    D. 避免首过消除
    E. 无药物依赖性

42～44 题共用题干

患者，女，38 岁。因误服巴比妥类药（酸性药）后，医生给予碳酸氢钠静脉滴注

42. 此用药目的是
    A. 防止巴比妥类药蓄积
    B. 促进巴比妥类药生物转化过程
    C. 加速巴比妥类药排泄
    D. 减少后遗效应
    E. 产生协同作用

43. 巴比妥类药中毒给予碳酸氢钠静脉滴注的理论依据
    A. 干扰机体酶的活性
    B. 影响细胞膜离子通道
    C. 缩短半衰期
    D. 碱化尿液和血液可减少毒物吸收，促进排泄
    E. 防止进入血-脑屏障

44. 为减少巴比妥类药吸收，应选何种洗胃液
    A. 5％醋酸
    B. 2％～4％碳酸氢钠
    C. 葡萄糖
    D. 蛋清
    E. 牛奶

五、B₁ 型题

45～48 题共用答案

　　A. 显效快，作用时间短　　　　　B. 消除慢，作用时间长
　　C. 消除慢，作用时间短　　　　　D. 显效慢，作用时间长
　　E. 排泄快，作用时间短

45. 药物与血浆蛋白结合率高时
46. 药物经肝进行生物转化，当肝功能不全时
47. 气体及挥发性药物吸入给药时
48. 酸性药在碱性环境中

49～52 题共用答案

　　A. 药物作用发生快慢　　　B. 药物的药理活性　　　C. 药物作用持续时间
　　D. 药物的分布　　　　　　E. 药物的代谢

49. 药物与血浆蛋白结合率影响
50. 药物在肾脏的排泄速度影响
51. 药物在胃肠道吸收的速度影响
52. 药物在体内的生物转化过程影响

六、X 型题

53. 在护理用药中，半衰期的重要意义是
　　A. 可确定给药间隔时间
　　B. 药物分类依据
　　C. 可预测药物基本消除时间
　　D. 可预测药物达稳态血药浓度的时间
　　E. 可增强药物作用

54. 药物与血浆蛋白大量结合将会
　　A. 减弱或减慢药物发挥疗效　　　　B. 作用持续时间长
　　C. 影响药物分布　　　　　　　　　D. 容易发生过敏反应
　　E. 容易发生毒性反应

55. 药物的体内过程包括
　　A. 分布　　　　　　　B. 排泄　　　　　　　C. 吸收
　　D. 代谢　　　　　　　E. 跨膜转运

56. 肝药酶抑制剂可使
　　A. 其他药物代谢减慢　　　B. 血药浓度升高　　　C. 药效增强
　　D. 药物毒性减少　　　　　E. 减少不良反应

57. 药物与血浆蛋白结合的特点
　　A. 暂时失去药理活性　　　　　　B. 是可逆的
　　C. 不易透出血管壁　　　　　　　D. 两药可与同一蛋白竞争结合
　　E. 加速药物分布速度

58. 影响药物从肾脏排泄速度的因素有

  A. 药物的解离度   B. 药物的脂溶性   C. 尿液的 pH

  D. 肾脏的功能   E. 药物的相互作用

59. 药酶诱导剂可

  A. 增强药酶活性   B. 增加药酶生成

  C. 增强药物活性   D. 加速某些药物和自身转化

  E. 升高血药浓度

七、案例分析

60. 患者，女，50岁。因癫痫全身性强直阵挛发作，长期使用苯妥英钠，每天口服300mg，血药浓度监测为18mg/L。10天前因斑疹伤寒加用了氯霉素，近日感觉眼震，眩晕，复视，血药浓度检测为25mg/L。试说明产生此种现象的原因，此现象如何防治？

参 考 答 案

1. A	2. C	3. D	4. D	5. C
6. E	7. D	8. D	9. C	10. E
11. B	12. E	13. C	14. E	15. C
16. D	17. C	18. E	19. D	20. D
21. B	22. C	23. B	24. D	25. A
26. D	27. B	28. B	29. D	30. B
31. D	32. C	33. B	34. A	35. A
36. C	37. C	38. A	39. A	40. C
41. D	42. C	43. D	44. B	45. D
46. B	47. A	48. E	49. D	50. C
51. A	52. E	53. ABCD	54. ABC	55. ABCD
56. ABC	57. ABCD	58. ABCDE	59. ABD	

60. 氯霉素为肝药酶抑制剂，可使肝药酶活性降低，使经肝代谢的苯妥英钠代谢减少，使苯妥英钠血药浓度增高，出现眼震、眩晕、复视等毒性反应。此时应减少苯妥英钠的剂量。

（林莉莉　徐　红）

第四章 影响药物作用的因素

一、A_1 型题

1. 对同一药物来讲，下列哪种说法是错误的
   A. 在一定范围内，剂量越大，作用越强
   B. 对不同个体来说，用量相同，作用不一定相同
   C. 用于妇女时效应可能与男人有别
   D. 成人应用时，年龄越大，用量应越大
   E. 小儿应用时，体重越重，用量应越大

2. 作用产生最快的给药途径是
   A. 直肠给药　　　　B. 肌注　　　　C. 舌下给药
   D. 静注　　　　　　E. 口服

3. 下述给药途径一般药物吸收快慢的顺序是
   A. 静脉＞吸入＞舌下＞皮下＞肌内注射＞直肠给药＞口服＞皮肤给药
   B. 吸入＞静脉＞舌下＞皮下＞肌内注射＞直肠给药＞口服＞皮肤给药
   C. 吸入＞静脉＞舌下＞肌内注射＞皮下＞直肠给药＞口服＞皮肤给药
   D. 静脉＞吸入＞舌下＞肌内注射＞皮下＞直肠给药＞口服＞皮肤给药
   E. 静脉＞肌内注射＞舌下＞吸入＞皮下＞直肠给药＞口服＞皮肤给药

4. 少数患者应用小剂量药物就产生较强的药理作用，甚至引起中毒，称为
   A. 习惯性　　　　　B. 后天耐受性　　　　C. 成瘾性
   D. 选择性　　　　　E. 高敏性

5. 药物效应的个体差异主要影响因素是
   A. 遗传因素　　　　B. 环境因素　　　　C. 机体因素
   D. 疾病因素　　　　E. 剂量因素

6. 影响药物分布的因素不包括
   A. 药物的理化性质　　　　　B. 吸收环境
   C. 体液的 pH　　　　　　　D. 血-脑屏障
   E. 药物与血浆蛋白结合率

7. 连续用药使敏感性下降称为
   A. 抗药性　　　　　B. 耐受性　　　　C. 耐药性
   D. 成瘾性　　　　　E. 反跳现象

8. 对胃有刺激性的药物应

    A. 空腹服   B. 饭前服   C. 饭后服

    D. 睡前服   E. 定时服

9. 催眠药应在

    A. 空腹服   B. 饭前服   C. 饭后服

    D. 睡前服   E. 定时服

10. 气体、易挥发的药物或气雾剂适宜

    A. 直肠给药   B. 舌下给药   C. 吸入给药

    D. 鼻腔给药   E. 口服给药

11. 决定药物每天用药次数的主要因素是

    A. 吸收快慢   B. 作用强弱   C. 体内分布速度

    D. 体内转化速度   E. 体内消除速度

12. 某两种药物联合应用,其总的作用大于各药单独作用的代数和,这种作用叫做

    A. 增强作用   B. 相加作用   C. 协同作用

    D. 互补作用   E. 拮抗作用

13. 阿托品与哌替啶合用治疗胆绞痛的依据是

    A. 两药均可松弛胆道平滑肌

    B. 阿托品的镇痛作用可加强哌替啶的作用

    C. 阿托品可增加哌替啶的吸收使疗效增强

    D. 阿托品具有解痉作用,哌替啶具有镇痛作用,两者合用为协同作用

    E. 以上说法均不对

14. 6-磷酸葡萄糖脱氢酶缺乏的患者使用磺胺甲噁唑后发生溶血反应,此反应与哪项因素有关

    A. 年龄   B. 遗传   C. 病理因素

    D. 过敏体质   E. 毒性反应

二、A₂ 型题

15. 患者,女,26 岁。因近日出现尿急、尿痛、尿频而就诊,医生诊断为尿路感染,给予庆大霉素＋碳酸氢钠静滴,两药联合应用的目的是

    A. 产生拮抗作用   B. 减少不良反应   C. 减轻肾毒性

    D. 抗菌作用增强   E. 延缓耐药性产生

16. 患者,女,58 岁。患慢性心功能不全,医生处方中选用地高辛每日 0.25mg 口服,并嘱其连续用药期间须选择同一药厂、同一剂型,最好为同一批号的产品,这是因为

    A. 生物利用度相对稳定,可确保疗效,又不致中毒

    B. 更换其他药厂的产品无效

    C. 为厂家推销产品

    D. 利益驱动有关

    E. 医生用药习惯

三、A₃ 型题

17～18 题共用题干

患者，女，56 岁。因患失眠症，医生处方给予地西泮，开始每晚服用地西泮 5mg 即可入睡，但 3 个月后再服用此量却无法入睡

17. 这是因为机体对药物产生了
    A. 耐受性   B. 成瘾性   C. 副作用
    D. 毒性反应   E. 继发反应

18. 该患者服用的药物属于
    A. 麻醉药品   B. 精神药品   C. 毒性药品
    D. 非处方药   E. 解毒药

四、A₄ 型题

19~21 题共用题干

患者，男，37 岁。因破伤风入院，意识清醒，全身肌肉阵发性痉挛、抽搐。医生给予青霉素＋抗毒素治疗。

19. 用药目的是
    A. 局部作用   B. 对因治疗   C. 对症治疗
    D. 预防作用   E. 以上均不是

20. 此患者用青霉素前必须要
    A. 测血压   B. 做皮肤过敏试验   C. 记录尿量
    D. 安慰患者   E. 制订护理计划

21. 患者用青霉素前采取以上措施是为了避免
    A. 发生后遗效应   B. 产生依赖性   C. 发生过敏反应
    D. 毒性反应   E. 副作用

五、B₁ 型题

22~24 题共用答案
    A. 耐受性   B. 耐药性   C. 高敏性
    D. 精神依赖性   E. 生理依赖性

22. 患者对药物敏感性降低称为

23. 病原体对药物敏感性降低称为

24. 停药后有戒断症状产生的称为

25~26 题共用答案
    A. 立即   B. 1 个   C. 2 个
    D. 5 个   E. 10 个

25. 每次剂量减 1/2，需经几个 $t_{1/2}$ 达到新的稳态浓度

26. 每次剂量加倍，需经几个 $t_{1/2}$ 达到新的稳态浓度

六、X 型题

27. 联合用药目的
    A. 提高疗效   B. 减少不良反应
    C. 延缓耐药性或耐受性产生   D. 减少过敏反应

E. 同时达到多种治疗目的

28. 缩短药物作用时间的因素有

A. 肝功能降低

B. 形成肝肠循环

C. 增强药酶活性

D. 弱酸性药与碱化尿液的药物合用

E. 增加给药次数

29. 联合用药时，药物在不同的药效学作用机制上可产生

A. 协同作用   B. 配伍禁忌   C. 拮抗作用

D. 致敏反应   E. 特异质反应

七、案例分析

30. 患者，男，53 岁。原发性高血压病 3 年，开始应用卡托普利，但患者出现剧烈干咳，2 年前改用美托洛尔，半月前感觉头晕，自测血压为 160/100mmHg，连续测血压 1 周，血压较高。根据药品说明书的用法，患者增加了用药量，使用 3 天效果不佳，随后改用硝苯地平。换药后次日感觉头晕加重，经血压测量为 195/120mmHg，在家人陪同下入院治疗。试说明该患者产生上述症状的原因，作为护士应如何指导患者用药？

参考答案

1. D   2. D   3. D   4. E   5. A

6. B   7. B   8. C   9. D   10. C

11. E   12. C   13. D   14. B   15. D

16. A   17. A   18. B   19. B   20. B

21. C   22. A   23. B   24. E   25. D

26. D   27. ABC   28. CD   29. ABC

30. 患者长期应用美托洛尔，可使肾上腺素受体向上调节，血压升高。换用硝苯地平后，因突然停掉长期应用的美托洛尔，可使血压迅速升高。应告知患者降压药长期应用，不可突然停药，要逐渐减量，以防止反弹。

(徐 红)

第五章　传出神经系统药理概论

一、A₁ 型题

1. β_1 受体主要分布在
   A. 瞳孔开大肌　　　　B. 血管　　　　　　C. 心脏
   D. 支气管　　　　　　E. 胃肠壁

2. 下列哪项**不是** α 受体激动时的效应
   A. 血管收缩　　　　　B. 支气管松弛　　　C. 瞳孔散大
   D. 血压升高　　　　　E. 括约肌收缩

3. 下列哪一受体兴奋可引起支气管平滑肌松弛
   A. M 受体　　　　　　B. α_1 受体　　　　C. α_2 受体
   D. β_1 受体　　　　　E. β_2 受体

4. 胆碱能神经兴奋时**不出现**
   A. 抑制心脏　　　　　B. 舒张血管　　　　C. 腺体分泌
   D. 瞳孔散大　　　　　E. 支气管收缩

5. β 受体兴奋时**不会引起**
   A. 心脏兴奋　　　　　B. 冠状血管舒张　　C. 支气管平滑肌舒张
   D. 脂肪分解　　　　　E. 瞳孔缩小

6. 水解乙酰胆碱的酶是
   A. 单胺氧化酶　　　　　　　　B. 儿茶酚氧位甲基转移酶
   C. 胆碱酯酶　　　　　　　　　D. 胆碱乙酰化酶
   E. 酪氨酸羟化酶

7. 去甲肾上腺素能神经兴奋引起的效应**不包括**
   A. 心脏兴奋　　　　　　　　　B. 胃肠平滑肌收缩
   C. 支气管平滑肌松弛　　　　　D. 皮肤黏膜和内脏血管收缩
   E. 瞳孔扩大

8. β_2 受体兴奋可引起
   A. 瞳孔缩小　　　　　B. 胃肠平滑肌收缩　C. 支气管平滑肌松弛
   D. 腺体分泌增加　　　E. 皮肤血管收缩

9. 胆碱能神经**不包括**

A. 部分交感神经节前纤维　　　　　　B. 部分副交感神经节前纤维

C. 部分副交感神经节后纤维　　　　　D. 大部分交感神经节后纤维

E. 运动神经

10. M 受体激动**不会**引起

  A. 血压升高　　　　　　B. 心率减慢　　　　　　C. 胃肠平滑肌收缩

  D. 瞳孔括约肌收缩　　　E. 腺体分泌增加

11. N_M 受体兴奋可引起

  A. 神经节兴奋　　　　　B. 骨骼肌收缩　　　　　C. 支气管平滑肌收缩

  D. 心脏抑制　　　　　　E. 胃肠平滑肌收缩

12. 属于去甲肾上腺素能神经的是

  A. 绝大部分交感神经节后纤维　　　B. 副交感神经节前纤维

  C. 副交感神经节后纤维　　　　　　D. 交感神经节前纤维

  E. 运动神经

二、B_1 型题

13～16 题共用答案

  A. M 受体激动　　　　　B. N_M 受体激动　　　　C. α_1 受体激动

  D. β_1 受体激动　　　　E. DA 受体激动

13. 心脏兴奋

14. 胃肠平滑肌收缩

15. 瞳孔缩小

16. 骨骼肌收缩

三、X 型题

17. M 受体兴奋可引起

  A. 心率加快　　　　　　B. 血压升高　　　　　　C. 胃肠平滑肌收缩

  D. 瞳孔扩大　　　　　　E. 腺体分泌增加

18. β 受体兴奋可引起

  A. 心脏兴奋　　　　　　B. 支气管平滑肌松弛　　C. 血管收缩

  D. 瞳孔缩小　　　　　　E. 糖原分解

19. 胆碱能神经包括

  A. 副交感神经节前纤维　　　　　　B. 副交感神经节后纤维

  C. 交感神经节前纤维　　　　　　　D. 绝大部分交感神经节后纤维

  E. 运动神经

参 考 答 案

1. C	2. B	3. E	4. D	5. E
6. C	7. B	8. C	9. D	10. A
11. B	12. A	13. D	14. A	15. A
16. B	17. CE	18. ABE	19. ABCE	

(秦红兵)

第六章 胆碱受体激动药和胆碱酯酶抑制药

一、A₁型题

1. 毛果芸香碱滴眼可引起
   A. 缩瞳、升高眼内压、调节痉挛
   B. 缩瞳、降低眼内压、调节麻痹
   C. 扩瞳、降低眼内压、调节麻痹
   D. 扩瞳、升高眼内压、调节痉挛
   E. 缩瞳、降低眼内压、调节痉挛

2. 毛果芸香碱引起调节痉挛是激动以下哪一受体
   A. 虹膜括约肌上的 M 受体
   B. 虹膜辐射肌上的 α 受体
   C. 睫状肌上的 M 受体
   D. 睫状肌上的 α 受体
   E. 虹膜括约肌上的 N 受体

3. 毛果芸香碱使瞳孔缩小是因为其能
   A. 激动虹膜括约肌上的 M 受体
   B. 激动虹膜辐射肌上的 α 受体
   C. 激动睫状肌上的 M 受体
   D. 激动睫状肌上的 α 受体
   E. 激动睫状肌上的 β 受体

4. 关于毛果芸香碱的叙述，正确的是
   A. 毛果芸香碱为 M 受体激动药
   B. 可抑制胆碱酯酶活性
   C. 可导致视近物模糊而视远物清楚
   D. 不易透过角膜，对眼的作用很弱
   E. 可用于治疗重症肌无力

5. 有关新斯的明的叙述，错误的是
   A. 对骨骼肌的兴奋作用最强
   B. 为难逆性胆碱酯酶抑制药
   C. 可用于术后腹气胀和尿潴留
   D. 不易透过角膜，对眼的作用很弱
   E. 禁用于支气管哮喘患者

6. 新斯的明禁用于
   A. 青光眼
   B. 重症肌无力
   C. 机械性肠梗阻
   D. 术后尿潴留
   E. 高血压

7. 新斯的明下列哪项作用最强大
   A. 促进腺体的分泌作用
   B. 对心脏的抑制作用
   C. 对眼睛的作用
   D. 对胃肠道平滑肌的兴奋作用
   E. 对骨骼肌的兴奋作用

8. 关于毒扁豆碱的叙述，正确的是

A. 能直接激动 M 受体　　　　　　　B. 对 M 受体的选择性强

C. 为易逆性胆碱酯酶抑制药　　　　　D. 可用于治疗重症肌无力

E. 不引起调节痉挛

二、A₂ 型题

9. 患者，男，45 岁。腹部手术后发生尿潴留，诊断为膀胱麻痹所致，最好选用

　　A. 卡巴胆碱　　　　　　B. 乙酰胆碱　　　　　　C. 毛果芸香碱

　　D. 新斯的明　　　　　　E. 毒扁豆碱

10. 患者，女，35 岁。因呼吸困难入院，诊断为重症肌无力，应选用下列何药治疗

　　A. 乙酰胆碱　　　　　　B. 卡巴胆碱　　　　　　C. 毛果芸香碱

　　D. 新斯的明　　　　　　E. 毒扁豆碱

11. 患者，男，59 岁。因青光眼入院，应选用下列何药治疗

　　A. 乙酰胆碱　　　　　　B. 毛果芸香碱　　　　　C. 新斯的明

　　D. 安贝氯铵　　　　　　E. 吡斯的明

三、A₃ 型题

12～13 题共用题干

患者，女，48 岁。因眼睑下垂，斜视、复视，肌无力入院，诊断为重症肌无力

12. 应选用下列何药治疗

　　A. 卡巴胆碱　　　　　　B. 乙酰胆碱　　　　　　C. 毛果芸香碱

　　D. 毒扁豆碱　　　　　　E. 新斯的明

13. 下列哪一情况禁用胆碱酯酶抑制药

　　A. 青光眼　　　　　　　　　　　B. 心动过速

　　C. 手术后腹气胀　　　　　　　　D. 支气管哮喘

　　E. 非除极化型肌松药过量中毒

四、B₁ 型题

14～16 题共用答案

　　A. 卡巴胆碱　　　　　　B. 乙酰胆碱　　　　　　C. 毛果芸香碱

　　D. 毒扁豆碱　　　　　　E. 新斯的明

14. 腹气胀和尿潴留可选用

15. 虹膜炎可选用

16. 解救非除极化型肌松药过量中毒可选用

五、X 型题

17. 新斯的明禁用于

　　A. 非除极化型肌松药过量中毒　　　B. 青光眼

　　C. 支气管哮喘　　　　　　　　　　D. 机械性肠梗阻

　　E. 机械性尿路梗阻

18. 可用于治疗青光眼的药物包括

  A. 卡巴胆碱   B. 毛果芸香碱   C. 新斯的明

  D. 毒扁豆碱   E. 安贝氯铵

19. 毛果芸香碱对眼的作用包括

  A. 缩瞳   B. 扩瞳   C. 降低眼内压

  D. 升高眼内压 E. 调节痉挛

20. 新斯的明的作用包括

  A. 促进腺体的分泌 B. 抑制心脏   C. 兴奋支气管平滑肌

  D. 兴奋胃肠道平滑肌 E. 兴奋骨骼肌

六、案例分析

21. 患者，男，55岁。右眼胀痛伴同侧头痛、恶心、呕吐、视物模糊，急诊入院。过去一年内有过2次右眼胀痛伴同侧头痛，未治自愈。检查发现：右眼视物不清，眼球充血，瞳孔散大，角膜雾状混浊。眼球指压硬，测眼压6.18kPa（正常值1.33～2.97kPa）。其他未见异常。拟诊断为急性闭角型青光眼。医生给予1‰毛果芸香碱滴眼液，一次1滴，每5分钟1次，瞳孔缩小后改为一天4次。请分析：为什么用毛果芸香碱？滴眼时要注意什么？

参 考 答 案

1. E	2. C	3. A	4. A	5. B
6. C	7. E	8. C	9. D	10. D
11. B	12. E	13. D	14. E	15. C
16. E	17. CDE	18. ABD	19. ACE	20. ABCDE

21. 毛果芸香碱能降低眼内压，缓解青光眼的症状。滴眼时应按住内眦，以免药液经鼻泪管流入鼻腔吸收中毒。

（秦红兵）

第七章 胆碱受体阻断药

一、A₁ 型题

1. 阿托品禁用于
   A. 前列腺肥大　　　　　B. 胃肠痉挛　　　　　C. 支气管哮喘
   D. 心动过缓　　　　　　E. 感染性休克

2. 阿托品对眼睛的作用是
   A. 扩大瞳孔，升高眼内压，视远物模糊
   B. 扩大瞳孔，升高眼内压，视近物模糊
   C. 扩大瞳孔，降低眼内压，视近物模糊
   D. 扩大瞳孔，降低眼内压，视远物模糊
   E. 缩小瞳孔，升高眼内压，视近物模糊

3. 阿托品对下列哪种平滑肌解痉效果最好
   A. 支气管平滑肌　　　　B. 胃肠道平滑肌　　　C. 胆道平滑肌
   D. 输尿管平滑肌　　　　E. 子宫平滑肌

4. 以下哪一药物中毒可用新斯的明来解救
   A. 泮库溴铵　　　　　　B. 琥珀胆碱　　　　　C. 毒扁豆碱
   D. 毛果芸香碱　　　　　E. 溴丙胺太林

5. 阿托品对下列哪一症状无缓解作用
   A. 内脏绞痛　　　　　　B. 流涎出汗　　　　　C. 骨骼肌震颤
   D. 心动过缓　　　　　　E. 大小便失禁

6. 关于阿托品的叙述，下列哪一项是错误的
   A. 可用于麻醉前给药　　　　　　B. 常用于感染性休克
   C. 可用于治疗缓慢型心律失常　　D. 常用于缓解支气管哮喘
   E. 治疗胆绞痛常与哌替啶合用

7. 大剂量阿托品治疗感染性休克的理论依据是
   A. 收缩血管，升高血压　　　　　B. 扩张血管，改善微循环
   C. 扩张支气管，解除呼吸困难　　D. 兴奋心脏，增加心排出量
   E. 兴奋大脑皮层，使患者苏醒

8. 麻醉前常注射阿托品，其目的是
   A. 增强麻醉效果　　　　　　　　B. 兴奋呼吸中枢
   C. 预防麻醉引起的低血压　　　　D. 使骨骼肌完全松弛

E. 减少呼吸道腺体分泌

9. 阿托品的哪种作用与阻断 M 受体**无关**
　　A. 扩大瞳孔，调节麻痹　　　　　B. 抑制腺体分泌
　　C. 扩张血管，改善微循环　　　　D. 松弛内脏平滑肌
　　E. 兴奋心脏，加快心率

10. 有中枢抑制作用的 M 胆碱受体阻断药是
　　A. 阿托品　　　　　　　B. 后马托品　　　　　　C. 东莨菪碱
　　D. 山莨菪碱　　　　　　E. 溴丙胺太林

11. 有关阿托品不良反应的叙述，**错误**的是
　　A. 口干乏力　　　　　　B. 排尿困难　　　　　　C. 心率加快
　　D. 瞳孔扩大　　　　　　E. 视远物模糊

12. 下列何药为阿托品扩瞳合成代用品
　　A. 托吡卡胺　　　　　　B. 溴丙胺太林　　　　　C. 山莨菪碱
　　D. 筒箭毒碱　　　　　　E. 琥珀胆碱

13. 关于琥珀胆碱的叙述，**错误**的是
　　A. 为除极化型肌松药
　　B. 可用于气管内插管及气管镜检查
　　C. 可作为外科麻醉辅助用药
　　D. 青光眼患者禁用
　　E. 可引起血钾降低

14. 下列何药为人工合成的长效非除极化型肌松药
　　A. 筒箭毒碱　　　　　　B. 琥珀胆碱　　　　　　C. 山莨菪碱
　　D. 溴丙胺太林　　　　　E. 泮库溴铵

15. 下列有关东莨菪碱的叙述，**错误**的是
　　A. 中枢兴奋作用较强　　　　　　B. 可用于麻醉前给药
　　C. 可用于晕动病和帕金森病　　　D. 抑制唾液分泌作用强
　　E. 青光眼患者禁用

16. 具有抗帕金森病作用的药物是
　　A. 阿托品　　　　　　　B. 山莨菪碱　　　　　　C. 东莨菪碱
　　D. 哌仑西平　　　　　　E. 溴丙胺太林

17. 关于山莨菪碱的叙述，正确的是
　　A. 对眼和腺体的作用强　　　　　B. 易透过血-脑屏障
　　C. 可用于感染性休克　　　　　　D. 常用于麻醉前给药
　　E. 可用于抗帕金森病

18. 具有防晕止吐作用的药物是
　　A. 毒扁豆碱　　　　　　B. 新斯的明　　　　　　C. 东莨菪碱
　　D. 山莨菪碱　　　　　　E. 阿托品

19. 对胃肠道平滑肌解痉挛作用强而持久的阿托品合成代用品是
　　A. 托吡卡胺　　　　　　B. 东莨菪碱　　　　　　C. 筒箭毒碱
　　D. 溴丙胺太林　　　　　E. 哌仑西平

二、A₂型题

20. 患者，男，35岁。因房室传导阻滞入院，应选用下列何药治疗
    A. 琥珀胆碱　　　　　　B. 吡斯的明　　　　　　C. 溴丙胺太林
    D. 阿托品　　　　　　　E. 泮库溴铵

21. 患者，女，51岁。严重腹泻伴高热、昏睡入院，诊为感染性休克，应选用下列何药治疗
    A. 山莨菪碱　　　　　　B. 溴丙胺太林　　　　　C. 哌仑西平
    D. 新斯的明　　　　　　E. 泮库溴铵

22. 患者，男，59岁。因长期咳嗽入院，为明确诊断要进行气管镜检查，应选用下列何药进行麻醉
    A. 琥珀胆碱　　　　　　B. 东莨菪碱　　　　　　C. 山莨菪碱
    D. 溴丙胺太林　　　　　E. 筒箭毒碱

三、A₃型题

23～24题共用题干

患者，女，44岁。因腹痛入院，诊断为急性胆绞痛

23. 最好应选用
    A. 阿托品
    B. 阿托品＋筒箭毒碱
    C. 阿托品＋泮库溴铵
    D. 阿托品＋哌替啶
    E. 阿托品＋溴丙胺太林

24. 下列哪一情况禁用阿托品
    A. 前列腺肥大　　　　　B. 心动过缓　　　　　　C. 手术后腹气胀
    D. 发热　　　　　　　　E. 支气管哮喘

四、B₁型题

25～28题共用答案
    A. 阿托品　　　　　　　B. 东莨菪碱　　　　　　C. 溴丙胺太林
    D. 后马托品　　　　　　E. 琥珀胆碱

25. 预防晕动病

26. 治疗窦性心动过缓

27. 用于气管镜检查

28. 用于成年人验光

五、X型题

29. 关于阿托品的叙述，正确的是
    A. 可用于感染性休克　　　　　　　B. 可用于房室传导阻滞
    C. 青光眼患者禁用　　　　　　　　D. 对缓解支气管哮喘疗效较差
    E. 对汗腺和唾液腺抑制作用强

30. 阿托品禁用于

    A. 前列腺肥大   B. 心绞痛   C. 支气管哮喘

    D. 青光眼   E. 心动过缓

31. 青光眼患者禁用的药物包括

    A. 阿托品   B. 东莨菪碱   C. 山莨菪碱

    D. 琥珀胆碱   E. 泮库溴铵

32. 有关山莨菪碱的叙述，**错误**的是

    A. 对胃肠平滑肌和血管平滑肌的解痉作用强

    B. 对眼的作用弱

    C. 抑制唾液分泌作用强

    D. 可用于晕动病和帕金森病

    E. 青光眼患者禁用

33. 关于泮库溴铵的叙述，**错误**的是

    A. 为人工合成的短效非除极化型肌松药

    B. 可作为外科麻醉辅助用药

    C. 可用于气管插管

    D. 中毒时不可用新斯的明类药物解救

    E. 治疗量无神经节阻断作用

34. 东莨菪碱可用于

    A. 麻醉前给药   B. 支气管哮喘   C. 心动过速

    D. 晕动病   E. 帕金森病

35. 阿托品合成代用品包括

    A. 托吡卡胺   B. 东莨菪碱   C. 后马托品

    D. 溴丙胺太林   E. 泮库溴铵

36. 关于琥珀胆碱的叙述，正确的是

    A. 为非除极化型肌松药

    B. 可作为外科麻醉辅助用药

    C. 可引起手术后肌痛

    D. 中毒时可用新斯的明类药物解救

    E. 不宜与硫喷妥钠等药混合使用

六、案例分析

37. 患者，男，35岁。因寒战、高热、昏睡入院。经检查，体温：39.5℃，血压：10.64/6.65kPa（80/50mmHg），心率：126次/分钟，白细胞计数：16×10^9/L，中性粒细胞0.78。结果诊断为感染性休克。请问可选用什么药物治疗（限目前已学过的药物）？在药物治疗过程中护理要点有哪些？

参 考 答 案

1. A   2. B   3. B   4. A   5. C

6. D   7. B   8. E   9. C   10. C

11. E   12. A   13. E   14. E   15. A

16. C	17. C	18. C	19. D	20. D
21. A	22. A	23. D	24. A	25. B
26. A	27. E	28. D	29. ABCDE	30. AD
31. ABCD	32. CD	33. AD	34. ADE	35. ACD
36. BCE				

37. 可选用阿托品、山莨菪碱和东莨菪碱。给药前，必须再次确认是否存在禁忌证，青光眼、前列腺肥大及幽门梗阻等患者禁用阿托品等 M 受体阻断药；M 受体阻断药都会引起口干、心悸等副作用，用药前要与患者进行沟通，解除患者的紧张心理；加强用药后的观察，防止药物过量中毒。

（秦红兵）

第八章　肾上腺素受体激动药

一、A₁ 型题

1. 心脏骤停复苏的最佳药物是
   A. 肾上腺素　　　　　　B. 多巴胺　　　　　　　C. 去甲肾上腺素
   D. 去氧肾上腺素　　　　E. 麻黄碱

2. 能翻转肾上腺素升压作用的药物是
   A. 阿托品　　　　　　　B. 酚妥拉明　　　　　　C. 普萘洛尔（心得安）
   D. 间羟胺　　　　　　　E. 多巴胺

3. 青霉素等药物引起的过敏性休克时，首选何药抢救
   A. 多巴胺　　　　　　　B. 去甲肾上腺素　　　　C. 肾上腺素
   D. 异丙肾上腺素　　　　E. 间羟胺

4. 肾上腺素对心脏的作用是
   A. 激动 α 受体，使心率加快，传导加快，收缩力加强
   B. 阻断 α 受体，使心率减慢，传导减慢，收缩力减弱
   C. 激动 β 受体，使心率加快，传导加快，收缩力加强
   D. 阻断 β 受体，使心率加快，传导减慢，收缩力减弱
   E. 激动 α 受体和 β 受体，使心率加快，传导加快，收缩力减弱

5. 伴有肾衰竭的中毒性休克最适宜选用
   A. 间羟胺　　　　　　　B. 麻黄碱　　　　　　　C. 多巴胺
   D. 异丙肾上腺素　　　　E. 肾上腺素

6. 防治腰麻、硬膜外麻醉引起的低血压最好选用
   A. 多巴胺　　　　　　　B. 去甲肾上腺素　　　　C. 肾上腺素
   D. 麻黄碱　　　　　　　E. 间羟胺

7. 以下何药**不宜**肌内注射给药
   A. 阿托品　　　　　　　B. 麻黄碱　　　　　　　C. 肾上腺素
   D. 间羟胺　　　　　　　E. 去甲肾上腺素

8. 适用于治疗房室传导阻滞的药物是
   A. 去氧肾上腺素　　　　B. 肾上腺素　　　　　　C. 麻黄碱
   D. 异丙肾上腺素　　　　E. 去甲肾上腺素

9. 去甲肾上腺素静滴外漏的最佳处理
   A. 生理盐水皮下注射　　　　　　　B. 普鲁卡因溶液封闭

C. 酚妥拉明皮下浸润注射　　　　　D. 热敷

E. 冷敷

10. 心脏复苏新三联针组成正确的是

    A. 肾上腺素 1mg、阿托品 2mg、利多卡因 10mg

    B. 去甲肾上腺素 1mg、阿托品 2mg、利多卡因 10mg

    C. 肾上腺素 1mg、阿托品 1mg、利多卡因 100mg

    D. 异丙肾上腺素 1mg、阿托品 1mg、利多卡因 10mg

    E. 去甲肾上腺素 1mg、肾上腺素 1mg、利多卡因 10mg

二、A$_2$ 型题

11. 患者，男，28 岁。经诊断为化脓性指头炎，拟在局麻下施行手术切开引流。为防止局麻药吸收后的毒性反应，应采取的措施

    A. 在局麻药中加 0.1％肾上腺素

    B. 宜用高浓度的局麻药，以减少药液体积

    C. 限制局麻药的用量

    D. 手术后吸氧

    E. 手术前给予东莨菪碱

12. 患者，女，55 岁。有肝硬化史，5 年前曾呕血，确诊为肝硬化、胃底食管静脉曲张、脾大，给予止血和脾切除术治疗，好转出院。2 小时前突感腹胀，继而出现呕鲜血，约 1500ml。检查血压 12/8kPa，神志清，贫血貌。该患者除给予输液、输新鲜血外，还应选用下列何种止血措施

    A. 垂体后叶素口服　　　　　　　　B. 肾上腺素肌内注射

    C. 去甲肾上腺素稀释后口服　　　　D. 去氧肾上腺素静脉滴注

    E. 凝血酶静脉滴注

三、B$_1$ 型题

13～14 题共用答案

    A. 多巴胺　　　　　　B. 麻黄碱　　　　　　C. 氯丙嗪

    D. 去甲肾上腺素　　　E. 酚妥拉明

13. 静滴漏出血管外可导致局部组织缺血、坏死的药物是

14. 具有中枢兴奋作用的 α、β 受体激动药是

15～18 题共用答案

    A. 急性肾衰竭　　　　　B. 房室传导阻滞　　　C. 过敏性休克

    D. 腰麻所致低血压　　　E. 急性心功能不全

15. 麻黄碱可用于防治

16. 肾上腺素可用于抢救

17. 异丙肾上腺素可治疗

18. 多巴胺可用于治疗

19～21 题共用答案

    A. 多巴胺　　　　　　B. 去甲肾上腺素　　　C. 肾上腺素

    D. 异丙肾上腺素　　　　　E. 间羟胺

19. 临床可采用皮下注射、肌内注射及静脉注射的药物是

20. 严禁皮下注射或肌内注射的药物是

21. 治疗支气管哮喘常采用气雾吸入给药的是

四、X 型题

22. 可用于房室传导阻滞的药物是

    A. 阿托品　　　　　　　B. 去甲肾上腺素　　　　C. 异丙肾上腺素

    D. 肾上腺素　　　　　　E. 麻黄碱

23. 肾上腺素可用于治疗

    A. 心脏骤停　　　　　　B. 过敏性休克　　　　　C. 心律失常

    D. 支气管哮喘　　　　　E. 鼻黏膜出血

24. 麻黄碱与肾上腺素相比，前者的特点是

    A. 中枢兴奋较明显

    B. 可口服给药

    C. 扩张支气管作用强、快、短

    D. 扩张支气管作用温和而持久

    E. 反复应用易产生快速耐受性

25. 肾上腺素的禁忌证有

    A. 高血压　　　　　　　B. 心脏骤停　　　　　　C. 过敏性休克

    D. 器质性心脏病　　　　E. 甲状腺功能亢进

26. 关于异丙肾上腺素叙述正确的有

    A. 气雾吸入给药治疗支气管哮喘效果较好

    B. 升高收缩压和舒张压

    C. 静滴给药治疗二、三度房室传导阻滞

    D. 心室内注射抢救心脏骤停

    E. 局部止血效果好

27. 去甲肾上腺素静脉滴注宜采取的措施

    A. 加入到葡萄糖溶液中稀释后缓慢静脉滴注，滴速 $4\sim8\mu g/min$

    B. 密切观察尿量和局部反应，尿量至少保持在 25ml/h 以上

    C. 严防药液外漏

    D. 严密监测血压变化，收缩压维持在 90mmHg 为宜

    E. 观察呼吸变化

五、案例分析

28. 患者，女，34 岁。头痛、发热、咳嗽，痰多，呼吸急促，经有关检查被确诊为大叶性肺炎，医嘱给予青霉素 G 静脉滴注治疗。护士遵医嘱做青霉素皮肤过敏试验，皮试过程中患者突感胸闷、心慌、冷汗淋漓，脸色苍白，脉搏细弱。试分析患者为什么会出现上述症状？首选何药抢救，为什么？在用药抢救过程中要注意什么问题？

参 考 答 案

1. A	2. B	3. C	4. C	5. C
6. D	7. E	8. D	9. C	10. C
11. C	12. C	13. D	14. B	15. D
16. C	17. B	18. A	19. C	20. B
21. D	22. AC	23. ABDE	24. ABDE	25. ADE
26. ACD	27. ABCD			

28. 患者发生了过敏性休克。抢救的首选药为肾上腺素。因为肾上腺素有兴奋心脏、收缩血管、舒张支气管、抑制组胺释放等作用，可迅速缓解过敏性休克所致的心跳微弱、血压下降、喉头水肿和支气管黏膜水肿以及支气管平滑肌痉挛引起的呼吸困难等症状。使用肾上腺素抢救过敏休克要注意：①注射青霉素等易致过敏性休克药物前要准备好肾上腺素及相关用药器具。通常采用肌内或皮下注射给药，严重病例也可用 0.9% 氯化钠溶液稀释后缓慢静脉注射；②注射肾上腺素时，剂量必须精确，注射速度不可太快，以免血压骤升，注射后应对局部进行按摩，以促进药物吸收；③注射给药后，应密切监护患者，除观察疗效以便决定是否重复给药外，还应密切监测血压、心率和心律；④肾上腺素遇光和热均可氧化变色而失效，且为临床必备的抢救药物，应注意保管并定期检查，如发现药液变色不可再用。

(符秀华)

第九章 肾上腺素受体阻断药

一、A₁ 型题

1. 下述何药可诱发或加重支气管哮喘
   A. 肾上腺素　　　　　B. 酚苄明　　　　　C. 普萘洛尔
   D. 酚妥拉明　　　　　E. 间羟胺

2. 酚妥拉明临床应用**不包括**
   A. 血管痉挛性疾病　　　　　　B. 支气管哮喘
   C. 抗休克　　　　　　　　　　D. 嗜铬细胞瘤诊断
   E. 心力衰竭

3. 对肾上腺嗜铬细胞瘤的诊断性治疗可选用
   A. 肾上腺素　　　　　B. 去甲肾上腺素　　　　　C. 异丙肾上腺素
   D. 酚妥拉明　　　　　E. 普萘洛尔

4. 酚妥拉明可使肾上腺素的升压作用
   A. 明显增强　　　　　B. 基本不变　　　　　C. 减弱
   D. 翻转　　　　　　　E. 增强或不变

5. 应用 β 受体阻断药普萘洛尔，应密切监测心率，安静状态下心率**不得**低于
   A. 50 次/分　　　　　B. 90 次/分　　　　　C. 60 次/分
   D. 80 次/分　　　　　E. 100 次/分

6. 糖尿病患者在使用降糖药期间，**不宜**合用下列何药
   A. 阿托品　　　　　B. 酚妥拉明　　　　　C. 酚苄明
   D. 麻黄碱　　　　　E. 普萘洛尔

二、A₂ 型题

7. 患者，男，50 岁。静滴去甲肾上腺素治疗早期神经性休克，用药过程中发现滴注部位皮肤苍白，皮温下降，此时，除更换注射部位、热敷外，还可给予何种药物治疗
   A. 多巴胺　　　　　B. 阿托品　　　　　C. 普萘洛尔
   D. 酚妥拉明　　　　E. 拉贝洛尔

8. 患者，女，28 岁。右足冬季受外伤后，长期不能穿鞋，复受寒湿，外伤虽愈，但感右足趾麻木疼痛。逐渐右大趾皮色紫黯。疼痛加剧。夜重昼轻，行走困难。经诊断为血栓闭塞性脉管炎，采用防寒保暖等措施外，还可给予下述何种药物治疗
   A. 酚妥拉明　　　　　　　　　　B. 多巴胺

　　C. 阿托品　　　　　　　　　　　　D. 麻黄碱

　　E. 普萘洛尔

三、B₁ 型题

9～10 题共用答案

　　A. 前列腺增生　　　　　B. 支气管哮喘　　　　　C. 甲状腺功能亢进症

　　D. 室性心律失常　　　　E. 有机磷酸酯类中毒

9. 上述选项哪个是使用肾上腺素的禁忌证

10. 上述选项哪个是使用普萘洛尔的禁忌证

11～15 题共用答案

　　A. 阻断 β_1、β_2 受体　　　　　　B. 阻断 β_1 受体

　　C. 阻断 α_1、α_2 受体　　　　　　D. 阻断 α_1 受体

　　E. 阻断 β 受体并有微弱激动 β 受体

11. 哌唑嗪

12. 普萘洛尔

13. 吲哚洛尔

14. 酚妥拉明

15. 美托洛尔

四、X 型题

16. α 受体阻断药有

　　A. 妥拉唑林（妥拉苏林）　　　　　B. 酚妥拉明

　　C. 新斯的明　　　　　　　　　　　D. 酚苄明

　　E. 哌唑嗪

17. β 受体阻断药的主要临床应用有

　　A. 支气管哮喘　　　　　B. 抗心律失常　　　　　C. 抗心绞痛

　　D. 抗高血压　　　　　　E. 抗休克

18. 应用 β 受体阻断药的禁忌证及注意事项有

　　A. 重度房室传导阻滞禁用　　　　　B. 长期用药不能突然停药

　　C. 支气管哮喘慎用或禁用　　　　　D. 外周血管痉挛性疾病禁用

　　E. 窦性心动过缓禁用

19. 关于酚妥拉明叙述正确的有

　　A. 短效 α 受体阻断药　　　　　　　B. 可用于诊断嗜铬细胞瘤

　　C. 抗感染休克　　　　　　　　　　D. 可用于治疗心功能不全

　　E. 具有拟胆碱和组胺样作用

五、案例分析

20. 患者，男，39 岁。经诊断为肢端动脉痉挛症，医嘱予酚妥拉明治疗。请问：酚妥拉明为什么能治疗此病？酚妥拉明注射治疗期间，患者出现恶心、呕吐、头晕、心慌，起床上厕所时突然晕倒，请你为该患者制订护理措施。

参 考 答 案

1. C	2. B	3. D	4. D	5. A
6. E	7. D	8. A	9. C	10. B
11. D	12. A	13. E	14. C	15. B
16. ABDE	17. BCD	18. ABCE	19. ABCDE	

20. ①酚妥拉明能阻断 α_1 受体，扩张血管，改善肢端动脉痉挛症状。②该药有恶心、腹痛、加剧消化性溃疡及直立性低血压等不良反应。患者用药期间起床上厕所时突然晕倒，是酚妥拉明导致的直立性低血压不良反应。常见于久病卧床后突然起立；孕妇或站立过久；年老体弱者下蹲时间过长突然站起等原因诱发晕厥。一旦出现，应立即停药，使患者平卧，抬高下肢，监测血压。必要时给予去甲肾上腺素升高血压。

（符秀华）

第十章 麻 醉 药

一、A₁ 型题

答案学答

1. 普鲁卡因产生局麻作用的机制是
   A. 阻断 Na^+ 内流   B. 阻断 Ca^{2+} 内流   C. 阻断 K^+ 外流
   D. 阻止 Cl^- 内流   E. 阻断 K^+ 内流

2. 局麻药液中加入少量肾上腺素的目的是
   A. 防止术中出血
   B. 延长局麻药的作用时间，减少吸收
   C. 促进局麻药吸收
   D. 预防麻醉药过敏
   E. 预防麻醉过程中血压下降

3. 局部麻醉药中毒时的中枢症状是
   A. 兴奋
   B. 抑制
   C. 先出现兴奋，后出现抑制
   D. 先兴奋，后抑制，两者交替重叠
   E. 先抑制，后兴奋

4. 具有"分离麻醉"作用的全麻药是
   A. 乙醚   B. 氟烷   C. 氯胺酮
   D. 硫喷妥钠   E. 氧化亚氮

5. 在乙醚麻醉前使用苯巴比妥的主要目的是
   A. 消除患者麻醉前情绪紧张
   B. 解除患者的忧虑及减少呕吐的发生
   C. 减少腺体的分泌
   D. 缩短乙醚的诱导期
   E. 解除手术前后胃肠平滑肌的痉挛

6. 为预防腰麻引起的血压下降，最好先肌内注射
   A. 肾上腺素   B. 去甲肾上腺素   C. 麻黄碱
   D. 异丙肾上腺素   E. 以上均不宜

7. 普鲁卡因一般**不用于**
   A. 表面麻醉   B. 浸润麻醉   C. 腰麻

D. 传导麻醉　　　　　　E. 硬膜外麻醉

8. 局麻药液中禁止加入少量肾上腺素的情况是
 A. 面部手术　　　　　B. 胸部手术　　　　　C. 下腹部手术
 D. 指、趾末端手术　　E. 颈部手术

9. 应做皮试的局麻药是
 A. 丁卡因　　　　　　B. 利多卡因　　　　　C. 普鲁卡因
 D. 布比卡因　　　　　E. 都不做

10. 除局麻作用外，还有抗心律失常作用的药物是
 A. 普鲁卡因　　　　　B. 氯胺酮　　　　　　C. 布比卡因
 D. 丁卡因　　　　　　E. 利多卡因

11. 利多卡因一般不用于
 A. 表面麻醉　　　　　B. 浸润麻醉　　　　　C. 腰麻
 D. 传导麻醉　　　　　E. 硬膜外麻醉

12. 丁卡因常用作表面麻醉主要是因为
 A. 麻醉效力强　　　　B. 毒性较大　　　　　C. 黏膜的穿透力强
 D. 作用持久　　　　　E. 比较安全

13. 麻醉前给药的主要目的不包括
 A. 减轻紧张，焦虑情绪　　　　　　B. 增强麻醉，镇痛效果
 C. 减少腺体的分泌　　　　　　　　D. 使患者短暂性记忆丧失
 E. 降低患者伤口感染率

二、A₂ 型题

14. 患者，女，48 岁。因眼部异物感、流泪、视物不清来院就诊。裂隙灯检查，角膜有大小不一的异物存在，位置不同，需要取出，常选用何药麻醉
 A. 布比卡因　　　　　B. 普鲁卡因　　　　　C. 丁卡因
 D. 利多卡因　　　　　E. 乙醚

15. 女性，成人，拟行阑尾切除术，在腰麻开始后不久，收缩压从麻醉前 14.7kPa 下降至 11.7kPa。应从静脉输液中加入下列何种药物
 A. 间羟胺　　　　　　B. 麻黄碱　　　　　　C. 肾上腺素
 D. 多巴胺　　　　　　E. 去甲肾上腺素

16. 患者，女，43 岁。行"局麻下乳房良性肿瘤切除术"。行局麻药局部浸润麻醉后5 分钟，患者突然烦躁不安，寒战，呼吸急促，胸闷，继之四肢抽搐，惊厥，导致的原因
 A. 全脊髓麻醉　　　　B. 局麻药毒性反应　　C. 脑血管意外
 D. 急性心肌梗死　　　E. 局麻药产生作用

三、A₃ 型题

17～19 题共用题干

患者，男，6 岁。在扁桃体摘除手术麻醉时，医生误将 1% 丁卡因当作 1% 普鲁卡因应用，扁桃体周围注射 12ml 以后，患者很快出现烦躁不安，面色苍白，随即出现阵发性强烈惊厥，呼吸浅促，口唇发绀，心率减慢，血压下降

17. 该患者出现的反应是
    - A. 过敏性休克
    - B. 患者精神紧张而致晕厥
    - C. 药物的毒性反应
    - D. 药物的副作用
    - E. 药物的继发反应

18. 应选用下列何药对抗惊厥症状
    - A. 地西泮
    - B. 硫酸镁
    - C. 苯巴比妥钠
    - D. 异戊巴比妥
    - E. 苯妥英钠

19. 如不及时抢救，致死的首发原因是
    - A. 血压下降
    - B. 惊厥
    - C. 心率减慢
    - D. 呼吸麻痹
    - E. 心肌收缩力减弱

四、B₁ 型题

20~21 题共用答案
- A. 普鲁卡因
- B. 利多卡因
- C. 丁卡因
- D. 布比卡因
- E. 氯胺酮

20. 毒性作用强度最大的局麻药是

21. 与普鲁卡因无交叉过敏反应，对普鲁卡因过敏者常选用

五、X 型题

22. 可用于表面麻醉的药物是
    - A. 利多卡因
    - B. 普鲁卡因
    - C. 丁卡因
    - D. 布比卡因
    - E. 以上都是

23. 普鲁卡因的毒性反应包括
    - A. 烦躁不安
    - B. 血压下降
    - C. 心肌收缩力减弱
    - D. 呼吸抑制
    - E. 惊厥

24. 对利多卡因的描述，下列哪些是对的
    - A. 麻醉效力比普鲁卡因强
    - B. 对黏膜的穿透力比普鲁卡因弱
    - C. 作用较快而持久
    - D. 毒性反应比普鲁卡因明显
    - E. 扩散力强，用于腰麻时应慎重

25. 局麻药液中加入肾上腺素**不得**用于下列哪些情况
    - A. 甲亢
    - B. 高血压
    - C. 心脏病
    - D. 指、趾末端手术
    - E. 包皮环切术

六、案例分析

26. 患者，女，28岁。平时身体健康，欲行"区域麻醉下乳房脓肿切开引流术"。患者无麻醉药物过敏史，丁卡因皮肤过敏试验阴性。注药前回抽无血液后于局部注入丁卡因60mg。5 分钟后患者突然出现眩晕、寒战、烦躁不安，继之四肢抽搐，惊厥，并迅速出现呼吸困难，血压下降，心率缓慢。请分析患者为什么会出现上述症状？应采取哪些护理

措施?

参 考 答 案

1. A	2. B	3. C	4. C	5. A
6. C	7. A	8. D	9. C	10. E
11. C	12. C	13. E	14. C	15. B
16. B	17. C	18. A	19. D	20. C
21. B	22. ACD	23. ABCDE	24. ACE	25. ABCDE

26. 该患者出现了局麻药毒性反应，应采取的护理措施：①立即停止注药，予以吸氧；②按医嘱给予抗惊厥药如静注硫喷妥钠、地西泮等。若惊厥反复发作，按医嘱静注琥珀胆碱，并积极配合医师行气管插管及人工呼吸；③按医嘱予以升压药间羟胺等及输液等措施维持血压；④按医嘱缓慢静注阿托品；⑤严密观察病情变化，若发现呼吸、心搏停止，应立即报告医师，并配合行心肺脑复苏术。

（符秀华）

第十一章 镇静催眠药和抗惊厥药

一、A_1 型题

1. 巴比妥类药物中毒致死的多由于
   - A. 肝脏损害
   - B. 呼吸中枢麻痹
   - C. 肾脏损害
   - D. 循环衰竭
   - E. 继发感染

2. 治疗巴比妥类中毒时，下列哪项措施是**错误**的
   - A. 酸化血液和尿液
   - B. 静滴碳酸氢钠
   - C. 用利尿药加速药物排泄
   - D. 维持呼吸、循环和肾功能
   - E. 必要时给呼吸兴奋药

3. 主要用做静脉麻醉的药物是
   - A. 苯巴比妥
   - B. 异戊巴比妥
   - C. 司可巴比妥
   - D. 硫喷妥钠
   - E. 扎兰普隆

4. 既能抗癫痫又能抗惊厥的药物是
   - A. 苯巴比妥
   - B. 苯妥英钠
   - C. 司可巴比妥
   - D. 丙戊酸钠
   - E. 佐匹克隆

5. 地西泮**不用于**
   - A. 麻醉前给药
   - B. 焦虑症或焦虑性失眠
   - C. 高热惊厥
   - D. 癫痫持续状态
   - E. 诱导麻醉

6. 下列何药**不属于**苯二氮䓬类
   - A. 艾司唑仑
   - B. 咪达唑仑
   - C. 唑吡坦
   - D. 奥沙西泮
   - E. 氯氮䓬

7. 下列有关巴比妥类药物的叙述，**错误**的是
   - A. 随剂量增加可对中枢神经系统呈现不同程度的抑制
   - B. 长期应用可产生耐受性
   - C. 现临床已较少应用
   - D. 用量过大可致中毒
   - E. 现常用于镇静催眠

8. 具有镇静、催眠、抗焦虑作用，常用于治疗焦虑症的镇静催眠药是
   - A. 司可巴比妥
   - B. 地西泮
   - C. 苯巴比妥
   - D. 乙琥胺
   - E. 苯妥英钠

9. 下列哪项**不是**地西泮的作用

A. 抗焦虑   B. 镇静催眠   C. 麻醉

D. 抗惊厥   E. 抗癫痫

10. 地西泮的中枢抑制作用机制是

    A. 直接作用于中枢引起抑制

    B. 作用于边缘系统多巴胺受体

    C. 作用于苯二氮䓬受体，增加 GABA 与 GABA 受体的亲和力

    D. 作用于 GABA 受体，减弱 GABA 的中枢抑制作用

    E. 以上皆否

11. 下列有关地西泮的叙述，**错误**的是

    A. 口服吸收迅速而完全   B. 肌注吸收慢而不规则

    C. 青光眼及重症肌无力者禁用   D. 具有镇静催眠、抗焦虑作用

    E. 为迅速显效，静注时速度应快

12. 苯二氮䓬类中毒时可选用的特效拮抗药是

    A. 纳洛酮   B. 尼可剎米   C. 阿托品

    D. 氟马西尼   E. 钙剂

13. 注射硫酸镁**不产生**下列哪一种作用

    A. 降低血压   B. 抗惊厥   C. 泻下

    D. 扩张血管   E. 以上都不是

14. 镇静催眠药物的最佳服药时间为

    A. 晨起   B. 每餐后   C. 晚饭前

    D. 晚饭后   E. 睡前半小时

二、A₂ 型题

15. 患者，男，58 岁。因患焦虑失眠症伴有腰肌劳损、肌强直等表现，应选择以下何药治疗

    A. 司可巴比妥   B. 艾司唑仑   C. 劳拉西泮

    D. 地西泮   E. 氟西泮

16. 患者，女，63 岁。青光眼患者，近期连续失眠，医生选择下列哪种药物改善其睡眠较适宜

    A. 地西泮   B. 三唑仑   C. 奥沙西泮

    D. 氟西泮   E. 苯巴比妥

17. 患者，女，28 岁。妊娠第 32 周，有轻度水肿，血压略高。今突发惊厥，口吐白沫，测血压 158/115mmHg，适宜选用的药物是

    A. 地西泮   B. 苯巴比妥   C. 硫酸镁

    D. 水合氯醛   E. 乙琥胺

三、A₃ 型题

18～19 题共用题干

患者，女，48 岁。近一段时间睡眠时间明显缩短，初诊为失眠症

18. 该患者需药物治疗，可选用下列何药

A. 地西泮 B. 苯妥英钠 C. 新斯的明
D. 普萘洛尔 E. 硫喷妥钠

19. 应用地西泮治疗时，护理人员应进行用药护理，请问下列哪项是**错误**的
    A. 静脉缓慢注射
    B. 长期用药者逐渐减量停药
    C. 地西泮过量中毒选用氟马西尼进行解救
    D. 深部肌内注射
    E. 地西泮加入大输液中，不宜与其他注射液混合注射

四、A₄ 型题

20～21题共用题干

患者，男，8岁。学生。患儿于半月前游玩时，不慎碰破肘部皮肤，自涂薄荷叶而未见愈合。1天前出现厌食，多汗，头痛，继而不能起坐和张口，呈苦笑面容，颜面苍白，诊断为破伤风

20. 应选用下列何种药物消除患儿的惊厥症状
    A. 硫喷妥钠 B. 地西泮 C. 苯妥英钠
    D. 青霉素 E. 普鲁卡因

21. 你选用的抗惊厥药**不能**用于下列何种情况
    A. 麻醉前给药 B. 焦虑性失眠 C. 高热惊厥
    D. 癫痫持续状态 E. 静脉麻醉

五、B₁ 型题

22～23题共用答案
    A. 苯巴比妥 B. 硫喷妥钠 C. 司可巴比妥
    D. 水合氯醛 E. 艾司唑仑

22. 目前常用的镇静催眠药是
23. 主要用做静脉麻醉的药物是

六、X 型题

24. 地西泮和苯巴比妥均具有下列何种作用
    A. 镇静催眠 B. 抗癫痫 C. 麻醉前给药
    D. 抗惊厥 E. 抗精神病

25. 地西泮禁用于
    A. 青光眼 B. 破伤风 C. 癫痫大发作
    D. 重症肌无力 E. 心脏电复律前给药

26. 久用能引起耐受性和成瘾性的催眠药有
    A. 苯巴比妥 B. 水合氯醛 C. 地西泮
    D. 氟西泮 E. 艾司唑仑

27. 巴比妥类药物的作用包括
    A. 镇静 B. 抗抑郁 C. 催眠

  D. 抗惊厥   E. 麻醉

28. 下列哪些是水合氯醛的临床应用
  A. 失眠   B. 小儿高热惊厥
  C. 破伤风惊厥   D. 紫癜
  E. 上消化道溃疡患者伴烦躁不安

29. 下列哪些是地西泮的不良反应
  A. 急性中毒   B. 耐受性   C. 呼吸抑制
  D. 血压升高   E. 嗜睡、乏力

30. 治疗巴比妥类药物中毒时，静脉滴注碳酸氢钠的目的是
  A. 减少药物从肾小管重吸收
  B. 促进中枢神经内的药物向血液中转移
  C. 加速药物被药酶转化
  D. 碱化血液
  E. 碱化尿液

31. 具有肌肉松弛作用的药物有
  A. 地西泮   B. 链霉素   C. 新斯的明
  D. 氯硝西泮   E. 硫酸镁

七、案例分析

32. 患者，男，2岁。1天前因发热、头痛就诊于附近乡医院，以"头孢噻肟"肌注，2小时前突发抽搐二次，但间歇期间神志清楚，能回答提问。半小时前，患儿开始哭闹，随即呈典型的角弓反张状，初步诊断为细菌感染性发热、高热惊厥，立即给予地西泮静注，惊厥症状即停，但发现患者出现呼吸浅慢、脉细速、心率减慢等呼吸、心血管抑制症状，请问患者可能出现了什么情况？此时护理人员应如何处理？应用地西泮时应如何进行用药护理？

参 考 答 案

1. B	2. A	3. D	4. A	5. E
6. C	7. E	8. B	9. C	10. C
11. E	12. D	13. C	14. E	15. D
16. D	17. C	18. A	19. E	20. B
21. E	22. E	23. B	24. ABCD	25. AC
26. ABCE	27. ACDE	28. ABC	29. ABCE	30. ABDE
31. ABDE				

32. 患者出现地西泮中毒。

此时护理人员应：①立刻通知医生；②注意检测呼吸、体温、血压变化，维持生命体征；③备好解救药氟马西尼。

应用地西泮抗惊厥及抢救癫痫持续状态时应特别注意：静注速度应缓慢，每分钟不宜超过 5mg，以免引起血压过低、呼吸抑制等不良反应。肌内注射宜深部肌内注射，并注意勿误入血管。

另外，地西泮口服用于抗焦虑、镇静催眠时的用药护理措施有：①了解患者焦虑、失眠的原因、程度、性质、表现；是否用过镇静催眠药、应用的种类、剂量、时间、疗效等；有无药物依赖性或滥用现象。了解患者心、肺、肝、肾功能。②建议患者改变不利于睡眠的生活方式，增加体力活动，调整心理状态，有规律地作息，尽量用非药物方法缓解焦虑和失眠问题。③告诉患者长期应用本类药物易产生依赖性；饮酒会增强药物毒性，烟、酒、茶、咖啡等饮品能影响睡眠；提醒患者用药后不要从事驾车、操作机器或登高作业；长期用药突然停药会引起戒断症状，应逐渐减量停药。因可透过胎盘屏障和随乳汁分泌，孕妇和哺乳期妇女禁用。④根据患者用药目的，指导患者正确服药，如焦虑患者与失眠的患者给药时间的区别。护士应视患者将药物服下后离开，以防患者将药物囤积而发生意外。⑤嘱咐患者用镇静催眠药后行走应缓慢，老弱者应搀扶，避免摔倒。

（邹浩军　林莉莉）

第十二章　抗癫痫药

一、A₁型题

1. 仅对小发作有效的药是
   - A. 苯巴比妥
   - B. 苯妥英钠
   - C. 地西泮
   - D. 丙戊酸钠
   - E. 乙琥胺

2. 对癫痫大发作、小发作及精神运动性发作均可选用的药物是
   - A. 苯巴比妥
   - B. 乙琥胺
   - C. 卡马西平
   - D. 丙戊酸钠
   - E. 苯妥英钠

3. 苯妥英钠与苯巴比妥相比，其抗癫痫的特点是
   - A. 治疗量时无镇静催眠作用
   - B. 刺激性小、作用强
   - C. 对各种癫痫都有良效
   - D. 不良反应小
   - E. 作用出现快

4. 具有抗心律失常作用的抗癫痫药是
   - A. 丙戊酸钠
   - B. 苯巴比妥
   - C. 乙琥胺
   - D. 卡马西平
   - E. 苯妥英钠

5. 卡马西平最适于治疗何种癫痫类型
   - A. 大发作
   - B. 小发作
   - C. 精神运动性发作
   - D. 局限性发作
   - E. 癫痫持续状态

6. 对癫痫小发作无效，甚至使发作次数增加的药物是
   - A. 乙琥胺
   - B. 地西泮
   - C. 苯妥英钠
   - D. 氯硝西泮
   - E. 丙戊酸钠

7. 下列哪项**不是**苯妥英钠的临床应用
   - A. 焦虑症
   - B. 三叉神经痛
   - C. 强心苷中毒所致的心律失常
   - D. 癫痫大发作
   - E. 舌咽神经痛

8. 卡马西平的作用**不包括**
   - A. 抗癫痫
   - B. 抗外周神经痛
   - C. 抗躁狂
   - D. 抗抑郁
   - E. 抗惊厥

9. 苯妥英钠**不能**用于
   - A. 癫痫大发作
   - B. 癫痫小发作
   - C. 精神运动性发作
   - D. 局限性发作
   - E. 癫痫持续状态

10. **不属于**苯妥英钠的不良反应的是

    A. 局部刺激性强　　　　　B. 齿龈增生　　　　　　C. 共济失调

    D. 嗜睡　　　　　　　　　E. 影响造血系统

11. 抗癫痫药中长期应用可致巨幼红细胞性贫血的是

    A. 苯巴比妥　　　　　　　B. 苯妥英钠　　　　　　C. 扑痫酮

    D. 乙琥胺　　　　　　　　E. 丙戊酸钠

12. 使用抗癫痫药后没有发作也没有不良反应，护士一般还应告知患者继续坚持服药多少年

    A. 1年　　　　　　　　　　B. 2年　　　　　　　　C. 3年

    D. 4年　　　　　　　　　　E. 5年

二、A₂ 型题

13. 患者，女，23岁。患癫痫大发作3年余，某日大发作后持续处于痉挛、抽搐和昏迷状态，医生诊断为癫痫持续状态，宜选用下列何药治疗

    A. 口服地西泮　　　　　　B. 口服硝西泮　　　　　C. 静注地西泮

    D. 口服阿普唑仑　　　　　E. 口服劳拉西泮

14. 患者，女，8岁。近来常有手拿物品落地、两眼凝视等表现，结合脑电图等检查，医生诊断为癫痫小发作，可选何药治疗

    A. 氟西泮　　　　　　　　B. 乙琥胺　　　　　　　C. 奥沙西泮

    D. 氯氮䓬　　　　　　　　E. 氯硝西泮

15. 患者，女，26岁。在田间劳动时，突然意识丧失，跌倒在地，并发出尖叫声，口吐白沫，全身肌肉强直痉挛等，送往医院后苏醒，医生诊断为癫痫大发作，应选何药治疗

    A. 苯妥英钠　　　　　　　B. 乙琥胺　　　　　　　C. 卡马西平

    D. 地西泮（安定）　　　　E. 水合氯醛

16. 患者，男，30岁。刷牙时突然发生左侧面部闪电样剧痛，临床诊断为三叉神经痛，最好选用下列何药治疗

    A. 阿司匹林　　　　　　　B. 哌替啶（度冷丁）　　C. 卡马西平

    D. 苯妥英钠　　　　　　　E. 吲哚美辛（消炎痛）

17. 患者，女，16岁。近十余天常出现左侧肢体和面部抽搐，并伴有感觉异常，遂去医院就医，初诊为癫痫单纯局限性发作，那么应该首选下列哪种药

    A. 扑米酮　　　　　　　　B. 卡马西平　　　　　　C. 地西泮

    D. 苯妥英钠　　　　　　　E. 氯硝西洋

18. 患者，男性，26岁。癫痫史19年。有明确的抽搐和发作后意识蒙眬，精神异常表现，有幻觉，初诊为精神运动性发作，应该首选下列何种药物

    A. 扑米酮　　　　　　　　B. 卡马西平　　　　　　C. 地西泮

    D. 苯妥英钠　　　　　　　E. 氯硝西洋

三、A₃ 型题

19~20 题共用题干

患者，女，9岁。因癫痫大发作入院，其母叙述曾服苯巴比妥10个月，疗效不佳，2

日前停掉苯巴比妥，改服治疗量苯妥英钠。

19. 服用苯妥英钠后，病情反而加重，请问这是怎么回事
    A. 苯妥英钠剂量太小
    B. 苯妥英钠对大发作无效
    C. 苯妥英钠诱导了肝药酶，加速自身代谢
    D. 苯妥英钠的血药浓度尚未达到有效血药浓度
    E. 苯妥英钠剂量过大而中毒

20. 这种做法违背了下列哪项抗癫痫药的用药原则
    A. 长期用药   B. 定期检查   C. 对症选药
    D. 久用慢停   E. 剂量渐增

四、A₄ 型题

21~23 题共用题干

患者，男性，21 岁。5 岁时开始发病，主要表现为双手前伸抖动，眼上翻，意识并没有完全丧失。近期发作频繁，最短间隔 5~10 分钟不等再次发作，发作的时间极短，发作时如电击样，初诊为癫痫小发作

21. 应首选下列何种药物治疗
    A. 扑痫酮   B. 苯巴比妥   C. 苯妥英钠
    D. 乙琥胺   E. 地西泮

22. 对上述选用药物的叙述，正确的是
    A. 为广谱抗癫痫药   B. 仅对小发作有效
    C. 对大发作也有效   D. 对单纯局限性发作疗效好
    E. 静注可用于癫痫持续状态

23. 对所选用的药物用药护理叙述错误的是
    A. 久服骤停可使癫痫加重
    B. 对可能诱发癫痫的因素及早预防和治疗
    C. 长期用药应注意检查血象
    D. 切忌随便停药、漏服或换药
    E. 要经常按摩齿龈，防止齿龈增生

五、B₁ 型题

24~28 题共用答案
    A. 地西泮（安定）   B. 丙戊酸钠   C. 乙琥胺
    D. 苯妥英钠   E. 卡马西平

24. 癫痫大发作可选
25. 癫痫小发作可选
26. 癫痫精神运动性发作可选
27. 癫痫持续状态可选
28. 广谱抗癫痫药是

六、X型题

29. 癫痫大发作有效的药物有
    A. 苯巴比妥　　　　　B. 苯妥英钠　　　　　C. 卡马西平
    D. 乙琥胺　　　　　　E. 丙戊酸钠

30. 苯妥英钠可引起
    A. 共济失调　　　　　B. 齿龈增生　　　　　C. 巨幼红细胞性贫血
    D. 过敏反应　　　　　E. 成瘾性

31. 应用丙戊酸钠治疗有效的癫痫类型有
    A. 癫痫大发作　　　　B. 癫痫小发作　　　　C. 精神运动性发作
    D. 局限性发作　　　　E. 癫痫持续状态

32. 下列哪些药对小发作有效
    A. 苯妥英钠　　　　　B. 乙琥胺　　　　　　C. 苯巴比妥
    D. 丙戊酸钠　　　　　E. 地西泮

33. 卡马西平特点有
    A. 精神运动性发作疗效好　　　　　B. 对三叉神经痛疗效弱于苯妥英钠
    C. 对躁狂症有效　　　　　　　　　D. 苯妥英钠可加速其代谢
    E. 为广谱抗癫痫药

34. 对三叉神经痛有效的抗癫痫药物是
    A. 地西泮（安定）　　B. 苯巴比妥　　　　　C. 乙琥胺
    D. 苯妥英钠　　　　　E. 卡马西平

七、案例分析

35. 某癫痫患者，突然意识丧失，全身强直性痉挛，口吐白沫，随后进入沉睡状态。你考虑可能为哪种类型癫痫，应该首选何药治疗？治疗过程中应如何进行用药护理？

参 考 答 案

1. E	2. D	3. A	4. E	5. C
6. C	7. A	8. E	9. B	10. D
11. B	12. C	13. C	14. B	15. A
16. C	17. D	18. B	19. D	20. D
21. D	22. B	23. E	24. D	25. C
26. E	27. A	28. B	29. ABCE	30. ABCD
31. ABCDE	32. BDE	33. ACDE	34. DE	

35. 该患者可能是癫痫大发作。可首先考虑用苯妥英钠口服。用苯妥英钠治疗过程中，应嘱患者：①坚持按时用药，不随便停、漏服或更换其他药物；②避免可能诱发或刺激癫痫发作的因素如发热、缺氧等；③注意口腔护理，指导患者保持口腔清洁、按摩牙龈；④注意避免中毒，适时血药浓度监测，与其他药物合用时，注意调整剂量，如苯妥英钠静脉注射要慢，宜在心电监护下使用。

（邹浩军）

第十三章　抗帕金森病药和治疗阿尔茨海默病药

一、A₁ 型题

1. 关于左旋多巴叙述**错误**的是
   A. 口服后转运至小肠吸收
   B. 口服吸收缓慢
   C. 大部分药物被外周脱羧酶脱羧转变为多巴胺
   D. 轻症的年轻患者疗效好
   E. 可用于治疗肝性脑病

2. 卡比多巴与左旋多巴合用治疗帕金森病的意义是
   A. 减慢左旋多巴肾脏排泄，增强其疗效
   B. 卡比多巴直接激动多巴胺受体，增强左旋多巴疗效
   C. 提高脑内多巴胺的浓度，增强左旋多巴疗效
   D. 抑制多巴胺再摄取，增强左旋多巴疗效
   E. 卡比多巴能促进左旋多巴脱羧成多巴胺，增强左旋多巴疗效

3. 氯丙嗪引起的帕金森综合征应选用何药
   A. 左旋多巴　　　　　B. 苯海索　　　　　C. 金刚烷胺
   D. 毒扁豆碱　　　　　E. 丙戊酸钠

4. 苯海索抗帕金森病的作用主要是
   A. 外周抗胆碱作用　　B. 中枢抗胆碱作用　　C. 中枢抗肾上腺素作用
   D. 中枢抗多巴胺作用　E. 中枢拟肾上腺素作用

5. 以下哪种药物**不能**治疗帕金森病
   A. 左旋多巴　　　　　B. 金刚烷胺　　　　　C. 苯海索
   D. 多巴胺　　　　　　E. 溴隐亭

6. 关于苯海索以下哪种说法**错误**
   A. 对帕金森病的疗效不如左旋多巴
   B. 外周抗胆碱作用比阿托品弱
   C. 对抗精神病药引起的帕金森综合征无效
   D. 不良反应与阿托品相似
   E. 中枢作用比阿托品强

7. 下列何药既可抗帕金森病，又可治疗肝性脑病
   A. 卡比多巴　　　　　B. 金刚烷胺　　　　　C. 溴隐亭

D. 苯海索　　　　　　　　　　E. 左旋多巴

8. 卡比多巴治疗帕金森病的机制是
   A. 增加脑内多巴胺的含量　　　　　B. 直接激动中枢的多巴胺受体
   C. 阻断中枢胆碱受体　　　　　　　D. 增强多巴胺受体的敏感性
   E. 抑制外周脱羧酶活性

9. 关于左旋多巴治疗帕金森病的特点**错误**的是
   A. 对轻症及年轻患者疗效好
   B. 对抗精神病药引起的帕金森综合征有效
   C. 对肌肉震颤症状疗效较差
   D. 对重症患者疗效较差
   E. 对肌肉僵直和运动困难疗效好

10. 具有抗病毒作用的抗帕金森病药物是
    A. 左旋多巴　　　　　　B. 卡比多巴　　　　　　C. 金刚烷胺
    D. 溴隐亭　　　　　　　E. 司来吉兰

11. 关于左旋多巴的不良反应**错误**的是
    A. 肝性脑病　　　　　　B. 胃肠道反应　　　　　C. 心血管反应
    D. 开-关现象　　　　　　E. 精神障碍

12. 禁止与左旋多巴合用的药物是
    A. 卡比多巴　　　　　　B. 多巴胺　　　　　　　C. 维生素 B_{12}
    D. 维生素 B_6　　　　　E. 苯海索

13. 关于溴隐亭的描述**错误**的是
    A. 激动结节-漏斗部的多巴胺受体
    B. 激动黑质-纹状体的多巴胺受体
    C. 减少催乳素的释放
    D. 用于产后停乳和催乳素分泌过多症
    E. 阻断黑质-纹状体的多巴胺受体

14. 关于金刚烷胺描述**错误**的是
    A. 起效快，维持时间短，用药数日可获最大疗效
    B. 提高 DA 受体的敏感性
    C. 抗胆碱作用较弱
    D. 促进 DA 释放
    E. 与左旋多巴合用有协同作用

15. 下列哪种药物为多巴脱羧酶抑制药
    A. 金刚烷胺　　　　　　B. 卡比多巴　　　　　　C. 左旋多巴
    D. 溴隐亭　　　　　　　E. 苯海索

16. 左旋多巴治疗帕金森病初期最常见的不良反应是
    A. 开-关现象　　　　　　B. 中枢兴奋　　　　　　C. 胃肠道反应
    D. 精神障碍　　　　　　E. 不自主异常运动

17. 用左旋多巴或 M 受体阻断剂治疗帕金森病，**不能**缓解的症状是
    A. 肌肉强直　　　　　　B. 随意运动减少　　　　C. 静止性震颤

  D. 面部表情呆板　　　　　E. 动作缓慢

18. 帕金森病患者出现震颤麻痹是由于
  A. 前庭小脑神经元病变
  B. 红核神经元病变
  C. 纹状体神经元病变
  D. 黑质多巴胺神经递质系统功能受损
  E. 乙酰胆碱递质系统功能受损

19. 震颤麻痹的患者禁止使用哪类药物
  A. 金刚烷胺
  B. 抗胆碱能药物如苯海索、丙环定等
  C. 单胺氧化酶抑制剂如司来吉兰等
  D. 多巴胺受体激动剂如普拉克索、溴隐亭和培高利特等
  E. 吩噻嗪类药物如氯丙嗪、奋乃静等

二、A₂ 型题

20. 某精神分裂症患者，长期使用氯丙嗪后出现肌张力增高、面容呆板、动作迟缓、流涎等，应选择下列何药治疗
  A. 左旋多巴　　　　　B. 卡比多巴　　　　　C. 苄丝肼
  D. 溴隐亭　　　　　　E. 苯海索

21. 某帕金森病患者，伴有肝性脑病症状，应选择下列何药治疗
  A. 苯海索　　　　　　B. 左旋多巴　　　　　C. 溴隐亭
  D. 金刚烷胺　　　　　E. 丙环定

22. 患者，男，68 岁，近年逐渐出现四肢震颤，双手呈"搓药丸样"动作，面部缺乏表情，动作缓慢，走路呈"慌张步态"，被动运动时肢体齿轮样肌张力增高，需用下列何种药物治疗
  A. 新斯的明　　　　　B. 左旋多巴　　　　　C. 苯妥英钠
  D. 卡马西平　　　　　E. 多巴胺

三、A₃ 型题

23~25 题共用题干

患者，女，69 岁。退休工人。近 3 年来逐渐出现特别好忘事，做事经常丢三落四，近一年，有时对着镜子中的自己问"你是谁呀"，2 周前一个人跑出家门，找不到回家的路，说不清地址，说不上自己的名字，幸被邻居碰上才未发生意外

23. 首先考虑的诊断是
  A. 血管性痴呆　　　　　B. 精神发育迟滞　　　　　C. 遗忘障碍
  D. 阿尔茨海默病　　　　E. 精神分裂

24. 首选治疗药是
  A. 尼莫地平　　　　　　B. 奥氮平　　　　　　　C. 多奈哌齐
  D. 双硫仑　　　　　　　E. 左旋多巴

25. 对该患者的护理目标是

    A. 患者能按时服药

    B. 重建患者的定向感和现实感

    C. 不感染

    D. 维持患者的适应水平与患者的生活能力相符

    E. 生活能够完全自理

四、X 型题

26. 抗帕金森病药包括哪几类

    A. 多巴胺受体阻断药   B. 拟多巴胺类药

    C. 胆碱受体激动药   D. 胆碱受体阻断药

    E. 肾上腺素受体激动药

27. 对阿尔茨海默病的综合治疗包括

    A. 使用中枢胆碱能药   B. 改善脑循环和脑代谢

    C. 改善病理性蛋白代谢   D. 行为治疗

    E. 心理治疗

28. 左旋多巴的用途有

    A. 抗帕金森病   B. 抗休克   C. 治疗晕动病

    D. 抗病毒   E. 治疗肝性脑病

29. 金刚烷胺的作用包括

    A. 抗流感病毒   B. 治疗艾滋病   C. 抗帕金森病

    D. 治疗肝性脑病   E. 以上均可

五、案例分析

30. 某常规服用左旋多巴的帕金森病患者，近期食欲缺乏，伴有恶心，医生给予左旋多巴和维生素 B_6 一日 3 次合用。请问是否合理？为什么？

参 考 答 案

1. B	2. C	3. B	4. B	5. D
6. C	7. E	8. E	9. B	10. C
11. A	12. D	13. E	14. B	15. B
16. C	17. C	18. D	19. E	20. E
21. B	22. B	23. D	24. C	25. D
26. BD	27. ABCDE	28. AE	29. AC	

30. 不合理。维生素 B_6 固然有益于改善食欲，但其是多巴脱羧酶的辅酶，如与左旋多巴合用则可增加后者在脑外脱羧生成多巴胺，这样既减少进入脑内的左旋多巴的量，降低疗效，又能增加外周多巴胺，加重其不良反应。

（邹浩军）

第十四章　抗精神失常药

一、A₁ 型题

1. 氯丙嗪**不具备**的作用是
   A. 镇静
   B. 安定
   C. 催眠
   D. 止吐
   E. 增强中枢抑制药的作用

2. 氯丙嗪**不用于**
   A. 低温麻醉
   B. 呃逆
   C. 躁狂症
   D. 神经安定镇痛
   E. 人工冬眠

3. 长期大剂量应用氯丙嗪引起的锥体外系症状，主要是因为氯丙嗪阻断
   A. 黑质-纹状体多巴胺受体
   B. 中脑-边缘通路多巴胺受体
   C. 下丘脑-垂体多巴胺受体
   D. 催吐化学感受区的多巴胺受体
   E. 脑干网状结构上行激活系统侧支的 α 受体

4. 氯丙嗪降温作用主要是由于
   A. 抑制 PG 合成
   B. 抑制大脑边缘系统
   C. 抑制体温调节中枢
   D. 阻断纹状体多巴胺受体
   E. 阻断外周 α 受体

5. 氯丙嗪对哪种精神失常疗效较好
   A. 躁狂症
   B. 抑郁症
   C. 精神分裂症
   D. 焦虑症
   E. 神经官能症

6. 氯丙嗪用于人工冬眠主要由于其具有
   A. 安定作用
   B. 抗精神病作用
   C. 对内分泌系统的影响
   D. 对体温调节中枢的抑制作用
   E. 加强中枢抑制药的作用

7. 氯丙嗪引起的体位性低血压，宜用下列何药来纠正
   A. 肾上腺素
   B. 去甲肾上腺素
   C. 尼可刹米
   D. 东莨菪碱
   E. 苯海索

8. 下列哪一种抗精神病药几乎无锥体外系反应
   A. 氯丙嗪
   B. 奋乃静
   C. 五氟利多

D. 氟哌啶醇   E. 奥氮平

9. 对伴有抑郁或焦虑的精神分裂症应选用

  A. 氯普噻吨   B. 氟哌啶醇   C. 氯丙嗪

  D. 丙米嗪   E. 碳酸锂

10. 如何配伍可使氯丙嗪降温作用最强

  A. 氯丙嗪＋阿司匹林   B. 氯丙嗪＋异丙嗪   C. 氯丙嗪＋哌替啶

  D. 氯丙嗪＋物理降温   E. 氯丙嗪＋苯巴比妥

11. 氯丙嗪引起心悸、口干、便秘、视物模糊及尿潴留的作用是因为

  A. 阻断 α 受体   B. 阻断 DA 受体   C. 阻断 M 受体

  D. 阻断 H_1 受体   E. 阻断 N_2 受体

12. 目前用于治疗抑郁症选择性较好的药物是

  A. 丙米嗪   B. 氟西汀   C. 氟哌啶醇

  D. 五氟利多   E. 氯丙嗪

13. 小剂量氯丙嗪镇吐作用的部位是抑制

  A. 延髓第四脑室的催吐化学感受器   B. 呕吐中枢

  C. 胃黏膜感受区   D. 大脑皮层

  E. 前庭神经

14. 丙米嗪主要用于治疗

  A. 躁狂症   B. 抑郁症   C. 精神分裂症

  D. 焦虑症   E. 神经官能症

15. 治疗躁狂症应选用

  A. 氯普噻吨   B. 碳酸锂   C. 阿米替林

  D. 地昔帕明   E. 多塞平

16. 下列有关碳酸锂的叙述，**错误**的是

  A. 治疗剂量对正常人精神活动几无影响

  B. 可防止继发抑郁症

  C. 胃肠道症状常见

  D. 安全范围宽

  E. 对躁狂症状疗效显著

17. 丁螺环酮主要用于

  A. 精神分裂症   B. 抑郁症   C. 躁狂症

  D. 焦虑症   E. 失眠症

18. 属于二线使用的抗精神病药物是

  A. 五氟利多   B. 氯丙嗪   C. 舒必利

  D. 利培酮   E. 氯氮平

19. 关于奥氮平**不正确**的说法是

  A. 对阳性、阴性症状有效   B. 无粒细胞缺乏反应

  C. 嗜睡   D. 长期使用不会导致体重增加

  E. 锥体外系不良反应少见

20. 三环类抗抑郁药最常见的不良反应是

A. 锥体外系不良反应

B. 尿潴留、眼压增高等抗胆碱能作用

C. 过敏反应

D. 粒细胞缺乏

E. 肝功能损害

二、A₂ 型题

21. 患者，女，30 岁。性格内向腼腆，失恋后出现幻觉、思维破裂、妄想等症状，应选用下列何药治疗

    A. 氯丙嗪   B. 碳酸锂   C. 丙米嗪

    D. 多塞平   E. 阿米替林

22. 患者，男，66 岁。退休工人。近来出现情感低落、思维迟缓、意志活动减退、睡眠障碍，常闭门独居、疏远亲友、回避社交，偶有自杀念头，应选用下列何药治疗

    A. 氯丙嗪   B. 氟哌啶醇   C. 五氟利多

    D. 碳酸锂   E. 帕罗西汀

23. 某精神分裂症患者，误服大剂量氯丙嗪，出现严重的低血压症状，应选用下列何药升压

    A. 肾上腺素   B. 去甲肾上腺素   C. 麻黄碱

    D. 异丙肾上腺素   E. 阿托品

三、A₃ 型题

24～25 题共用题干

患者，女，24 岁。患精神分裂症，医嘱给予氯丙嗪治疗 1 月余，近期出现面容呆板、动作迟缓、肌肉震颤及流涎等症状

24. 这些症状属于

    A. 一般反应   B. 急性中毒   C. 肝毒性

    D. 过敏反应   E. 锥体外系反应

25. 下列何种药物可缓解这类反应

    A. 纳洛酮   B. 苯海索   C. 阿托品

    D. 肾上腺素   E. 新斯的明

四、A₄ 型题

26～28 题共用题干

患者，男，30 岁。1 年前下岗。近 5 个月来觉得邻居都在议论他，常不怀好意地盯着他，有时对着窗外大骂，自语、自笑，整天闭门不出，拨 110 电话要求保护

26. 该病例最可能的诊断是

    A. 反应性精神病   B. 躁狂抑郁症   C. 偏执性精神病

    D. 分裂样精神病   E. 精神分裂症

27. 治疗应首先选用

    A. 碳酸锂   B. 三环类抗抑郁药   C. 电休克

D. 苯二氮䓬类　　　　　　　　E. 氯丙嗪

28. 下列对该药用药注意事项的叙述，**错误**的是
    A. 宜从小剂量开始　　　　　　B. 长期应用应定期检查肝功能
    C. 用量过大可致血压升高　　　　D. 用药期间不要饮酒
    E. 静脉给药速度要慢

29～30 题共用题干

患者，女，30 岁。工人。近 2 个月来出现情绪低落，对什么都没有兴趣，话少，感疲乏无力，不愿上班，在家多卧床，不思饮食，失眠，早醒，有时说自己得绝症了，活着没意思；有时又心烦，发脾气

29. 首先考虑的诊断是
    A. 躯体疾病所致抑郁焦虑　　　　B. 抑郁发作
    C. 广泛性焦虑障碍　　　　　　　D. 偏执型精神分裂症
    E. 躁狂症

30. 首选治疗用药是
    A. 氟西汀　　　　　　B. 氯氮平　　　　　　C. 丁螺环酮
    D. 氯普噻吨　　　　　E. 碳酸锂

五、B₁ 型题

31～33 题共用答案
    A. 阻断黑质-纹状体通路多巴胺受体
    B. 阻断中脑-边缘通路多巴胺受体
    C. 阻断下丘脑-垂体通路多巴胺受体
    D. 阻断催吐化学感受区多巴胺受体
    E. 阻断脑干网状结构上行激活系统侧支 α 受体

31. 氯丙嗪的抗精神病作用机制是
32. 氯丙嗪的锥体外系反应是
33. 氯丙嗪的镇吐作用是

34～36 题共用答案
    A. 氯氮平　　　　　　B. 西酞普兰　　　　　C. 氟哌啶醇
    D. 卡马西平　　　　　E. 地西泮

34. 可用于治疗抑郁症的药物是
35. 可用于躁狂症的药物是
36. 对精神分裂症伴发的抑郁症状态无效的抗抑郁药是

六、X 型题

37. 氯丙嗪可用于
    A. 低温麻醉　　　　　　B. 顽固性呃逆　　　　　C. 抗精神病
    D. 抗抑郁　　　　　　　E. 药物引起的呕吐

38. 氯丙嗪的不良反应包括
    A. 心悸、口干　　　　　B. 锥体外系反应　　　　C. 直立性低血压

D. 成瘾性　　　　　　　　　　E. 肝功能损害

39. 氯丙嗪的抗精神病作用是通过阻断
    A. 黑质-纹状体通路多巴胺受体　　　　B. 中脑-边缘通路多巴胺受体
    C. 下丘脑-垂体通路多巴胺受体　　　　D. 催吐化学感受区的多巴胺受体
    E. 中脑-皮质通路多巴胺受体

40. 氯丙嗪对中枢神经系统的作用有
    A. 抗惊厥　　　　　　　　B. 镇静安定和抗精神病　　　　C. 镇吐
    D. 抑制体温调节　　　　　E. 加强中枢抑制药

41. 氯丙嗪引起的锥体外系反应表现包括
    A. 帕金森综合征　　　　　B. 急性肌张力障碍　　　　C. 体位性低血压
    D. 静坐不能　　　　　　　E. 迟发性运动障碍

42. 属于三环类抗抑郁药的有
    A. 丙米嗪　　　　　　　　B. 地昔帕明　　　　　　C. 阿米替林
    D. 多塞平　　　　　　　　E. 氟西汀

43. 伴有下列哪些病症的患者禁用丙米嗪
    A. 强迫症　　　　　　　　B. 前列腺肥大　　　　　C. 恐惧症
    D. 青光眼　　　　　　　　E. 抑郁症

44. 具有抗抑郁作用的药物包括
    A. 氯普噻吨　　　　　　　B. 氟哌啶醇　　　　　　C. 氯丙嗪
    D. 丙米嗪　　　　　　　　E. 舒必利

45. 治疗躁狂症可选用
    A. 氯普噻吨　　　　　　　B. 碳酸锂　　　　　　　C. 氯丙嗪
    D. 阿米替林　　　　　　　E. 多塞平

46. 能抗焦虑的药物包括
    A. 苯二氮䓬类　　　　　　B. 巴比妥类　　　　　　C. 三环类
    D. 阿扎哌隆类　　　　　　E. β受体阻断剂

47. 与苯二氮䓬类相比，阿扎哌隆类抗焦虑的特点是
    A. 主要对脑内 $5-HT_{1A}$ 受体部分激动剂
    B. 能作用于突触前膜多巴胺受体
    C. 对焦虑伴轻度抑郁者有效
    D. 可松弛肌肉
    E. 无镇静作用，不引起嗜睡、成瘾

48. 属于阿扎哌隆类抗焦虑药的是
    A. 艾司唑仑　　　　　　　B. 丁螺环酮　　　　　　C. 地昔帕明
    D. 坦度螺酮　　　　　　　E. 普萘洛尔

七、案例分析

49. 患者，男，36岁。正值年富力强、事业蒸蒸日上之际，近一段时间患者出现入睡困难、多梦易醒、四肢无力、反应迟钝、工作效率低、头痛、记忆力减退等症状，曾服镇静催眠药效果不理想，近几天患者情绪低落、沮丧、多疑、心烦、焦虑、整日愁眉苦

脸、言语减少，常常悲观绝望、自卑自责、幻觉妄想，有一次竟爬到一高楼顶就要往下跳，幸亏同事及时发现才幸免于难。请考虑该患者可能患有何种精神失常？可以选用哪些药物治疗？治疗过程中应注意哪些事项？

参 考 答 案

1. C	2. D	3. A	4. C	5. C
6. D	7. B	8. E	9. A	10. D
11. C	12. B	13. A	14. B	15. B
16. D	17. D	18. E	19. D	20. B
21. A	22. E	23. B	24. E	25. B
26. E	27. E	28. C	29. B	30. A
31. B	32. A	33. D	34. B	35. D
36. B	37. ABCE	38. ABCE	39. BE	40. BCDE
41. ABDE	42. ABCDE	43. BD	44. ADE	45. BC
46. ACDE	47. ABCE	48. BD		

49. 可能是抑郁症伴焦虑症。

可考虑选用氟西汀、地昔帕明、丙米嗪或阿米替林、多塞平、马普替林、丁螺环酮，也可酌情选用舒必利、氯普噻吨。

治疗过程应注意：①抗抑郁药多数具有镇静作用（除外阿扎哌隆类），宜晚间一次服用，以减轻不良反应。②定期检查肝、肾功能和血常规。③三环类抗抑郁药及丁螺环酮应避免与单胺氧化酶抑制剂合用。④若患者之前使用苯二氮䓬类药物，换为阿扎哌隆类药物时，须先缓慢减少苯二氮䓬类用量。⑤与患者家属及朋友沟通，帮助患者在药物治疗的同时，进行适当的心理治疗和社会康复治疗。

（林莉莉　邹浩军）

第十五章 镇 痛 药

一、A₁ 型题

1. 吗啡的临床应用为
   - A. 分娩止痛
   - B. 感染性腹泻
   - C. 心源性哮喘
   - D. 颅脑外伤止痛
   - E. 支气管哮喘

2. 吗啡的作用有
   - A. 镇痛、镇静、止吐
   - B. 镇痛、镇静、抑制呼吸
   - C. 镇痛、镇静、兴奋呼吸
   - D. 镇痛、欣快、止吐
   - E. 镇痛、欣快、散瞳

3. 慢性钝痛**不宜**用吗啡治疗的主要原因是
   - A. 对钝痛疗效差
   - B. 可引起呕吐
   - C. 可引起体位性低血压
   - D. 治疗量即抑制呼吸
   - E. 久用易成瘾

4. 吗啡可用于下列哪种疼痛
   - A. 诊断未明的急腹症
   - B. 分娩止痛
   - C. 颅脑外伤
   - D. 癌症剧痛
   - E. 胃肠绞痛

5. 喷他佐辛的特点是
   - A. 无呼吸抑制作用
   - B. 可引起体位性低血压
   - C. 成瘾性很小，不属于麻醉药品
   - D. 镇痛作用很强
   - E. 无止泻作用

6. **不属于**哌替啶的临床应用的是
   - A. 术后疼痛
   - B. 人工冬眠
   - C. 心源性哮喘
   - D. 麻醉前给药
   - E. 支气管哮喘

7. 胆绞痛应首选
   - A. 哌替啶＋阿托品
   - B. 吗啡
   - C. 哌替啶
   - D. 罗通定
   - E. 阿司匹林

8. 心源性哮喘应选用
   - A. 肾上腺素
   - B. 麻黄碱
   - C. 异丙肾上腺素
   - D. 哌替啶
   - E. 氢化可的松

9. 吗啡中毒致死的主要原因是
   - A. 昏睡
   - B. 震颤
   - C. 呼吸麻痹

    D. 血压降低   E. 心律失常

10. 吗啡引起胆绞痛是因为

    A. 胃肠道平滑肌和括约肌张力提高   B. 抑制消化液分泌

    C. 胆道括约肌收缩   D. 食物消化延缓

    E. 胃排空延迟

11. 下列哪个药物可用于人工冬眠

    A. 吗啡   B. 美沙酮   C. 哌替啶

    D. 芬太尼   E. 阿法罗定

12. 下列有关吗啡镇痛作用的叙述，**错误**的是

    A. 对各种疼痛都有效

    B. 对持续性慢性钝痛强于间断性锐痛

    C. 镇痛的同时可产生欣快感

    D. 对间断性锐痛强于持续性慢性钝痛

    E. 能消除因疼痛所致的焦虑、紧张、恐惧等

13. 对哌替啶的描述，**错误**的是

    A. 用于创伤性剧痛   B. 用于内脏绞痛   C. 用于晚期癌症疼痛

    D. 用于手术后疼痛   E. 用于关节痛

二、A₂ 型题

14. 患者，男，53 岁。3 个月前曾发生急性心肌梗死，经治疗后基本好转，已两周未用药。今晚突发剧咳而憋醒，不能平卧，且咳出粉红色泡沫样痰，患者烦躁、大汗淋漓。查体：心率 120 次/分、呼吸 38 次/分、血压 21.3/12.6kPa，两肺野可闻及密集小水泡音。该患者宜选用下列哪组药物治疗

    A. 地高辛与氢氯噻嗪   B. 毒毛花苷 K 与吗啡   C. 硝普钠与氢氯噻嗪

    D. 卡托普利与氢氯噻嗪   E. 氨茶碱与氢氯噻嗪

15. 患者，女，28 岁。因分娩疼痛需用止痛药，应选用下列何药

    A. 阿司匹林   B. 吗啡   C. 哌替啶（度冷丁）

    D. 罗通定   E. 芬太尼

三、A₃ 型题

16～17 题共用题干

患者，女，27 岁。哮喘 5 年，一年四季发病，以冬季为重，医生诊断为支气管哮喘

16. 请问应选用下列何药止喘

    A. 肾上腺素   B. 去甲肾上腺素   C. 间羟胺

    D. 哌替啶   E. 多巴胺

17. 能用于心源性哮喘而不能用于该患者的药物是

    A. 肾上腺素   B. 去甲肾上腺素   C. 间羟胺

    D. 哌替啶   E. 多巴胺

四、A₄型题

18~20题共用题干

患者，男，55岁。突发呼吸困难伴窒息感，查体：呼吸 30 次/分，呼气延长，双肺哮鸣音，无湿啰音，诊断为心源性哮喘

18. 应首选下列何药治疗

    A. 肾上腺素   B. 去甲肾上腺素   C. 喷他佐辛

    D. 哌替啶   E. 异丙肾上腺素

19. 伴发下列哪种情况时**不宜**选用该药

    A. 甲亢   B. 高血压   C. 青光眼

    D. 前列腺肥大   E. 肺心病

20. 下列有关该药的叙述，**错误**的是

    A. 属于麻醉药品   B. 禁用于颅内压升高   C. 可致体位性低血压

    D. 治疗量可引起便秘   E. 过量可致呼吸抑制

五、B₁型题

21~24题共用答案

    A. 罗通定   B. 纳洛酮   C. 曲马朵

    D. 喷他佐辛   E. 哌替啶

21. 与氯丙嗪、异丙嗪合用组成冬眠合剂的药物是

22. 可用于痛经和分娩止痛的药物是

23. 属于阿片受体部分激动药的是

24. 属于阿片受体阻断药的是

六、X型题

25. 吗啡对中枢神经系统的药理作用包括

    A. 镇痛镇静作用   B. 镇咳作用   C. 抑制呼吸作用

    D. 缩瞳作用   E. 恶心、呕吐作用

26. 心源性哮喘可用下列哪些方法及药物治疗

    A. 强心苷   B. 氨茶碱   C. 吗啡

    D. 肾上腺素   E. 吸入氧气

27. 连续应用吗啡易产生耐受性及成瘾性，一旦停药，即出现戒断症状，表现为

    A. 兴奋、失眠、震颤   B. 呼吸抑制

    C. 流涕、出汗、意识丧失   D. 镇静

    E. 呕吐、腹泻、虚脱

28. 哌替啶取代吗啡用于

    A. 内脏绞痛   B. 手术后疼痛   C. 慢性钝痛

    D. 创伤性剧痛   E. 晚期癌症

29. 吗啡用于心源性哮喘是利用以下哪些作用

A. 镇静作用 　　　　　　　　B. 降低呼吸中枢对 CO_2 敏感性

C. 扩张血管，降低外周阻力 　　D. 兴奋心脏，增加心排出量

E. 支气管平滑肌松弛

30. 吗啡禁用于

A. 心肌梗死引起的剧痛 　　B. 急性锐痛 　　　　　　C. 分娩止痛

D. 颅脑损伤 　　　　　　　E. 肺心病

七、案例分析

31. 患者，女，41 岁。右上腹呈持续性绞痛，阵发性加剧，恶心、呕吐，体检：体温 38℃，右上腹压痛明显、肌肉紧张，可触及肿大的胆囊，B 超显示胆囊炎、有胆结石，诊断为胆绞痛。请问此时应首选何药缓解绞痛？为什么？

参 考 答 案

1. C	2. B	3. E	4. D	5. C
6. E	7. A	8. D	9. C	10. C
11. C	12. D	13. E	14. B	15. D
16. A	17. D	18. D	19. E	20. D
21. E	22. A	23. D	24. B	25. ABCDE
26. ABCE	27. ACE	28. ABDE	29. ABC	30. CDE

31. 阿托品＋哌替啶。哌替啶在缓解胆绞痛的同时，并无松弛内脏平滑肌作用，尚可呈现兴奋作用，使内脏平滑肌张力增高。因胆绞痛是由胆道平滑肌痉挛所致，故哌替啶用于治疗胆绞痛时，必须与解痉药阿托品合用。

（林莉莉）

第十六章　解热镇痛抗炎药

一、A₁ 型题

1. 解热镇痛药解热作用的特点是
   - A. 能降低正常人体温
   - B. 仅能降低发热患者的体温
   - C. 既能降低正常人体温又能降低发热患者的体温
   - D. 解热作用受环境温度的影响明显
   - E. 以上都是

2. 阿司匹林预防血栓形成的机制是
   - A. 直接抑制血小板的聚集
   - B. 抑制凝血酶的形成，使血液不易发生凝固
   - C. 激活纤溶酶的活性，促进纤维蛋白溶解
   - D. 竞争性阻断维生素 K 参与肝中凝血因子的合成
   - E. 抑制环加氧酶，减少 TXA_2 的合成

3. 阿司匹林（乙酰水杨酸）的镇痛作用机制是
   - A. 兴奋中枢阿片受体
   - B. 抑制痛觉中枢
   - C. 抑制外周 PG 的合成
   - D. 阻断中枢的阿片受体
   - E. 直接麻痹外周感觉神经末梢

4. 阿司匹林的临床应用**不包括**
   - A. 缓解关节痛
   - B. 预防脑血栓形成
   - C. 缓解肠绞痛
   - D. 预防急性心肌梗死
   - E. 治疗胆道蛔虫症

5. 下列药物中**没有**抗炎、抗风湿作用的是
   - A. 阿司匹林（乙酰水杨酸）
   - B. 对乙酰氨基酚
   - C. 吲哚美辛
   - D. 布洛芬
   - E. 萘普生

6. 伴有胃溃疡的发热患者宜选用
   - A. 阿司匹林
   - B. 对乙酰氨基酚（扑热息痛）
   - C. 吲哚美辛
   - D. 布洛芬
   - E. 萘普生

7. 关于解热镇痛抗炎药的叙述，正确的是
   - A. 可用于慢性钝痛
   - B. 镇痛效力大于哌替啶
   - C. 对急性锐痛效果好

D. 镇痛效力大于吗啡   E. 可用于胆绞痛

8. 可引起粒细胞减少的药物是
   A. 对乙酰氨基酚   B. 布洛芬
   C. 吲哚美辛   D. 阿司匹林（乙酰水杨酸）
   E. 普萘生

9. 阿司匹林预防脑血管栓塞应采用
   A. 大剂量短疗程   B. 大剂量长疗程   C. 中剂量短疗程
   D. 中剂量长疗程   E. 小剂量长疗程

10. 阿司匹林的不良反应**不包括**
    A. 胃肠道反应   B. 凝血障碍   C. 成瘾性
    D. 过敏反应   E. 水杨酸反应

11. 为减轻阿司匹林（乙酰水杨酸）对胃的刺激，可采取
    A. 餐后服药或同服抗酸药   B. 餐前服药
    C. 餐前服药或同服抗酸药   D. 合用乳酶生
    E. 合用镇痛药

二、A₂ 型题

12. 患者，男，32 岁。胃溃疡，近期因感冒，引起头痛、发热，在下述药物中选一合适药物
    A. 阿司匹林   B. 吲哚美辛（消炎痛）
    C. 对乙酰氨基酚（扑热息痛）   D. 保泰松
    E. 双氯芬酸

13. 患者，男，26 岁。因溃疡病住院，治疗期间感冒发热，请问选用下列何种解热药最好
    A. 对乙酰氨基酚（扑热息痛）   B. 阿司匹林
    C. 保泰松   D. 布洛芬
    E. 吲哚美辛

三、A₃ 型题

14～15 题共用题干

患者，女，16 岁。肺部感染 3 天，医生给予青霉素治疗，今天早晨出现发热，体温 39.2℃

14. 此时宜选用下列何药降温
    A. 舒林酸   B. 阿司匹林   C. 羟基保泰松
    D. 吡罗昔康   E. 吲哚美辛

15. 患者服用该药后胃肠道反应严重，最好换用下列何药治疗
    A. 舒林酸   B. 阿司匹林   C. 对乙酰氨基酚
    D. 尼美舒利   E. 吲哚美辛

四、A₄ 型题

16～19 题共用题干

患者，女，54 岁。风湿性关节炎患者，膝关节疼痛已数年，时轻时重，行走不便

16. 医生应首选下列哪种药物

    A. 对乙酰氨基酚　　　　　　B. 阿司匹林　　　　　　　C. 哌替啶

    D. 布洛芬　　　　　　　　　E. 美沙酮

17. 此治疗目的是

    A. 对症治疗　　　　　　　　B. 预防作用　　　　　　　C. 对因治疗

    D. 补充治疗　　　　　　　　E. 以上均不是

18. 应用该药预防脑血管栓塞宜采用

    A. 大剂量突出治疗　　　　　B. 大剂量长疗程　　　　　C. 小剂量长疗程

    D. 大剂量短疗程　　　　　　E. 中剂量长疗程

19. 应用该药过程中患者出现了哮喘，此时应换用下列何药

    A. 对乙酰氨基酚　　　　　　B. 阿司匹林　　　　　　　C. 哌替啶

    D. 布洛芬　　　　　　　　　E. 美沙酮

五、B₁ 型题

20～21 题共用答案

    A. 抑制前列腺素合成与释放　　　　B. 兴奋中枢的阿片受体

    C. 有解热镇痛作用而无抗炎作用　　D. 可治疗支气管哮喘

    E. 抑制尿酸生成

20. 阿司匹林的作用机制是

21. 对乙酰氨基酚的作用是

22～23 题共用答案

    A. 能引起瑞夷综合征　　　　　　　B. 可引起粒细胞减少

    C. 中毒性弱视　　　　　　　　　　D. 急性中毒导致的肝坏死

    E. 甲状腺肿大

22. 吲哚美辛的不良反应是

23. 布洛芬偶见的不良反应是

24～25 题共用答案

    A. 预防血栓栓塞性疾病　　B. 感冒发热及头痛　　　　C. 风湿性关节痛

    D. 胃肠绞痛　　　　　　　E. 癌症疼痛

24. 小剂量阿司匹林

25. 大剂量阿司匹林

26～27 题共用答案

    A. 阿司匹林　　　　　　　　　　　B. 对乙酰氨基酚（扑热息痛）

    C. 保泰松　　　　　　　　　　　　D. 布洛芬

    E. 吡罗昔康

26. 维生素 K 缺乏和血友病患者应禁用的药物是

27. 哮喘、荨麻疹患者应禁用的药物是

六、X 型题

28. 阿司匹林解热镇痛作用的机制是
    A. 抑制体温调节中枢　　　　　　　B. 抑制前列腺素的合成
    C. 加速前列腺素的灭活　　　　　　D. 对抗前列腺素直接引起的发热
    E. 抑制前列腺素的释放

29. 阿司匹林的不良反应有
    A. 胃肠道反应　　　　　B. 过敏反应　　　　　C. 水杨酸样反应
    D. 凝血障碍　　　　　　E. 瑞夷综合征

30. 可用于治疗风湿性关节炎及类风湿关节炎的药物有
    A. 阿司匹林　　　　　　B. 保泰松　　　　　　C. 吲哚美辛（消炎痛）
    D. 双氯芬酸　　　　　　E. 对乙酰氨基酚

31. 解热镇痛药的基本作用有
    A. 解热作用　　　　　　　　　　　B. 镇痛作用
    C. 抗凝血作用　　　　　　　　　　D. 抗炎、抗风湿作用
    E. 松弛胆道平滑肌作用

32. 萘普生的主要临床应用有
    A. 治疗风湿性关节炎及类风湿关节炎
    B. 强直性脊柱炎
    C. 急性痛风
    D. 预防血栓栓塞性疾病
    E. 癌症疼痛

七、案例分析

33. 患者，女，40 岁。半个月前无明显诱因出现腰痛，活动更甚，5 天后腰痛缓解，痛及双膝关节，后渐发展至双肘关节，腕关节及双踝关节，呈游走性，疼痛关节活动不利，无明显晨僵现象，无胸闷、心悸，诊断为风湿性关节炎。请问该患者应首选何药治疗？治疗过程中应如何进行用药护理？

参考答案

1. B　　　　2. E　　　　3. C　　　　4. C　　　　5. B
6. B　　　　7. A　　　　8. C　　　　9. E　　　　10. C
11. A　　　12. C　　　13. A　　　14. B　　　15. C
16. B　　　17. A　　　18. C　　　19. D　　　20. A
21. C　　　22. B　　　23. C　　　24. A　　　25. C
26. A　　　27. A　　　28. BE　　　29. ABCDE　　　30. ABCD
31. ABD　　　32. ABC

33. 首选阿司匹林治疗。

用药护理：用药前应询问用药过敏史，哮喘、鼻息肉及慢性荨麻疹患者禁用阿司匹林。一旦出现水杨酸反应，应立即停药，静脉滴注碳酸氢钠溶液以碱化尿液，加速药物排

泄，并给予对症治疗。阿司匹林禁用于严重肝损害、低凝血酶原血症、维生素 K 缺乏和血友病患者。应告诉患者该类药不会使风湿痛的症状立即消失，需 1～2 周的疗程，要坚持服药。饭后服药，避免空腹服药。服肠溶片应餐前整片吞服。服药期间不要饮酒或含乙醇的饮料，防止加重胃肠道反应。

（徐茂红）

第十七章 中枢兴奋药和促大脑功能恢复药

一、A₁型题

1. 救治新生儿窒息的首选药物是
   A. 咖啡因　　　　　　B. 洛贝林　　　　　　C. 尼可刹米
   D. 二甲弗林　　　　　E. 甲氯芬酯

2. 具有兴奋大脑皮层作用的药物是
   A. 尼可刹米（可拉明）　B. 洛贝林　　　　　C. 哌甲酯（利他林）
   D. 胞磷胆碱　　　　　　E. 吡拉西坦

3. 可用于治疗阿尔茨海默病的药物是
   A. 吡拉西坦　　　　　B. 尼可刹米　　　　　C. 胞磷胆碱
   D. 洛贝林（山梗菜碱）　E. 贝美格

4. 可用于治疗小儿遗尿症的药物是
   A. 甲氯芬酯　　　　　B. 尼可刹米（可拉明）　C. 洛贝林
   D. 二甲弗林　　　　　E. 哌甲酯

5. 下列对尼可刹米的叙述，哪项是**错误**的
   A. 可直接兴奋延髓呼吸中枢
   B. 提高呼吸中枢对 CO_2 的敏感性
   C. 也可刺激颈动脉体化学感受器，反射性兴奋呼吸中枢
   D. 对肺心病及吗啡中毒引起的呼吸抑制效果好
   E. 对巴比妥类中毒引起的呼吸抑制疗效更佳

6. 对二甲弗林（回苏灵）的叙述，**错误**的是
   A. 直接兴奋呼吸中枢　　B. 安全范围小　　　　C. 易致惊厥
   D. 作用快，维持时间短　E. 呼吸兴奋作用弱

7. 主要通过刺激主动脉体和颈动脉体化学感受器，反射性兴奋呼吸中枢的药物是
   A. 尼可刹米（可拉明）　B. 咖啡因　　　　　C. 二甲弗林（回苏灵）
   D. 洛贝林　　　　　　　E. 甲氯芬酯（氯酯醒）

8. 咖啡因的作用**不包括**
   A. 兴奋大脑皮层　　　　B. 兴奋呼吸中枢　　　C. 升高血压
   D. 兴奋血管运动中枢　　E. 舒张脑血管

9. 洛贝林的临床应用**不包括**
   A. 一氧化碳中毒　　　　　　　　　B. 新生儿窒息

C. 传染病所致呼吸衰竭　　　　　D. 呼吸肌麻痹所致呼吸衰竭

E. 中枢抑制药所致呼吸衰竭

10. 对中枢兴奋药的叙述，**错误**的是

A. 能提高中枢神经系统功能

B. 对中枢神经系统各部位有一定的选择性

C. 过量均可导致惊厥

D. 对中枢性呼吸抑制效果好

E. 对呼吸肌麻痹所致呼吸抑制有较好的作用

11. 对洛贝林（山梗菜碱）的叙述，**错误**的是

A. 反射性兴奋呼吸中枢　　B. 不易引起惊厥　　　　C. 直接兴奋呼吸中枢

D. 安全范围大　　　　　　E. 可用于一氧化碳中毒

12. 吗啡中毒所致呼吸抑制首选

A. 洛贝林　　　　　　　　B. 尼可刹米（可拉明）　　C. 咖啡因

D. 二甲弗林（回苏灵）　　E. 甲氯芬酯（氯酯醒）

13. 大脑功能恢复药是

A. 胞磷胆碱　　　　　　　B. 二甲弗林（回苏灵）　　C. 贝美格

D. 多沙普仑　　　　　　　E. 甲氯芬酯（氯酯醒）

14. 对多沙普仑的叙述，**错误**的是

A. 作用强、起效快、疗效确切　　　B. 安全范围大

C. 安全范围小　　　　　　　　　　C. 较大剂量可直接兴奋呼吸中枢

E. 过量可致惊厥

二、A₂ 型题

15. 患者，女，23 岁。入院时昏迷，呼吸抑制，皮肤黏膜呈桃红色，经血液检查，诊断为 CO 中毒，除采取吸氧、人工呼吸等措施外，可选下列何种呼吸兴奋药

A. 咖啡因　　　　　　　　B. 尼可刹米　　　　　　　C. 洛贝林

D. 二甲弗林（回苏灵）　　E. 甲氯芬酯（氯酯醒）

16. 患者，男，28 岁。因手术后剧痛采用吗啡镇痛，出现昏迷、血压下降、呼吸深度抑制，瞳孔缩小，呈针尖状，诊断为吗啡中毒，可选用下列何药改善呼吸

A. 尼可刹米　　　　　　　B. 洛贝林（山梗菜碱）　　C. 吡拉西坦

D. 贝美格　　　　　　　　E. 甲氯芬酯（氯酯醒）

17. 患者，女，46 岁。脑手术后意识障碍，可选用下列何药促使脑功能恢复和苏醒

A. 胞磷胆碱　　　　　　　B. 尼可刹米　　　　　　　C. 二甲弗林

D. 洛贝林　　　　　　　　E. 多沙普仑

三、A₃ 型题

18～19 题共用题干

患者，男，6 岁。1 周前出现发热、头痛、呕吐、精神不振、嗜睡，医生诊断为流行性乙型脑炎，收入院治疗，今突然出现高热、昏迷、反复抽搐、呼吸衰竭

18. 此时可给予下列何种药物治疗呼吸衰竭

A. 巴比妥类　　　　　　B. 吗啡　　　　　　　C. 可待因

D. 普鲁卡因　　　　　　E. 咖啡因

19. 下列有关该药的叙述，**错误**的是

　　A. 严格掌握用药剂量

　　B. 密切观察患者用药后的反应

　　C. 对呼吸衰竭者主要措施是给氧和人工呼吸

　　D. 由于维持时间短，在临床急救中常需反复用药

　　E. 对呼吸衰竭者主要措施是应用呼吸兴奋药

四、A₄ 型题

20～22 题共用题干

患者，男，63 岁。独居一室，室内以煤炉取暖，今天早晨邻居串门发现房门紧闭，呼之不应，入室后发现其意识模糊、昏迷、呼吸抑制，医生诊断为一氧化碳中毒

20. 该患者应首选下列哪种呼吸兴奋药解救

　　A. 二甲弗林（回苏灵）　　B. 胞磷胆碱　　　　　C. 咖啡因

　　D. 洛贝林　　　　　　　　E. 尼可刹米（可拉明）

21. 应用该药过量会出现

　　A. 肝毒性　　　　　　　　B. 惊厥　　　　　　　C. 肾损害

　　D. 肝损害　　　　　　　　E. 听力损害

22. 有关该药的叙述，**错误**的是

　　A. 作用维持时间短　　　　B. 本药安全范围较大　　C. 本药安全范围小

　　D. 过量可致心动过速　　　E. 作用快

五、B₁ 型题

23～24 题共用答案

　　A. 咖啡因　　　　　　　　B. 尼可刹米　　　　　　C. 二甲弗林

　　D. 洛贝林　　　　　　　　E. 甲氯芬酯（氯酯醒）

23. 安全范围小，过量易惊厥，儿童慎用的中枢兴奋药是

24. 小剂量主要兴奋大脑皮层的药是

六、X 型题

25. 既能直接兴奋呼吸中枢、又能反射性兴奋呼吸中枢的药物**不包括**

　　A. 咖啡因　　　　　　　　B. 尼可刹米　　　　　　C. 洛贝林

　　D. 哌甲酯　　　　　　　　E. 甲氯芬酯

26. 对中枢兴奋药的叙述，正确的是

　　A. 主要用于中枢抑制药中毒或某些传染病所致的中枢性呼吸衰竭

　　B. 选择性不高，安全范围较窄

　　C. 作用时间短，需反复用药方可长时间维持呼吸

　　D. 比人工呼吸机维持呼吸更安全有效

　　E. 反复用药很难避免惊厥的发生

七、案例分析

27. 患者，男，37岁。因手术中应用琥珀胆碱引起呼吸肌麻痹，为改善呼吸，医生开出下列处方，请分析是否合理？为什么？

处方：

盐酸二甲弗林注射液 8mg×3

用法：一次8mg，每2小时1次，肌注

参 考 答 案

1. B	2. C	3. A	4. A	5. E
6. E	7. D	8. E	9. D	10. E
11. C	12. B	13. A	14. C	15. C
16. A	17. A	18. E	19. E	20. D
21. B	22. C	23. C	24. A	25. ACDE

26. ABCE

27. 不合理。因为琥珀胆碱为 N_M 胆碱受体阻断药，阻断骨骼肌运动终板上的 N_2 胆碱受体，产生骨骼肌松弛，过量可致呼吸肌麻痹，引起呼吸抑制，此为外周性呼吸抑制，而二甲弗林为中枢兴奋药，对中枢性呼吸抑制有效，对外周性呼吸抑制无效，不宜应用。

（徐茂红）

第十八章　利尿药和脱水药

一、A₁ 型题

1. 常作为基础降压药物的是
   - A. 呋塞米
   - B. 氢氯噻嗪
   - C. 螺内酯
   - D. 氨苯蝶啶
   - E. 甘露醇

2. 急性肺水肿应选用
   - A. 螺内酯
   - B. 甘露醇
   - C. 山梨醇
   - D. 氢氯噻嗪
   - E. 呋塞米（速尿）

3. 呋塞米**不能**用于下列哪种病症
   - A. 急性肺水肿
   - B. 急性脑水肿
   - C. 急慢性肾衰竭
   - D. 高血压
   - E. 尿崩症

4. **不宜**与氨基苷类抗生素合用的药物是
   - A. 氢氯噻嗪
   - B. 螺内酯
   - C. 环戊噻嗪（环戊氯噻嗪）
   - D. 氯噻酮
   - E. 呋塞米

5. 具有抗利尿作用的药物是
   - A. 布美他尼
   - B. 氢氯噻嗪
   - C. 螺内酯
   - D. 甘露醇
   - E. 阿米洛利

6. 脑水肿患者首选用药
   - A. 甘露醇
   - B. 山梨醇
   - C. 呋塞米
   - D. 依他尼酸
   - E. 50%高渗葡萄糖

7. 易引起低钾血症的药物是
   - A. 呋塞米
   - B. 布美他尼
   - C. 氢氯噻嗪
   - D. 依他尼酸
   - E. 以上均是

8. 患者水肿合并糖尿病应慎用
   - A. 呋塞米
   - B. 螺内酯
   - C. 氢氯噻嗪
   - D. 氨苯蝶啶
   - E. 环戊噻嗪（环戊氯噻嗪）

9. 应用强效利尿药消除水肿时，应及时补充
   - A. 钾盐
   - B. 钙盐
   - C. 镁盐
   - D. 维生素 C
   - E. 葡萄糖

10. 呋塞米的利尿作用机制是

 A. 抑制 K^+-Na^+-$2Cl^-$ 共同转运系统

 B. 抑制 Na^+-Cl^- 转运系统

 C. 抑制碳酸酐酶的活性

 D. 抑制远曲小管对 Na^+ 的吸收

 E. 拮抗醛固酮受体

二、A_2 型题

11. 患者，女，41 岁。患肾病多年，近以下肢水肿就诊，医生给予呋塞米（速尿）静脉注射，后出现眩晕、耳鸣等反应，此属何种情况

 A. 耳毒性　　　　　　　B. 电解质紊乱　　　　　C. 肾毒性

 D. 过敏反应　　　　　　E. 中枢神经系统毒性

12. 患者，男，以口渴、多饮、多尿就诊，确诊为肾性尿崩症，可以用下列哪种药物进行治疗

 A. 呋塞米　　　　　　　　　　　B. 螺内酯

 C. 甘露醇　　　　　　　　　　　D. 氢氯噻嗪

 E. 环戊噻嗪（环戊氯噻嗪）

三、A_3 型题

13～14 题共用题干

患者，女，46 岁。心悸、气短 5 年，病情加重伴下肢水肿 1 年，5 年前过劳自觉心悸、气短，休息可缓解，可胜任一般工作，近 1 年来反复出现下肢水肿，来院就诊

13. 患者可能出现的疾病是

 A. 肾炎　　　　　　　B. 支气管哮喘　　　　C. 慢性充血性心力衰竭

 D. 胆囊炎　　　　　　E. 肝硬化

14. 为消除患者的水肿**不能**应用的药物是

 A. 甘露醇　　　　　　B. 氢氯噻嗪　　　　　C. 呋塞米

 D. 螺内酯　　　　　　E. 环戊氯噻嗪

四、A_4 型题

15～17 题共用题干

患者，男，55 岁。多年来患有慢性充血性心力衰竭，近日天气变化，突发急性肺水肿，来医院就诊，医生处方静注呋塞米

15. 呋塞米的作用是

 A. 增加肾小球的滤过　　B. 作用于近曲小管　　C. 作用于远曲小管

 D. 作用于髓袢降支　　　E. 作用于髓袢升支

16. 呋塞米的不良反应**不包括**

 A. 电解质紊乱　　　　　B. 耳毒性　　　　　　C. 低血钾

 D. 高血钾　　　　　　　E. 高尿酸血症

17. 为预防患者的血钾变化可选用下列哪种用药方法

A. 呋塞米＋依他尼酸（利尿酸）　　B. 呋塞米＋氢氯噻嗪
C. 氢氯噻嗪＋螺内酯　　　　　　　D. 氢氯噻嗪＋氯噻酮
E. 螺内酯＋氨苯蝶啶

五、B₁ 型题

18～20 题共用答案
A. 耳毒性　　　　　B. 肾毒性　　　　　C. 高血压
D. 高血糖　　　　　E. 高血钾

18. 呋塞米可引起
19. 氢氯噻嗪可引起
20. 螺内酯可引起

21～23 题共用答案
A. 远曲小管起始部位　　　　B. 远曲小管和集合管
C. 近曲小管　　　　　　　　D. 髓袢升支粗段髓质和皮质部
E. 髓袢降支粗段髓质和皮质部

21. 呋塞米的利尿作用部位是
22. 氢氯噻嗪的利尿作用部位是
23. 氨苯蝶啶的利尿作用部位是

六、X 型题

24. 呋塞米的临床应用是
A. 治疗水肿　　　　B. 加速毒物排泄　　　　C. 预防结石
D. 治疗尿崩症　　　E. 治疗高钙血症

25. 脱水药具有的特点
A. 体内不宜代谢　　　B. 不宜被肾小球滤过　　C. 不宜进入组织
D. 不宜被肾小管再吸收　E. 宜被肾小管再吸收

26. 呋塞米治疗急性肺水肿有利因素
A. 减少血容量　　　B. 利尿作用　　　　　C. 扩张外周小动脉
D. 拮抗醛固酮　　　E. 抑制碳酸酐酶

27. 关于利尿药下列叙述正确的是
A. 治疗心源性水肿，利尿药起辅助治疗作用
B. 长期单独应用呋塞米可引起心脏骤停
C. 慢性肾功能不全患者，主要采用大剂量呋塞米治疗
D. 肝性水肿，可采用螺内酯治疗
E. 呋塞米可治疗尿崩症

七、案例分析

28. 患者，男，30 岁。1 个月前，无明显诱因的出现眼睑水肿，并逐渐延及双下肢，上腹胀，食欲差，近 1 周水肿加重，尿量减少，24 小时尿量 200ml，无肉眼血尿出现。来院就诊：体检：血压 160/100mmHg，肺部听诊有小水泡音，心率 99 次/分钟，双下肢凹

陷性水肿，腹软，尿常规检查：尿蛋白（＋＋＋）镜下 WBC 0～1 个/HP，B 超示双肾增大。考虑患者急性肾衰竭少尿期。针对患者出现的少尿及水肿情况可以选择的利尿药物有哪些？应用药物时应注意什么问题？

参 考 答 案

1. B	2. E	3. E	4. E	5. B
6. A	7. E	8. C	9. A	10. A
11. A	12. D	13. C	14. A	15. E
16. D	17. C	18. A	19. D	20. E
21. D	22. A	23. B	24. ABE	25. ACD
26. ABC	27. ABD			

28. 可选用呋塞米、依他尼酸、布美他尼。用药前后作好血液化验指标（如血钠、钾、钙、尿酸等）的监测。用药期间应防止和避免电解质紊乱。因过度利尿容易引起低钾血症，患者可出现恶心、呕吐、腹胀、肌无力及心律失常等，应及时报告医生。由于少尿，血钾不能通过肾排泄，静脉补充钾盐时应注意尿量及监测血钾，以防止高血钾导致猝死。警惕药物的耳毒性，患者有耳鸣、眩晕、耳内胀满以及听力丧失，应立即停药。

（黄宁江）

第十九章 抗高血压药

一、A₁ 型题

1. 通过利尿作用产生降压的药物是
   - A. 利血平
   - B. 卡托普利
   - C. 氢氯噻嗪
   - D. 硝苯地平
   - E. 普萘洛尔

2. 能减少肾素释放的降压药物是
   - A. 普萘洛尔
   - B. 肼屈嗪（肼苯哒嗪）
   - C. 可乐定
   - D. 氢氯噻嗪
   - E. 利血平

3. 口服后易产生"首剂现象"的降压药物是
   - A. 可乐定
   - B. 利血平
   - C. 哌唑嗪
   - D. 氢氯噻嗪
   - E. 氯沙坦

4. 通过抑制血管紧张素 I 转化酶而产生降压作用的药物是
   - A. 氢氯噻嗪
   - B. 缬沙坦
   - C. 双肼屈嗪
   - D. 卡托普利
   - E. 尼群地平

5. 治疗高血压危象的首选药物是
   - A. 硝普钠
   - B. 硝苯地平
   - C. 卡托普利
   - D. 可乐定
   - E. 肼屈嗪（肼苯哒嗪）

6. 属于血管紧张素 II 受体阻断药的降压药物是
   - A. 依那普利
   - B. 厄贝沙坦
   - C. 双肼屈嗪
   - D. 肼屈嗪
   - E. 尼群地平

7. 通过阻滞钙通道产生降压作用的药物是
   - A. 硝普钠
   - B. 氢氯噻嗪
   - C. 氯沙坦
   - D. 卡托普利
   - E. 尼群地平

8. 可引起全身红斑狼疮样综合征不良反应的降压药物是
   - A. 尼群地平
   - B. 双肼屈嗪
   - C. 多沙唑嗪
   - D. 依那普利
   - E. 拉贝洛尔

9. 既能阻断 α 受体，也可阻断 β 受体的降压药物是
   - A. 尼群地平
   - B. 双肼屈嗪
   - C. 多沙唑嗪
   - D. 拉贝洛尔
   - E. 氯沙坦

10. 口服 1 周至 6 个月内易出现刺激性干咳的降压药物是
    - A. 硝普钠
    - B. 非洛地平
    - C. 氯沙坦

D. 依那普利 　　　　　　　　E. 拉贝洛尔

11. 服用易引起"首剂现象"的降压药物，首剂服用最好时间是
    A. 上午 　　　　　　B. 下午 　　　　　　C. 饭前
    D. 饭后 　　　　　　E. 睡前

12. 可降低肾素活性水平的降压药物是
    A. α受体阻断剂 　　　　B. β受体阻断剂 　　　　C. 利尿药
    D. 钙通道阻滞剂 　　　　E. 钾通道开放药

13. 下列对卡托普利叙述**不正确**的是
    A. 血管紧张素Ⅱ受体阻断药 　　　　B. 易引起刺激性干咳
    C. 剂量过大可致低血压 　　　　　　D. 适用于伴糖尿病的高血压患者
    E. 血管紧张素Ⅰ转换酶抑制药

二、A₂型题

14. 患者，男，55岁。诊断高血压伴窦性心动过速，宜选择何药治疗
    A. 普萘洛尔 　　　　　B. 肼屈嗪（肼苯哒嗪） 　　　C. 可乐定
    D. 拉贝洛尔 　　　　　E. 氯沙坦

15. 患者，女，46岁。近日查患有高血压，既往有抑郁病史，忌用下列何种降压药物
    A. 尼群地平 　　　　　B. 卡托普利 　　　　　C. 氢氯噻嗪
    D. 普萘洛尔 　　　　　E. 利血平

16. 高血压患者，伴心悸、劳累型心绞痛时，首选治疗药物是
    A. α受体阻断剂 　　　　B. 钾通道开放药 　　　　C. 钙通道阻滞剂
    D. β受体阻断剂 　　　　E. 利尿药

17. 患者，女，66岁。有高血压病史6年。近日感到胸闷，查心电图ST段抬高，提示冠状动脉缺血。此时选用最适合的降压药物是
    A. 双肼屈嗪 　　　　　B. 依那普利 　　　　　C. 硝苯地平
    D. 多沙唑嗪 　　　　　E. 利血平

18. 患者，女，50岁。患有高血压，经查肾素活性较高，选用卡托普利降压，效果较好。1个月后，患者出现干咳。此时应换何药较好
    A. 多沙唑嗪 　　　　　B. 双肼屈嗪 　　　　　C. 尼群地平
    D. 依那普利 　　　　　E. 缬沙坦

三、A₃型题

19～20题共用题干

患者，男，62岁。患有高血压。近日出现"三多一少"症状，查空腹血糖8.2mmol/L，诊断为糖尿病

19. 选择下列何药治疗高血压最合适
    A. 非洛地平 　　　　　B. 氢氯噻嗪 　　　　　C. 卡托普利
    D. 普萘洛尔 　　　　　E. 肼屈嗪

20. 该药常引起的不良反应是

    A. 支气管哮喘　　　　　B. 心绞痛　　　　　　C. 心力衰竭

    D. 刺激性干咳　　　　　E. 室性心动过速

21～22 题共用题干

患者，男，55 岁。患有高血压，血脂较高且伴有前列腺肥大，医生给予长效 α 受体阻断药特拉唑嗪治疗

21. 该药易产生的不良反应是

    A. 体位性低血压　　　　B. 心动过缓　　　　　C. 升高血糖

    D. 中枢兴奋　　　　　　E. 利尿

22. 为避免该药产生的不良反应，可采取的护理措施为

    A. 首次大剂量　　　　　　　　B. 首次早晨起床后服

    C. 服用利尿药后服用　　　　　D. 首剂小剂量于晚上睡前服

    E. 首剂饭后服

四、A₄ 型题

23～25 题共用题干

患者，女，60 岁。有高血压病史 6 年。突然感到头晕、头痛、恶心、呕吐。查血压 260/118mmHg。诊断：高血压危象

23. 应选用下列何种扩血管药物治疗

    A. 多沙唑嗪　　　　　　B. 非洛地平　　　　　C. 双肼屈嗪

    D. 拉贝洛尔　　　　　　E. 硝普钠

24. 用该药时护理应注意

    A. 静滴速度要快　　　　B. 迅速口服给药　　　C. 药液应提前配制

    D. 药液要新鲜配制　　　E. 停药后血压不会回升

25. 该药物也可用于下列哪种疾病的治疗

    A. 体位性低血压　　　　B. 心绞痛　　　　　　C. 难治性心力衰竭

    D. 心动过速　　　　　　E. 心律失常

26～28 题共用题干

患者，男，58 岁。患有高血压。近日劳动时，感到胸闷，心悸（心率 98 次/分），继之心前区疼痛。到医院检查后诊断为劳累型心绞痛

26. 首选下列何药治疗高血压

    A. 硝普钠　　　　　　　B. 肼屈嗪（肼苯哒嗪）　C. 非洛地平

    D. 普萘洛尔　　　　　　E. 利血平

27. 该药物也可用于下列哪种疾病的治疗

    A. 窦性心动过缓　　　　B. 房室传导阻滞　　　C. 高血压危象

    D. 窦性心动过速　　　　E. 室性心动过速

28. 该药物禁用于下列哪种疾病

    A. 窦性心动过速　　　　B. 心绞痛　　　　　　C. 难治性心衰

    D. 支气管哮喘　　　　　E. 心悸

五、B₁型题

29～31题共用答案

    A. 硝普钠　　　　　　B. 肼屈嗪（肼苯哒嗪）　　C. 非洛地平

    D. 普萘洛尔　　　　　E. 利血平

29. 高血压危象或高血压脑病宜选用

30. 高血压伴变异性心绞痛宜选用

31. 高血压伴窦性心动过速宜选用

32～34题共用答案

    A. 卡托普利　　　　　B. 普萘洛尔　　　　　　C. 利血平

    D. 哌唑嗪　　　　　　E. 非洛地平

32. 高血压伴支气管哮喘患者禁用

33. 高血压伴抑郁症患者禁用

34. 高血压伴肾功能不全患者慎用

35～37题共用答案

    A. 首剂现象　　　　　B. 心动过缓　　　　　　C. 踝关节水肿

    D. 刺激性干咳　　　　E. 支气管哮喘

35. 卡托普利易产生的不良反应是

36. 硝苯地平易产生的不良反应是

37. 哌唑嗪易产生的不良反应是

六、X型题

38. 关于利血平叙述正确的有

    A. 降压作用缓慢、温和、持久　　　B. 具有中枢镇静安定作用

    C. 用于轻、中度高血压病患者　　　D. 适用于高血压伴精神紧张患者

    E. 消化性溃疡患者慎用

39. 钙通道阻滞药的临床应用包括

    A. 心律失常　　　　　B. 心绞痛　　　　　　　C. 高血压

    D. 心肌梗死　　　　　E. 脑血栓形成

40. 下列属于ACEI降压药物是

    A. 卡托普利　　　　　B. 拉贝洛尔　　　　　　C. 雷米普利

    D. 普萘洛尔　　　　　E. 依那普利

41. 通过扩张血管产生降压作用的药物有

    A. 肼屈嗪　　　　　　B. 二氮嗪　　　　　　　C. 双肼屈嗪

    D. 多沙唑嗪　　　　　E. 硝普钠

42. 关于卡托普利的叙述正确的有

    A. 对高肾素型高血压有良效　　　B. 降压时伴有心率加快

    C. 使缓激肽分解减少　　　　　　D. 降压时醛固酮分泌减少

    E. 使血管紧张素Ⅱ生成减少

43. 普萘洛尔降压作用的机制包括

A. 使心肌收缩力减弱，心排出量减少

B. 有中枢降压作用

C. 抑制肾素分泌，使血管阻力下降

D. 阻断突触前膜 β_2 受体，使 NA 释放减少

E. 利尿作用，减少血容量

七、案例分析

44. 患者，女，56 岁。近日因感到头晕、心悸、乏力，到医院就诊。查：血压 150/99mmHg，无心、脑、肾损害，视网膜动脉正常，超声心动图显示左心室无肥厚。诊断为 1 级高血压。医生给予氢氯噻嗪片治疗，一次口服 25mg，一日 2 次。服药 3 天后，仍然感到不适，于早上 9 点又到医院就诊，医生给其加服盐酸哌唑嗪片 1mg，一日 3 次。首次服药后 30 分钟，患者突然感到恶心、眩晕、心悸、体位性低血压等。请问患者出现了什么问题？为什么会出现这种现象？此时护理人员应如何进行处理？

参 考 答 案

1. C	2. A	3. C	4. D	5. A
6. B	7. E	8. B	9. D	10. D
11. E	12. B	13. A	14. A	15. E
16. D	17. C	18. E	19. C	20. D
21. A	22. D	23. E	24. D	25. C
26. D	27. D	28. D	29. A	30. C
31. D	32. B	33. C	34. A	35. D
36. C	37. A	38. ABCDE	39. ABCDE	40. ACE
41. ABCDE	42. ABCDE	43. ABCD		

44. 患者服用了盐酸哌唑嗪后出现了"首剂现象"。因为此患者先服用了利尿药氢氯噻嗪使血容量减少，又服用扩血管药哌唑嗪，所以产生"首剂现象"。此时护理人员应立即嘱患者平卧，注意监测呼吸、体温、血压变化，并通知医生处理。

（方士英）

第二十章 抗心律失常药

一、A₁ 型题

1. 宜用于治疗窦性心动过速的药物是
   A. 强心苷
   B. 利多卡因
   C. 奎尼丁
   D. 普萘洛尔
   E. 胺碘酮

2. 易产生全身性红斑狼疮样不良反应的药物是
   A. 普萘洛尔
   B. 奎尼丁
   C. 维拉帕米
   D. 普鲁卡因胺
   E. 苯妥英钠

3. 奎尼丁和普鲁卡因胺抗心律失常的主要机制是
   A. 促进 K^+ 外流
   B. 阻滞 Na^+ 内流
   C. 阻滞 Ca^{2+} 内流
   D. 阻滞 K^+ 内流
   E. 促进 Na^+ 内流

4. 下列何药**不能**治疗快速型心律失常
   A. 利多卡因
   B. 奎尼丁
   C. 美西律（慢心律）
   D. 普罗帕酮
   E. 阿托品

5. 治疗强心苷中毒引起的室性心律失常最宜选用
   A. 奎尼丁
   B. 利多卡因
   C. 苯妥英钠
   D. 普萘洛尔
   E. 普鲁卡因胺

6. 胺碘酮的作用机制是
   A. 阻滞钠通道
   B. 促进钾外流
   C. 阻断 β 受体
   D. 阻滞钙通道
   E. 阻滞钾通道

7. 下列药物**不是**钠通道阻滞药的是
   A. 维拉帕米
   B. 奎尼丁
   C. 利多卡因
   D. 普鲁卡因胺
   E. 苯妥英钠

8. 治疗室上性心律失常首选
   A. 利多卡因
   B. 普萘洛尔
   C. 奎尼丁
   D. 维拉帕米
   E. 普罗帕酮

9. 可治疗室性心律失常和三叉神经痛的药是
   A. 尼群地平
   B. 苯妥英钠
   C. 普罗帕酮
   D. 奎尼丁
   E. 美西律

10. 既具有局麻作用又具有抗心律失常作用的药物是
    A. 维拉帕米
    B. 普萘洛尔
    C. 奎尼丁

    D. 利多卡因　　　　　　　　E. 普鲁卡因胺

二、A₂ 型题

11. 罗某，男，42 岁。由于饮酒过量，心房率加快到 380 次/分，诊断为心房颤动，复律的首选药物是

    A. 普萘洛尔　　　　　　B. 普罗帕酮　　　　　　C. 苯妥英钠

    D. 利多卡因　　　　　　E. 奎尼丁

12. 患者，女，53 岁。近日工作繁忙，感到身体疲劳、阵发性心率加快。诊断为阵发性室上性心动过速，首选治疗药物是

    A. 胺碘酮　　　　　　　B. 维拉帕米　　　　　　C. 奎尼丁

    D. 利多卡因　　　　　　E. 普鲁卡因胺

三、A₃ 型题

13~14 题共用题干

患者，男，50 岁。由于情绪激动，又饮用大量浓茶，心率达到 118 次/分。经临床检查，诊断为窦性心动过速

13. 首选的治疗药物是

    A. 利多卡因　　　　　　B. 奎尼丁　　　　　　　C. 胺碘酮

    D. 普萘洛尔　　　　　　E. 苯妥英钠

14. 该药物还具有的作用是

    A. 抗高血压作用　　　　B. 兴奋心脏作用　　　　C. 中枢兴奋作用

    D. 利尿作用　　　　　　E. 催眠作用

四、A₄ 型题

15~17 题共用题干

患者，48 岁。有冠心病史、肥厚性心肌病。近日出现心悸、乏力、眩晕等症状。心电图检查连续出现 3 个室性期前收缩。诊断为室性心动过速

15. 首选下列何药进行治疗

    A. 奎尼丁　　　　　　　B. 利多卡因　　　　　　C. 苯妥英钠

    D. 普萘洛尔　　　　　　E. 普罗帕酮

16. 该药还具有下列哪种作用

    A. 抗癫痫作用　　　　　B. 局麻作用　　　　　　C. 镇静作用

    D. 抗心力衰竭作用　　　E. 抗心绞痛作用

17. 该药对下列哪种心律失常无效

    A. 心房颤动

    B. 心室颤动

    C. 室性期前收缩

    D. 强心苷类中毒所致的室性心律失常

    E. 心肌梗死所致的室性心律失常

五、B₁ 型题

18～20 题共用答案

    A. 苯妥英钠　　　　　　　B. 利多卡因　　　　　　　C. 普萘洛尔

    C. 奎尼丁　　　　　　　　E. 维拉帕米

18. 治疗强心苷中毒引起的室性心律失常的药物是
19. 治疗窦性心动过速药物是
20. 治疗阵发性室上性心动过速最佳药物是

21～24 题共用答案

    A. 胺碘酮　　　　　　　　B. 利多卡因　　　　　　　C. 普萘洛尔

    D. 奎尼丁　　　　　　　　E. 维拉帕米

21. 阻滞钠通道的药物（ⅠA 类）是
22. β 受体阻断药是
23. 阻滞钾通道的药物是
24. 阻滞钙通道的药物是

六、X 型题

25. 具有促进钾外流作用的药物有

    A. 利多卡因　　　　　　　B. 苯妥英钠　　　　　　　C. 普鲁卡因胺

    D. 普萘洛尔　　　　　　　E. 胺碘酮

26. 治疗强心苷中毒引起的快速型室性心律失常可选用

    A. 奎尼丁　　　　　　　　B. 普鲁卡因胺　　　　　　C. 利多卡因

    D. 苯妥英钠　　　　　　　E. 普萘洛尔

27. 苯妥英钠具有的作用包括

    A. 抗癫痫

    B. 促进 K^+ 外流

    C. 治疗三叉神经痛

    D. 治疗强心苷中毒所致室性心律失常

    E. 阻断 β 受体

28. 引起快速型心律失常的原因有

    A. 自律性增高　　　　　　B. 后除极　　　　　　　　C. 传导障碍

    D. 形成折返　　　　　　　E. 自律性降低

29. 应用抗心律失常药物时用药护理应注意

    A. 给药剂量的个体化

    B. 评估用药的禁忌证

    C. 注意观察药物引起的心律失常

    D. 静脉注射给药要严格掌握滴注速度

    E. 要加强对患者的用药指导

七、案例分析

30. 患者，女，67 岁。一日突然感到心跳变得不规则，并伴有恶心，到医院就诊。

查：心律不齐，心率 120～140 次/分，血压 132/76mmHg，ECG 显示心房纤颤。诊断：心房纤颤。治疗：立即静注维拉帕米后心率下降到 80～100 次/分，节律仍不规律。然后静脉注射奎尼丁，20 分钟后 ECG 显示恢复了窦性心律。后三周反复出现心悸，加用胺碘酮，再没有症状发作。请问：为何先用维拉帕米控制心房率而后用奎尼丁复律？长期应用胺碘酮会产生什么不良反应？用药护理中应注意什么？

参 考 答 案

1. D	2. D	3. B	4. E	5. C
6. E	7. A	8. D	9. B	10. D
11. E	12. B	13. D	14. A	15. B
16. B	17. A	18. A	19. C	20. E
21. D	22. C	23. A	24. E	25. AB
26. CD	27. ABCD	28. ABCD	29. ABCDE	

30. 要防止心房纤颤患者出现心室颤动而危及生命，因此，此患者先用了维拉帕米降低心率，防止发生心室颤动，再用奎尼丁复律。长期应用胺碘酮可产生的不良反应有：①甲状腺功能紊乱；②角膜可有黄色微粒沉着；③肺纤维化；④肝损害等。

用药护理中应注意：①静注维拉帕米、奎尼丁时应注意滴速，不能太快；②注意观察患者心电图、脉搏、血压等变化；③评估用药的禁忌证；④加强对患者的用药宣教；⑤注意观察药物不良反应的发生。

(方士英)

第二十一章 抗慢性心功能不全药

一、A₁型题

1. 强心苷产生正性肌力作用的机制是
   A. 激动 β 受体　　　　　　　　　　　B. 促进交感神经递质的释放
   C. 增加心肌细胞内 Na^+　　　　　　　D. 增加心肌细胞内 K^+
   E. 增加心肌细胞内 Ca^{2+}

2. 治疗量强心苷减慢心率作用主要是通过
   A. 直接抑制心传导系统　　B. 直接抑制窦房结　　　　C. 直接兴奋迷走神经
   D. 反射性兴奋迷走神经　　E. 直接抑制交感神经

3. 治疗强心苷中毒所致缓慢型心律失常选用
   A. 肾上腺素　　　　　　　B. 麻黄碱　　　　　　　　C. 吗啡
   D. 阿托品　　　　　　　　E. 异丙肾上腺素

4. 治疗强心苷中毒性所致室性心动过速的首选药是
   A. 普萘洛尔　　　　　　　B. 美西律　　　　　　　　C. 苯妥英钠
   D. 维拉帕米　　　　　　　E. 利多卡因

5. 选用强心苷用于治疗心房纤颤的主要目的是
   A. 减慢心室率　　　　　　B. 恢复窦性节律　　　　　C. 降低自律性
   D. 减少房颤频率　　　　　E. 增加心肌收缩力

6. 治疗慢性心力衰竭的首选药物是
   A. 强心苷类　　　　　　　B. 利尿药　　　　　　　　C. 扩血管药
   D. 磷酸二酯酶抑制药　　　E. β 受体激动药

7. 下列何药适合用逐日恒定剂量给药法
   A. 毒毛花苷 K　　　　　　B. 地高辛　　　　　　　　C. 去乙酰毛花苷
   D. 洋地黄毒苷　　　　　　E. 多巴酚丁胺

8. 治疗强心苷中毒引起的房室传导阻滞宜选用
   A. 钾盐　　　　　　　　　B. 利多卡因　　　　　　　C. 苯妥英钠
   D. 钙剂　　　　　　　　　E. 阿托品

9. 强心苷治疗心力衰竭的药理学基础是
   A. 减慢心率作用　　　　　B. 降低耗氧作用　　　　　C. 加强心肌收缩力
   D. 增加心肌供氧作用　　　E. 减慢房室传导作用

10. 强心苷治疗下列哪种心力衰竭效果显著

A. 贫血引起的心衰　　　　　　　　B. 高血压引起的心衰

C. 甲状腺功能亢进引起的心衰　　　D. 缩窄性心包炎引起的心衰

E. 严重二尖瓣狭窄引起的心衰

11. 强心苷中毒特有的症状是

A. 恶心　　　　　　　B. 呕吐　　　　　　　　C. 窦性心动过缓

D. 腹泻　　　　　　　E. 黄视、绿视

12. 强心苷**不能**用于治疗

A. 心房颤动　　　　　　　　　　B. 心房扑动

C. 急性肺水肿　　　　　　　　　D. 室性心动过速

E. 阵发性室上性心动过速

13. 下列药物中属于磷酸二酯酶抑制剂的是

A. 硝苯地平　　　　　　B. 氢氯噻嗪　　　　　　C. 米力农

D. 地高辛　　　　　　　E. 多巴酚丁胺

14. 硝苯地平等扩血管药物治疗心力衰竭的药理学基础是

A. 增加心肌供血　　　　B. 增加心肌供氧　　　　C. 减慢心率

D. 降低心脏前、后负荷　E. 加强心肌收缩力

二、A₂ 型题

15. 患者，男，60 岁。高血压病史 6 年，近日出现心力衰竭，治疗首选药物是

A. 地高辛　　　　　　　B. 硝苯地平　　　　　　C. 肼屈嗪

D. 米力农　　　　　　　E. 多巴酚丁胺

16. 患者，女，69 岁。高血压病史 8 年，出现Ⅱ级心力衰竭 3 年，服用地高辛治疗。近日突然出现急性左心衰，表现为端坐呼吸、急性肺水肿等。使用去乙酰毛花苷注射剂效果不好，可选用下列何药

A. 肾上腺素　　　　　　B. 硝普钠　　　　　　　C. 氢氯噻嗪

D. 米力农　　　　　　　E. 普萘洛尔

三、A₃ 型题

17～18 题共用题干

患者，男，65 岁。高血压病史 8 年，近日出现易疲劳、下肢水肿等心力衰竭表现，选用地高辛治疗

17. 可配合使用下列哪种药物

A. 硝普钠　　　　　　　B. 普萘洛尔　　　　　　C. 氢氯噻嗪

D. 肾上腺素　　　　　　E. 米力农

18. 使用该药应注意补充

A. 钠离子　　　　　　　B. 钾离子　　　　　　　C. 钙离子

D. 葡萄糖　　　　　　　E. 铁离子

四、A₄ 型题

19～21 题共用题干

患者，女，55 岁。高血压病史 9 年，近日出现心力衰竭表现，医生给予每日口服地高辛 0.25mg；口服氢氯噻嗪每日 3 次，每次 25mg，疗效较好。为迅速改善心衰症状，患者擅自每日口服地高辛 0.5mg，3 天后患者出现恶心、呕吐，室性期前收缩等症状

19. 出现以上症状说明该患者
    A. 心衰没有得到缓解　　B. 地高辛中毒　　　　C. 药量过低
    D. 与用药无关反应　　　E. 心衰加重

20. 治疗室性期前收缩最佳药物是
    A. 奎尼丁　　　　　　　B. 普萘洛尔　　　　　C. 利多卡因
    D. 胺碘酮　　　　　　　E. 硝苯地平

21. 该患者采取的治疗措施**不包括**
    A. 停用地高辛　　　　　B. 停用氢氯噻嗪　　　C. 补钾
    D. 补钙　　　　　　　　E. 监测地高辛血药浓度

五、B₁ 型题

22～24 题共用答案
    A. 阿托品　　　　　　　B. 硝普钠　　　　　　C. 硝酸甘油
    D. 利多卡因　　　　　　E. 氯化钾

22. 治疗强心苷所致窦性心动过缓的药物是

23. 治疗强心苷所致室性心动过速的药物是

24. 治疗顽固性心力衰竭的药物是

25～27 题共用答案
    A. 加强心肌收缩力　　　B. 逆转心血管重构　　C. 降低心脏前后负荷
    D. 增加心脏供血供氧　　E. 抑制磷酸二酯酶

25. 地高辛治疗心力衰竭的药理学基础是

26. 硝苯地平治疗心力衰竭的药理学基础是

27. 氢氯噻嗪治疗心力衰竭的药理学基础是

六、X 型题

28. 下列可选用强心苷进行治疗的疾病有
    A. 高血压引起的心功能不全　　　B. 心房颤动
    C. 室性心律失常　　　　　　　　D. 房室传导阻滞
    E. 阵发性室上性心律失常

29. 应用强心苷期间，发现有下列何种症状要警惕强心苷中毒
    A. 胃肠道反应加重　　　　　　　B. 色视障碍
    C. 室性二联律　　　　　　　　　D. 窦性心动过缓
    E. 频发性室性期前收缩

30. 强心苷中毒时的治疗措施有
    A. 停用强心苷
    B. 注射钙剂
    C. 补充钾盐

　　　　D. 治疗快速型心律失常选用利多卡因

　　　　E. 治疗房室传导阻滞选用阿托品

　31. 强心苷中毒所致的心律失常包括

　　　　A. 室性期前收缩　　　　B. 窦性心动过速　　　　C. 房性期前收缩

　　　　D. 窦性心动过缓　　　　E. 房室传导阻滞

七、案例分析

　32. 患者，男，66 岁。2 年前出现心肌梗死，正在服用卡维地洛、阿司匹林、地高辛、氢氯噻嗪等。近日因出现恶心、呕吐、呼吸急促等心力衰竭症状而入院治疗。检查：血压 90/50mmHg，心律不规则，心率 120 次/分，K^+ 2.9mmol/L（正常值为 3.5～5.1mmol/L），血清地高辛浓度 3.2ng/ml（治疗浓度一般为 1ng/ml 左右）。请问：该患者出现什么问题？如何进行治疗？地高辛的作用机制是什么？哪些因素导致了地高辛中毒？地高辛中毒的临床主要表现是什么？

参 考 答 案

1. E	2. D	3. D	4. C	5. A
6. A	7. B	8. E	9. C	10. B
11. E	12. D	13. C	14. D	15. A
16. B	17. C	18. B	19. B	20. C
21. D	22. A	23. D	24. B	25. A
26. C	27. C	28. ABE	29. ABCDE	30. ACDE
31. ACDE				

　32. 该患者出现了低血钾、地高辛中毒。停用地高辛、氢氯噻嗪，静滴氯化钾，应用多巴酚丁胺扩血管、增加尿量，加快排出等。

　　地高辛的作用机制是通过抑制 Na^+-K^+-ATP 酶，增加心肌细胞内的 Ca^{2+} 浓度，从而加强心肌收缩力，治疗心力衰竭。

　　导致地高辛中毒的主要因素有：老年人肾功能减弱，对地高辛的清除率降低、利尿剂引起的低血钾。

　　地高辛中毒的临床表现主要有三个方面：胃肠道反应、中枢神经系统反应和心脏毒性等。

（方士英）

第二十二章　抗心肌缺血药

一、A₁ 型题

1. 抗心绞痛药的治疗作用主要是通过
   A. 抑制心肌收缩力
   B. 加强心肌收缩力，改善冠脉血流
   C. 增加心肌耗氧量
   D. 降低心肌耗氧，增加心肌缺血区血流
   E. 减少心室容积

2. 最常用于缓解心绞痛发作的药物是
   A. 硝酸异山梨酯　　　　B. 戊四硝酯　　　　C. 硝酸甘油
   D. 普萘洛尔　　　　　　E. 美托洛尔

3. 硝酸甘油的基本作用是
   A. 减慢心率　　　　　　B. 抑制心肌收缩力　　C. 抑制心肌代谢
   D. 松弛血管平滑肌　　　E. 降低心肌 Ca^{2+} 负荷

4. 硝酸甘油用于心绞痛急性发作的给药方法是
   A. 口服　　　　　　　　B. 肌内注射　　　　　C. 舌下含服
   D. 吸入　　　　　　　　E. 静脉注射

5. 下列哪项**不是**硝酸甘油的不良反应
   A. 升高眼压　　　　　　B. 心率加快　　　　　C. 水肿
   D. 面部及皮肤潮红　　　E. 搏动性头痛

6. 较易引起耐受性的抗心绞痛药是
   A. 硝苯地平　　　　　　B. 维拉帕米　　　　　C. 普萘洛尔
   D. 硝酸甘油　　　　　　E. 地尔硫䓬

7. **不具有**扩张冠状动脉的抗心绞痛药物是
   A. 维拉帕米　　　　　　B. 硝苯地平　　　　　C. 普萘洛尔
   D. 硝酸甘油　　　　　　E. 硝酸异山梨酯

8. 变异型心绞痛**不宜**选用
   A. 地尔硫䓬　　　　　　B. 硝酸异山梨酯　　　C. 普萘洛尔
   D. 硝苯地平　　　　　　E. 维拉帕米

9. 预防心绞痛发作常选用
   A. 硝酸甘油　　　　　　B. 普萘洛尔　　　　　C. 美托洛尔

　　　D. 硝苯地平　　　　　　　E. 硝酸异山梨酯

10. 伴有青光眼的心绞痛患者**不宜**选用
　　　A. 普萘洛尔　　　　　　　B. 美托洛尔　　　　　　　C. 地尔硫䓬
　　　D. 硝酸甘油　　　　　　　E. 维拉帕米

11. 因首关消除显著，**不宜**口服的抗心绞痛药是
　　　A. 硝苯地平　　　　　　　B. 美托洛尔　　　　　　　C. 普萘洛尔
　　　D. 硝酸甘油　　　　　　　E. 地尔硫䓬

12. 下列哪项可减弱硝酸酯类抗心绞痛作用
　　　A. 心室壁张力降低　　　　B. 心室容积缩小　　　　　C. 心室压力降低
　　　D. 心脏体积缩小　　　　　E. 心率加快

13. 普萘洛尔与硝酸甘油均可引起
　　　A. 心率减慢　　　　　　　B. 心率加快　　　　　　　C. 心容积增加
　　　D. 冠脉扩张　　　　　　　E. 心肌耗氧量降低

14. 伴有高血压的变异型心绞痛者宜选用
　　　A. 普萘洛尔　　　　　　　B. 硝酸甘油　　　　　　　C. 美托洛尔
　　　D. 硝苯地平　　　　　　　E. 戊四硝酯

15. 阵发性室上性心动过速并发变异型心绞痛宜选用
　　　A. 维拉帕米　　　　　　　B. 利多卡因　　　　　　　C. 普鲁卡因胺
　　　D. 奎尼丁　　　　　　　　E. 普萘洛尔

16. 普萘洛尔、维拉帕米的共同禁忌证是
　　　A. 轻、中度高血压　　　　　　　B. 变异型心绞痛
　　　C. 强心苷中毒时心律失常　　　　D. 甲亢伴有窦性心动过速
　　　E. 严重心功能不全

二、A₂ 型题

17. 患者，男，56 岁。劳累或情绪激动时偶出现短暂心前区闷痛，休息后缓解，未用药治疗。近日因与家人产生矛盾，盛怒后突感心前区压榨性疼痛，伴窒息感，出冷汗，应立即选用下列何药治疗
　　　A. 普萘洛尔　　　　　　　B. 地高辛　　　　　　　　C. 硝酸甘油
　　　D. 硝苯地平　　　　　　　E. 维拉帕米

18. 患者，女，54 岁。有冠心病史，感冒后 1 周自觉胸闷、心慌、气短，夜间平卧时呼吸困难，咳白色泡沫样痰。入院诊断：冠心病，心功能不全。请问用下列何药治疗
　　　A. 硝苯地平　　　　　　　B. 硝酸异山梨酯　　　　　C. 利多卡因
　　　D. 普萘洛尔　　　　　　　E. 维拉帕米

19. 患者，男，55 岁。因过劳而突发心绞痛，该患者既往有哮喘史，**不宜**选用下列何药治疗
　　　A. 硝酸甘油　　　　　　　B. 硝苯地平　　　　　　　C. 地尔硫䓬
　　　D. 普萘洛尔　　　　　　　E. 戊四硝酯

三、A₃ 型题

20～21 题共用题干

患者，男，58岁。有冠心病史两年余，近1个月来发作较频繁，每次持续2～3分钟，入院诊断为冠心病心绞痛，医嘱用硝酸甘油治疗

20. 责任护士指导患者用药，下列哪项**不妥**

    A. 药物要随身携带

    B. 药物可贮存在无色小玻璃瓶中

    C. 舌下含化时，有灼热、舌麻等刺激感说明药物有效

    D. 用药后出现头痛、面颈皮肤潮红、头晕等是药物的副作用，不必紧张

    E. 用药期间应注意血压及心率变化

21. 硝酸甘油与下列何药联合应用可取长补短，提高疗效

    A. 硝苯地平   B. 普萘洛尔   C. 硝酸异山梨酯

    D. 维拉帕米   E. 利多卡因

四、A₄ 型题

22～23 题共用题干

患者，女，48岁。有冠心病史，近因劳累及生气，出现胸骨后疼痛、气短，心悸、出汗，血压 90/65mmHg

22. 应即刻给予

    A. 硝酸异山梨酯（消心痛）舌下含服

    B. 双嘧达莫（潘生丁）口服

    C. 吸氧＋输液

    D. 普萘洛尔口服

    E. 吸氧＋硝酸异山梨酯（消心痛）含服

23. 患者经有效处理之后，症状减轻，但心电图又出现室性心律失常，应选择

    A. 奎尼丁口服   B. 利多卡因静脉注射   C. 普萘洛尔口服

    D. 胺碘酮口服   E. 维拉帕米静脉注射

五、B₁ 型题

24～25 题共用答案

    A. 普萘洛尔   B. 硝苯地平   C. 维拉帕米

    D. 地尔硫䓬   E. 硝酸甘油

24. 连续用药会出现快速耐受性的抗心绞痛药是

25. 变异性心绞痛**不宜**选用何药

六、X 型题

26. 硝酸甘油治疗心绞痛时产生的效应有

    A. 心室容积减小   B. 心脏负荷降低   C. 心率减慢

    D. 改善缺血心肌供血   E. 降低心肌耗氧量

27. 硝苯地平治疗心绞痛的机制包括
    A. 扩张外周血管减轻心脏负荷
    B. 扩张冠状血管增加缺血区心肌供血
    C. 保护缺血心肌
    D. 降低心肌耗氧量
    E. 改善心室功能

28. 抗心绞痛药物的作用包括
    A. 改善心肌氧供需平衡
    B. 舒张冠状动脉,增加缺血区心肌供血
    C. 舒张外周血管,降低心脏负荷
    D. 减慢心率,降低心肌耗氧量
    E. 加强心肌收缩力

29. 普萘洛尔与硝酸甘油合用可产生下列作用
    A. 协同降低心肌耗氧量　　B. 消除反射性心率加快　　C. 缩小增大的心室容积
    D. 心室射血时间延长　　　E. 协同降低血压

30. 普萘洛尔治疗心绞痛的缺点是
    A. 反射性引起心率加快　　　　　B. 增大心室容积
    C. 延长心射血时间　　　　　　　D. 突然停药可出现反跳现象
    E. 降低心肌耗氧量

七、案例分析

31. 患者,男,72岁。劳累后或激动后出现胸骨后压榨性疼痛半年就诊,医生诊断为冠心病心绞痛,开处方如下,分析用药是否合理,为什么?

处方:硝酸甘油片 0.5mg×30

用法:0.5mg/次,舌下含化

普萘洛尔片 10mg×30

用法:10mg/次,一日3次

参 考 答 案

1. D	2. C	3. D	4. C	5. C
6. D	7. C	8. C	9. E	10. D
11. D	12. E	13. E	14. D	15. A
16. E	17. C	18. B	19. D	20. B
21. B	22. E	23. B	24. E	25. A
26. ABDE	27. ABCD	28. ABCD	29. ABCE	30. BCD

31. 此处方合理。因硝酸甘油与普萘洛尔联合用药可降低心肌耗氧量,增加心肌供氧,缓解心绞痛,产生协同效应。同时,可克服彼此的缺点,普萘洛尔可抵消硝酸甘油引起心率加快;硝酸甘油可克服普萘洛尔引起的心室容积扩大的不良反应。但联合用药时,应注意观察血压变化,防止出现血压骤降。

(吴 艳)

第二十三章　调血脂药

一、A₁ 型题

1. 降脂药**不包括**
   A. 考来烯胺　　　　　　B. 烟酸　　　　　　　　C. 洋地黄毒苷
   D. 辛伐他汀　　　　　　E. 多烯康胶囊

2. 血浆中的脂质需和下列哪种物质结合才能成为亲水性脂质
   A. 胆固醇　　　　　　　B. 胆固醇脂　　　　　　C. 载脂蛋白
   D. 三酰甘油　　　　　　E. 磷脂

3. 能抑制肝 HMG-CoA 还原酶活性的药物是
   A. 考来烯胺　　　　　　B. 烟酸　　　　　　　　C. 氯贝丁酯
   D. 洛伐他汀　　　　　　E. 非诺贝特

4. 下列能明显降低血浆胆固醇的药物是
   A. 烟酸　　　　　　　　B. 考来烯胺　　　　　　C. 多烯康胶囊
   D. 洛伐他汀　　　　　　E. 吉非贝齐

5. 考来烯胺临床主要用于下列高脂血症类型是
   A. Ⅰ型　　　　　　　　B. Ⅱa 型　　　　　　　C. Ⅲ型
   D. Ⅳ型　　　　　　　　E. Ⅴ型

6. 下列能减少肝内胆固醇合成的药物是
   A. 洛伐他汀　　　　　　B. 普罗布考　　　　　　C. 烟酸
   D. 多烯康胶囊　　　　　E. 考来烯胺

7. 下列可阻断胆汁酸肝肠循环的药物是
   A. 洛伐他汀　　　　　　B. 普罗布考　　　　　　C. 烟酸
   D. 多烯康胶囊　　　　　E. 考来烯胺

8. 考来烯胺的降低血脂的机制是
   A. 抑制小肠吸收胆固醇　　　　　　B. 促进胆固醇的分解
   C. 促进胆固醇的合成　　　　　　　D. 抑制 HMG-CoA 还原酶
   E. 激活 HMG-CoA 还原酶

二、X 型题

9. 他汀类药物的降脂特点是
   A. 血浆 LDL 降低

    B. 使 HMG-CoA 还原酶活性增加

    C. VLDL 合成减少

    D. 竞争性抑制 HMG-CoA 还原酶活性

    E. HDL 轻度升高

三、案例分析

10. 患者，男，65 岁。患有冠心病，高脂血症，医生开写了下列处方，请分析是否合理，为什么？

处方：硝酸异山梨酯片 5mg×30

用法：一次 5mg，一日 3 次，舌下含服

考来烯胺 200g×30

用法：一次 4~5g，一日 3 次

洛伐他汀 20mg×30

用法：一次 40mg，一日 1 次，晚餐时口服

参 考 答 案

1. C	2. C	3. D	4. B	5. B
6. A	7. E	8. A	9. ABCDE	

10. 此处方合理。硝酸异山梨酯可预防冠心病心绞痛的发作，考来烯胺和洛伐他汀可降低血脂，且两药联用可使降脂作用增强。考来烯胺通过促进胆酸排泄、促进胆固醇向胆酸转化，减少胆固醇自肠道内吸收，使肝内胆固醇水平下降，肝细胞表面 LDL 受体数量增加，血浆中 LDL 向肝中转移，导致血浆 LDL 降低。但肝脏胆固醇水平下降，对肝合成胆固醇限速酶——HMG-CoA 还原酶的负反馈作用减弱，酶活性增强，使肝胆固醇合成增多。而洛伐他汀可抑制 HMG-CoA 还原酶活性，使肝胆固醇合成减少。

（吴 艳）

第二十四章 作用于血液与造血系统的药物

一、A₁ 型题

1. 肝素抗凝作用的主要机制是
   - A. 促进抗凝血酶Ⅲ的活性
   - B. 与钙离子形成络合物
   - C. 收缩血管
   - D. 对抗维生素 K 的作用
   - E. 激活纤溶系统

2. 肝素用量过大引起的自发性出血应用下列哪种药物对抗
   - A. 氨甲苯酸
   - B. 鱼精蛋白
   - C. 维生素 K
   - D. 氨甲环酸
   - E. 华法林

3. 关于香豆素类抗凝药的特点，下列哪项是**错误**的
   - A. 口服有效
   - B. 起效缓慢，但作用持久
   - C. 体内外均有抗凝作用
   - D. 对已合成的凝血因子无对抗作用
   - E. 抑制凝血因子的合成

4. 维生素 K 对下列哪种疾病所致出血**无效**
   - A. 阻塞性黄疸
   - B. 华法林过量
   - C. 肺疾患所致咯血
   - D. 长期大量应用四环素
   - E. 新生儿出血

5. 纤溶系统亢进引起的出血宜选用
   - A. 维生素 K
   - B. 鱼精蛋白
   - C. 右旋糖酐
   - D. 氨甲苯酸
   - E. 华法林

6. 垂体后叶素可用于肺咯血，是由于它能
   - A. 收缩肺小动脉
   - B. 抑制咳嗽中枢
   - C. 促进血小板聚集
   - D. 抑制纤溶酶原转变为纤溶酶
   - E. 促进凝血因子的合成

7. 肝素的抗凝血作用
   - A. 仅在体内有效
   - B. 仅在体外有效
   - C. 体内、外都有效
   - D. 仅口服有效
   - E. 起效缓慢

8. 尿激酶治疗血栓栓塞性疾病的根据是
   - A. 抑制凝血酶原激活物
   - B. 竞争性拮抗维生素 K 的作用
   - C. 激活抗凝血酶Ⅲ灭活多种凝血因子
   - D. 激活纤溶酶原使之形成纤溶酶

E. 扩张毛细血管

9. 治疗慢性失血所致贫血宜选用

    A. 叶酸　　　　　　　　　　B. 维生素 B_{12}　　　　　　　C. 肝素

    D. 枸橼酸钠　　　　　　　　E. 硫酸亚铁

10. 由甲氧苄啶（TMP，甲氧苄胺嘧啶）引起的巨幼红细胞性贫血适用下列哪种药物治疗

    A. 叶酸　　　　　　　　　　B. 硫酸亚铁　　　　　　　　C. 枸橼酸铁胺

    D. 甲酰四氢叶酸　　　　　　E. 维生素 B_{12}

11. 枸橼酸钠可用于

    A. 血栓栓塞性疾病的治疗　　　　　　B. 预防血栓栓塞形成

    C. 输血时防止血液在体外凝固　　　　D. 应用于弥漫性血管内凝血早期

    E. 肺胃出血，也可用于外伤出血

12. 口服铁剂最常见的不良反应是

    A. 胃肠道反应　　　　　　　B. 胃酸分泌过多　　　　　　C. 心衰

    D. 肾衰　　　　　　　　　　E. 昏迷

13. 维生素 K 的止血机制是

    A. 抑制纤溶酶原的激活　　　　　　　B. 促进血管收缩

    C. 抑制抗凝血酶　　　　　　　　　　D. 参与 II、VII、IX、X 因子合成

    E. 参与 VIII、X、XI、XII 因子合成

14. 同服下列哪一物质会阻碍铁剂吸收

    A. 维生素 C　　　　　　　　B. 稀盐酸　　　　　　　　　C. 碳酸氢钠

    D. 果糖　　　　　　　　　　E. 半胱氨酸

二、A_2 型题

15. 某胃溃疡患者，近感疲乏无力，面色苍白，经检查，诊为胃溃疡伴贫血。该类型贫血可用下列哪种药物治疗

    A. 叶酸　　　　　　　　　　B. 硫酸亚铁　　　　　　　　C. 维生素 B_{12}

    D. 果糖　　　　　　　　　　E. 右旋糖酐

16. 伍先生，58 岁。高血压病史 15 年，因右侧肢体麻木，肌肉无力就诊。经检查确诊为脑血栓形成，请问宜用哪种药物溶栓

    A. 华法林　　　　　　　　　B. 枸橼酸钠　　　　　　　　C. 肝素

    D. 右旋糖酐 40　　　　　　　E. 尿激酶

17. 周女士，28 岁。妊娠 34 周，产下的男婴出现头皮下血肿及多处皮肤淤斑。应选用下列何药治疗

    A. 维生素 K　　　　　　　　B. 血凝酶　　　　　　　　　C. 氨甲苯酸

    D. 鱼精蛋白　　　　　　　　E. 酚磺乙胺

三、A_3 型题

18～19 题共用题干

患者，女，32 岁。月经量增多伴头晕、乏力 3 个月，某医院检查发现贫血，白细胞

和血小板正常。红细胞大小不等，中心浅染扩大，网织红细胞 8%，骨髓中铁粒幼红细胞减少

18. 最可能的诊断是

    A. 缺铁性贫血   B. 溶血性贫血   C. 感染性贫血

    D. 巨幼红细胞性贫血   E. 海洋性贫血

19. 针对上述情况，患者治疗应选择

    A. 继续服用铁剂   B. 改用叶酸、维生素 B_{12} 治疗

    C. 改用泼尼松治疗   D. 口服铁剂无效改用注射铁

    E. 给予输血治疗

四、B_1 型题

20~24 题共用答案

    A. 肝素   B. 维生素 K   C. 叶酸

    D. 右旋糖酐   E. 硫酸亚铁

20. 预防新生儿出血宜选用

21. 血液透析宜选用

22. 缺铁性贫血宜选用

23. 巨幼红细胞性贫血宜选用

24. 失血性休克宜选用

25~29 题共用答案

    A. 鱼精蛋白   B. 维生素 K   C. 氨甲苯酸

    D. 去铁胺   E. 促红细胞生成素

25. 双香豆素引起出血宜选用

26. 肝素引起出血宜选用

27. 肾性贫血宜选用

28. 肺癌术后出血宜选用

29. 铁剂中毒应选用

五、X 型题

30. 肝素的作用包括

    A. 用于体内抗凝   B. 用于体外抗凝   C. 溶解已形成的血栓

    D. 防止血栓的扩大   E. 体内、体外均抗凝

31. 过量或长期应用可引起出血的药物有

    A. 肝素   B. 华法林   C. 维生素 K

    D. 链激酶   E. 氨甲环酸

32. 关于尿激酶下列叙述正确的是

    A. 具有抗原性   B. 过量可引起出血

    C. 对纤维蛋白的作用选择性高   D. 血栓形成不超过 6 小时效果佳

    E. 过敏反应较链激酶多见

33. 肝素的临床应用有

    A. 脑栓塞   B. 心肌梗死   C. 体外抗凝

    D. DIC 晚期   E. 血小板减少性紫癜

34. 下列哪些因素可促进铁剂的吸收

    A. 维生素 K   B. 抗酸药   C. 果糖

    D. 四环素   E. 半胱氨酸

35. 维生素 B_{12} 可治疗下列哪些疾病

    A. 恶性贫血   B. 巨幼红细胞性贫血   C. 神经炎

    D. 末梢神经萎缩   E. 再生障碍性贫血

36. 属于抗凝血药物是

    A. 氨甲苯酸   B. 肝素   C. 华法林

    D. 枸橼酸钠   E. 垂体后叶素

37. 维生素 K 的应用包括

    A. 长期应用广谱抗生素所致出血   B. 水杨酸钠过量所致出血

    C. 纤溶亢进所致出血   D. 阻塞性黄疸所致出血

    E. 外伤所致出血

38. 口服铁剂时

    A. 可同服维生素 C

    B. 可同服稀盐酸

    C. 禁用茶水服药

    D. 服用缓释片时，勿嚼碎或掰开服用

    E. 服用糖浆剂时，可用橙汁溶解，用吸管服药

39. 肝素的禁忌证是

    A. 有出血倾向   B. 消化道溃疡   C. 严重高血压

    D. 孕妇   E. 严重肝、肾功能不全

40. 右旋糖酐的作用是

    A. 增加血容量   B. 抑制血小板和红细胞聚集

    C. 抑制凝血因子Ⅱ   D. 降低毛细血管通透性

    E. 渗透性利尿作用

六、案例分析

41. 患者，男，31 岁。因反复上腹部餐后疼痛伴柏油样大便两年而就医，胃镜确诊为胃溃疡，现感头昏、心慌、气促、乏力。体查：面色苍白，贫血貌，心率加快，血液化验血红蛋白 8g/dl，考虑该案例为缺铁性贫血，你认为宜选用哪些药治疗？用药时应注意什么？

参 考 答 案

1. A	2. B	3. C	4. C	5. D
6. A	7. C	8. D	9. E	10. D
11. C	12. A	13. D	14. C	15. B
16. E	17. A	18. A	19. A	20. B

21. A	22. E	23. C	24. D	25. B
26. A	27. E	28. C	29. D	30. ABDE
31. ABD	32. BD	33. ABC	34. CE	35. ABCD
36. BCD	37. ABD	38. ABCDE	39. ABCDE	40. ABCE

41. 可选用硫酸亚铁、富马酸亚铁、枸橼酸铁铵、右旋糖酐铁药物。用药时应注意：口服铁剂最好在饭后 30 分钟服用，如有胃肠不适、腹泻或便秘发生，可通过调整食物来缓解；避免与抗酸药、四环素及含鞣质较多的浓茶、水果同服，以免影响吸收。用药期间应定期做血常规、血红蛋白测定等。注射铁剂不宜用葡萄糖液稀释静滴，防止疼痛及静脉炎；同时要观察药物的毒性反应及过敏反应，如有呕吐、腹痛、心跳快、嗜睡、昏迷等应立即停药，通知医生抢救。肠溶片不要研碎或嚼服。

（黄宁江）

第二十五章 抗组胺药

一、A₁ 型题

1. H_1 受体阻断药最常见的不良反应是
   A. 胃肠反应　　　　　B. 头痛、失眠　　　　C. 镇静、嗜睡
   D. 过敏反应　　　　　E. 粒细胞减少

2. H_1 受体阻断药对下列哪种疾病无效
   A. 荨麻疹　　　　　　B. 接触性皮炎　　　　C. 晕动病引起的呕吐
   D. 消化性溃疡　　　　E. 花粉症

3. 人工冬眠合剂组成之一是
   A. 阿司咪唑　　　　　B. 苯海拉明　　　　　C. 异丙嗪
   D. 西替利嗪　　　　　E. 氯苯那敏

4. 下列药物中对晕动病引起的呕吐无效的是
   A. 苯海拉明　　　　　B. 异丙嗪　　　　　　C. 东莨菪碱
   D. 氯丙嗪　　　　　　E. 赛庚啶

5. 苯海拉明抗过敏的机制是
   A. 抑制组胺的产生
   B. 阻断 H_1 受体，减少毛细血管渗出
   C. 抑制过敏介质的释放
   D. 对抗缓激肽
   E. 阻断 H_2 受体

6. 下列哪项不是 H_1 受体兴奋的效应
   A. 毛细血管通透性增强　　　　　B. 血管扩张
   C. 支气管平滑肌收缩　　　　　　D. 胃肠道平滑肌收缩
   E. 胃酸分泌增多

7. H_1 受体阻断药最常用于哪种变态反应性疾病
   A. 过敏性休克　　　　B. 支气管哮喘　　　　C. 荨麻疹
   D. 过敏性鼻炎　　　　E. 药物性皮疹

8. 下列哪种药物不是 H_1 受体阻断药
   A. 西咪替丁　　　　　B. 阿司咪唑　　　　　C. 氯苯那敏
   D. 西替利嗪　　　　　E. 赛庚啶

9. 下列 H_1 受体阻断药中无中枢抑制作用的药物是

    A. 苯海拉明　　　　　　　B. 异丙嗪　　　　　　　　C. 氯苯那敏

    D. 特非那定　　　　　　　E. 赛庚啶

10. 关于 H$_1$ 受体阻断药用药护理的叙述，**错误**的是

    A. 嘱患者用药期间勿驾驶车船和高空作业

    B. 嘱患者进餐时服用或与牛奶同服

    C. 为了减少其消化道的症状，最好是采用皮下注射

    D. 阿司咪唑可引起严重的心律失常，应慎重考虑是否选用

    E. 注射给药时应防止药物外溢而减少对皮肤的刺激

11. 下列何药**不是**组胺受体阻断药

    A. 异丙嗪　　　　　　　　B. 氯丙嗪　　　　　　　　C. 西替利嗪

    D. 西咪替丁　　　　　　　E. 特非那定

12. 可引起心律失常的抗组胺药是

    A. 异丙嗪　　　　　　　　B. 西替利嗪　　　　　　　C. 阿司咪唑

    D. 苯海拉明　　　　　　　E. 特非那定

二、A$_2$ 型题

13. 一位过敏性鼻炎的患者，现急于开车执行任务，宜选用的药物是

    A. 苯海拉明　　　　　　　B. 异丙嗪　　　　　　　　C. 氯苯那敏

    D. 赛庚啶　　　　　　　　E. 特非那定

14. 王某，男性，汽车司机，吃河虾后，全身皮肤散在出现大小不等的红色风团，剧痒难忍，诊断为"荨麻疹"。你认为应该选用下列何药治疗

    A. 异丙嗪　　　　　　　　B. 特非那定　　　　　　　C. 氯苯那敏（扑尔敏）

    D. 苯海拉明　　　　　　　E. 赛庚啶

15. 刘女士，38 岁，因准备出差而请医生开药以预防晕车，选用下列哪种药物为宜

    A. 氯苯那敏　　　　　　　B. 特非那定　　　　　　　C. 西替利嗪

    D. 苯海拉明　　　　　　　E. 阿司咪唑

三、A$_3$ 型题

16～17 题共用题干

患者，女，30 岁。最近佩戴一项链后，颈部出现皮肤红肿、瘙痒

16. 如用药物治疗应选用

    A. 西咪替丁　　　　　　　B. 氢氧化铝　　　　　　　C. 特非那定

    D. 雷尼替丁　　　　　　　E. 氯丙嗪

17. 特非那定的作用**不包括**

    A. 对抗组胺引起的血管扩张　　　　　B. 中枢抑制

    C. 有恶心等消化道反应　　　　　　　D. 与红霉素合用可使其代谢受抑

    E. 可用于过敏性鼻炎

四、B$_1$ 型题

18～20 题共用答案

A. 苯海拉明   B. 西咪替丁   C. 特非那定

D. 氯苯那敏   E. 枸橼酸铋钾

18. 可预防晕动病的是

19. 对中枢抑制作用最强的是

20. 具有抗雄激素作用的是

五、X 型题

21. H_1 受体阻断药的作用有

A. 抗过敏作用   B. 抗胆碱作用   C. 中枢抑制作用

D. 抗晕止吐作用   E. 抗心律失常作用

22. H_1 受体阻断药的临床应用有

A. 荨麻疹   B. 过敏性鼻炎

C. 防治晕动病引起的呕吐   D. 变态反应性疾病所致的失眠

E. 防治放射性呕吐

23. H_1 受体阻断药的叙述正确的是

A. 代表药物是西咪替丁   B. 主要用于变态反应性疾病

C. 中枢抑制是主要的不良反应   D. 可以治疗晕动病

E. 可以用于放射性呕吐

六、案例分析

24. 患者，女，17 岁。参加了学校春游一天。当晚回家，感觉面部皮肤瘙痒、红肿，渐加重。请问该患者可能出现什么问题？应该进一步采取何种药物治疗？

参考答案

1. C	2. D	3. C	4. D	5. B
6. E	7. C	8. A	9. D	10. C
11. B	12. C	13. E	14. B	15. D
16. C	17. B	18. A	19. A	20. B
21. ABCD	22. ABCDE	23. BCDE		

24. 患者为皮肤黏膜的变态反应性疾病，可口服 H_1 受体阻断药，避免外出再次接触过敏源。如果病情加重可适当静脉注射钙剂，缓解过敏症状。

（房　辉）

第二十六章 作用于消化系统的药物

一、A₁ 型题

1. 具有收敛止血和保护溃疡面的抗酸药是
   A. 碳酸氢钠   B. 氢氧化铝   C. 三硅酸镁
   D. 氧化镁   E. 碳酸钙

2. 过量可致碱血症的抗酸药是
   A. 氢氧化铝   B. 氧化镁   C. 三硅酸镁
   D. 碳酸氢钠   E. 碳酸钙

3. 中和胃酸时可产生大量的 CO_2，引起继发性胃酸分泌增多，甚至导致溃疡穿孔的药物是
   A. 三硅酸镁   B. 氧化镁   C. 碳酸氢钠
   D. 枸橼酸铋钾   E. 氢氧化铝

4. 下列何药**不是**抗酸药
   A. 氧化镁   B. 三硅酸镁   C. 硫酸镁
   D. 碳酸氢钠   E. 碳酸钙

5. 能抑制 H^+-K^+-ATP 酶，减少胃酸分泌的药物是
   A. 西咪替丁   B. 奥美拉唑   C. 哌仑西平
   D. 丙谷胺   E. 米索前列醇

6. 能选择性地阻断 H_2 受体抑制胃酸分泌的药物是
   A. 西咪替丁   B. 哌仑西平   C. 奥美拉唑
   D. 丙谷胺   E. 硫糖铝

7. **不宜**与抗酸药合用的黏膜保护药是
   A. 哌仑西平   B. 枸橼酸铋钾   C. 奥美拉唑
   D. 丙谷胺   E. 恩前列醇

8. 下列哪项**不是**枸橼酸铋钾治疗溃疡病的作用
   A. 保护胃黏膜   B. 中和胃酸
   C. 促进内源性前列腺素释放   D. 杀灭幽门螺杆菌
   E. 使胃蛋白酶失活

9. 有关西咪替丁的描述**错误**的是
   A. 选择性阻断 H_2 受体，抑制胃酸分泌
   B. 主要用于胃、十二指肠溃疡

  C. 与抗酸药同服可促进其吸收

  D. 老年患者大剂量应用可出现精神症状

  E. 孕妇及哺乳期妇女禁用

10. 服用胃蛋白酶的用药护理**错误**的是

  A. 与稀盐酸合用以提高疗效

  B. 可治疗食用蛋白过多性消化不良

  C. 尤其适用于溃疡病伴有消化不良患者

  D. 勿与过热的食物同服

  E. 嘱患者在饭前或饭间吞服，不要嚼服

11. 禁与酸性药物配伍的药是

  A. 胃蛋白酶   B. 胰酶   C. 稀盐酸

  D. 乳酶生   E. 干酵母

12. 下列哪组配伍用药**不合理**

  A. 稀盐酸＋胃蛋白酶 B. 胰蛋白酶＋碳酸氢钠 C. 乳酶生＋四环素

  D. 氢氧化铝＋三硅酸镁 E. 胰脂肪酶＋碳酸氢钠

13. 硫酸镁**无**下列哪项作用

  A. 导泻   B. 利胆   C. 降血压

  D. 抗惊厥   E. 抗癫痫

14. 关于硫酸镁导泻作用的叙述，哪项是**错误**的

  A. 口服后能使肠腔内渗透压升高而阻止水分吸收

  B. 导泻作用强大

  C. 为了增强导泻作用，用药后嘱患者多饮水

  D. 常用于药物中毒，尤其是中枢抑制药中毒昏迷时的导泻

  E. 因可致盆腔充血，故孕妇、月经期妇女禁用

15. 硫酸镁对下列何病**无效**

  A. 急性便秘   B. 胆囊炎   C. 高血压危象

  D. 钙中毒   E. 子痫

16. 中枢抑制药过量中毒时宜选用的导泻药是

  A. 液状石蜡   B. 比沙可啶   C. 酚酞

  D. 硫酸钠   E. 甘油

17. 硫酸镁注射过量中毒时用何药抢救

  A. 氯化钾   B. 氯化钠   C. 氯化钙

  D. 氯化铵   E. 氯化铝

18. 高血压患者出现便秘，最好选用哪种药物

  A. 硫酸镁   B. 硫酸钠   C. 酚酞

  D. 比沙可啶   E. 液状石蜡

19. 能选择性地阻断中枢及迷走神经传入纤维的 5-HT$_3$ 受体，用于放疗和化疗药所致呕吐的止吐药是

  A. 氯丙嗪   B. 甲氧氯普胺   C. 昂丹司琼

  D. 多潘立酮   E. 西沙必利

20. 下列何药<u>无</u>止泻作用
    A. 鞣酸蛋白　　　　　B. 药用炭　　　　　C. 地芬诺酯
    D. 阿片酊　　　　　　E. 酚酞

21. <u>无</u>杀灭幽门螺杆菌作用的药是
    A. 枸橼酸铋钾　　　　B. 奥美拉唑　　　　C. 雷尼替丁
    D. 硫糖铝　　　　　　E. 呋喃唑酮

二、A₂型题

22. 患者，女，29岁，妊娠34周，因四肢肌肉抽搐、惊厥而入院，诊断为妊娠高血压综合征、子痫。医生给开了硫酸镁静脉注射，请问下列哪项用药护理<u>不正确</u>
    A. 用10%的葡萄糖溶液将硫酸镁稀释成1%的浓度后进行静脉滴注
    B. 密切监测患者的血压、呼吸及腱反射
    C. 准备好氯化钙或葡萄糖酸钙注射剂
    D. 如腱反射消失则提示血镁浓度过低，应加快滴注速度
    E. 如出现呼吸抑制、血压骤降等中毒症状时，立即进行人工呼吸并缓慢静
       脉注射钙剂抢救

23. 患者，男，40岁，因喝了大量的冰水后，出现上腹部不适，继而出现反复呕吐与腹泻等症状，宜选用下列哪种药物对症治疗
    A. 多潘立酮　　　　　　　B. 甲氧氯普胺
    C. 地芬诺酯　　　　　　　D. 鞣酸蛋白
    E. 甲氧氯普胺＋鞣酸蛋白

24. 患者，男，42岁。因长期服用非甾体类药物，造成消化性溃疡，宜选用下面哪种药物治疗
    A. 氢氧化铝　　　　　B. 西咪替丁　　　　C. 哌仑西平
    D. 奥美啦唑　　　　　E. 米索前列醇

25. 患者，女，29岁。因家庭纠纷，吞服大量安眠药后昏睡不醒，为加速肠内毒物的排泄，你认为应用下列何药
    A. 硫酸镁　　　　　　B. 硫酸钠　　　　　C. 液状石蜡
    D. 甘油　　　　　　　E. 酚酞

26. 患者，男，36岁。患胃溃疡多年，经常服用中和胃酸药，此类药物的作用为
    A. 对因治疗　　　　　B. 对症治疗　　　　C. 局部作用
    D. 全身作用　　　　　E. 间接作用

三、A₃型题

27~29题共用题干

患者，男，36岁。5年来经常于餐后3~4小时出现上腹疼痛，并伴有反酸、嗳气、上腹烧灼感3天前因大量饮酒后上腹疼痛持续不缓，继而呕吐暗红色血液，来院就诊

27. 患者所患疾病可能为
    A. 肝炎　　　　　　　B. 胃炎　　　　　　C. 胃溃疡
    D. 十二指肠溃疡　　　E. 胆囊炎

28. 下列哪种药物**不能**用于溃疡病的治疗
　　A. 氢氧化铝　　　　　B. 硫酸镁　　　　　　C. 西咪替丁
　　D. 奥美啦唑　　　　　E. 枸橼酸铋钾

29. 既可以治疗厌氧菌感染又可以杀灭幽门螺杆菌的药物
　　A. 庆大霉素　　　　　B. 阿莫西林　　　　　C. 甲硝唑
　　D. 呋喃唑酮（痢特灵）　E. 红霉素

四、A₄ 型题

30～32 题共用题干

患者，男，36 岁，因经常上腹疼痛来院就诊，诊断为胃溃疡伴十二指肠溃疡。医生处方：西咪替丁胶囊 0.2g，一次 0.2～0.4g，一天 4 次于餐后及睡前服，连用 4～8 周

30. 西咪替丁的作用是
　　A. 中和胃酸　　　　　B. 保护黏膜　　　　　C. 抑制胃酸分泌
　　D. 杀幽门螺杆菌　　　E. 止痛

31. 长期应用可以造成男性乳房发育或性功能障碍的药物是
　　A. 西咪替丁　　　　　B. 雷尼替丁　　　　　C. 法莫替丁
　　D. 尼扎替丁　　　　　E. 罗沙替丁

32. 雷尼替丁的服用方法是
　　A. 早晨空腹加睡前一次　B. 早餐后加睡前一次　C. 早晚饭后服
　　D. 三餐后服　　　　　E. 三餐加睡前服

五、B₁ 型题

33～36 题共用答案
　　A. 碳酸氢钠　　　　　B. 阿莫西林　　　　　C. 硫酸钠
　　D. 甲氧氯普胺　　　　E. 药用炭

33. 临床用于止泻的药物是

34. 临床用于止吐的药物是

35. 临床用于导泻的药物是

36. 可以杀灭幽门螺杆菌的药物是

六、X 型题

37. 常用的助消化药有
　　A. 乳酶生　　　　　　B. 胃蛋白酶　　　　　C. 稀盐酸
　　D. 碳酸氢钠　　　　　E. 胰酶

38. 胃黏膜保护药有
　　A. 米索前列醇　　　　B. 枸橼酸铋钾　　　　C. 氢氧化镁
　　D. 氢氧化铝　　　　　E. 硫糖铝

39. 下列哪些药物合用是正确的
　　A. 氢氧化铝＋三硅酸镁　　　　B. 乳酶生＋维生素 C
　　C. 阿托品＋甲氧氯普胺　　　　D. 稀盐酸＋胃蛋白酶

　　E. 氢氧化铝＋普萘洛尔
40. 止吐药**不包括**

　　A. 甲氧氯普胺　　　　　B. 多潘立酮　　　　　　C. 昂丹司琼

　　D. 枸橼酸铋钾　　　　　E. 硫糖铝

七、案例分析

41. 患者，男性，36岁。出租车司机，有吸烟史，间断少量饮酒，因"嗳气、反酸、上腹部疼痛加重2月余"就诊。病程中伴消瘦、乏力，食欲缺乏。胃镜检查为：慢性浅表性胃窦炎（并胆汁反流）、胃溃疡。医生开出下列药物：奥美拉唑、溴丙胺太林（普鲁本辛）、多潘立酮。请分析该处方是否合理？为什么？

参 考 答 案

1. B	2. D	3. C	4. C	5. B
6. A	7. B	8. B	9. C	10. C
11. B	12. C	13. E	14. D	15. D
16. D	17. C	18. E	19. C	20. E
21. C	22. D	23. E	24. E	25. B
26. C	27. D	28. B	29. C	30. C
31. A	32. C	33. E	34. D	35. C
36. B	37. ABCE	38. ABE	39. ABD	40. DE

41. 不合理。溴丙胺太林为抗胆碱药，能松弛胃肠道平滑肌，延长胃排空时间。多潘立酮能使胃运动功能亢进，加速胃内容物通过。两者合用药理作用拮抗，疗效降低。

（房　辉）

第二十七章　作用于呼吸系统的药物

一、A₁ 型题

1. 既能促进支气管黏膜的黏液产生细胞分泌黏滞性低的分泌物，又裂解痰中酸性黏多糖纤维的药物是
    A. 乙酰半胱氨酸　　　　B. 溴己新　　　　　　C. 氯化铵
    D. 羧甲司坦　　　　　　E. 美司钠

2. 常用的痰液稀释药是
    A. 氯化铵　　　　　　　B. 溴己新　　　　　　C. 乙酰半胱氨酸
    D. 胰道酶　　　　　　　E. 羧甲司坦

3. 大量黏痰阻塞气道引起呼吸困难、窒息等危急情况时宜选用
    A. 氯化铵口服　　　　　　　　　B. 溴己新口服
    C. 脱氧核糖核酸酶气雾吸入　　　D. 羧甲司坦口服
    E. 乙酰半胱氨酸气管滴入

4. 过量可引起酸中毒的祛痰药是
    A. 胰道酶　　　　　　　B. 氯化铵　　　　　　C. 乙酰半胱氨酸
    D. 美司钠　　　　　　　E. 溴己新

5. 下列哪种药物不属于中枢性镇咳药
    A. 吗啡　　　　　　　　B. 可待因　　　　　　C. 喷托维林
    D. 右美沙芬　　　　　　E. 苯佐那酯

6. 可待因适合用于下列哪种病症
    A. 剧烈干咳伴有胸痛　　B. 长期慢性咳嗽　　　C. 咳嗽多痰
    D. 痰黏稠不易咳出　　　E. 喘息性支气管炎

7. 喷托维林无哪项作用
    A. 局麻作用　　　　　　B. 阿托品样作用　　　C. 抑制咳嗽中枢
    D. H₁ 受体阻断作用　　　E. 支气管解痉作用

8. 上呼吸道感染引起的干咳可选用
    A. 氯化铵　　　　　　　B. 溴己新　　　　　　C. 右美沙芬
    D. 色甘酸钠　　　　　　E. 麻黄碱

9. 关于苯佐那酯的叙述错误的是
    A. 直接抑制咳嗽中枢
    B. 有较强的局麻作用

    C. 抑制肺牵张感受器，阻止咳嗽反射

    D. 不抑制呼吸

    E. 支气管哮喘患者用药后能使呼吸加深加快

10. 下列哪项**不是**右美沙芬的特点

    A. 直接抑制咳嗽中枢   B. 镇咳作用与可待因相等或略强

    C. 也有镇痛作用   D. 不成瘾

    E. 治疗量时不抑制呼吸

11. 预防哮喘发作宜选用

    A. 肾上腺素   B. 氨茶碱   C. 色甘酸钠

    D. 沙丁胺醇   E. 异丙肾上腺素

12. 既可用于心源性哮喘又可用于支气管哮喘的平喘药是

    A. 吗啡   B. 肾上腺素

    C. 氨茶碱   D. 克仑特罗

    E. 异丙托溴铵（异丙阿托品）

13. 对 β_2 受体选择性较强的药是

    A. 肾上腺素   B. 异丙肾上腺素   C. 麻黄碱

    D. 特布他林   E. 多巴胺

14. 气雾吸入的平喘药**不包括**

    A. 异丙肾上腺素   B. 氨茶碱

    C. 克仑特罗   D. 异丙托溴铵（异丙阿托品）

    E. 倍氯米松

15. 下列哪种药物对阿司匹林过敏引起的哮喘尤其适合

    A. 麻黄碱   B. 氨茶碱   C. 沙丁胺醇

    D. 扎鲁司特   E. 酮替芬

16. 氨茶碱**不用于治疗**

    A. 胆绞痛   B. 心绞痛   C. 支气管哮喘

    D. 心源性哮喘   E. 急性心功能不全

二、A₂ 型题

17. 患者，女，16 岁，自幼过敏体质，学龄前曾有哮喘病史，目前准备参加春游。为了防止相关疾病，可以提前服用的是

    A. 氨茶碱   B. 色甘酸钠   C. 沙丁胺醇

    D. 糖皮质激素   E. 异丙托溴铵

18. 患者，男，55 岁。有多年吸烟史，近一周来出现发热、咳嗽、且痰多不易咳出，宜选用

    A. 氯化铵   B. 可待因   C. 喷托维林

    D. 右美沙芬   E. 吗啡

三、A₃ 型题

19～20 题共用题干

19. 患者，女，54 岁。慢性支气管哮喘，目前使用其他药物疗效不满意。如果给予糖皮质激素治疗，那么最适合的给药途径是

    A. 口服　　　　　　　　B. 肌注　　　　　　　　C. 静脉滴注

    D. 吸入　　　　　　　　E. 皮下注射

20. 在用激素期间，应进行相应的用药护理，正确的观念或做法是

    A. 每次吸入后用清水漱口

    B. 长期使用不易引起肾上腺皮质萎缩

    C. 易产生全身不良反应

    D. 不易发生口腔真菌感染

    E. 不会出现声音嘶哑

四、A_4 型题

21～22 题共用题干

患者，男，18 岁。因发作性呼气性呼吸困难 1 小时入院，既往有类似病史，查体：呼吸 20 次/分，两肺可闻哮鸣音，心率 80 次/分。诊断为急性支气管哮喘

21. 应选用下列何种药物

    A. 色甘酸钠　　　　　　B. 地塞米松　　　　　　C. 氨茶碱

    D. 抗生素　　　　　　　E. 扎鲁司特

22. 在应用该药治疗时，应注意用药护理，下列哪项是**错误**的

    A. 稀释后缓慢静脉注射

    B. 口服，则饭后用药

    C. 可产生中枢抑制

    D. 呈强碱性，局部刺激作用强

    E. 剂量过大或注射速度过快可引起心律失常

五、B_1 型题

23～25 题共用题干

    A. 沙丁胺醇　　　　　　B. 氨茶碱　　　　　　　C. 异丙托溴铵

    D. 倍氯米松　　　　　　E. 扎鲁司特

23. 长期应用可产生明显耐受性

24. 静脉注射速度过快易引起心律失常、血压骤降、兴奋不安

25. 可竞争性阻断白三烯受体

六、X 型题

26. 应用氨茶碱时应注意

    A. 稀释后缓慢静注　　　　　　　　B. 剂量过大可致心律失常

    C. 静脉给药应使用单独通道　　　　D. 可以合用镇静药

    E. 口服宜饭后给药

27. 乙酰半胱氨酸

    A. 能溶解白色黏痰

　　B. 能溶解脓性黏痰

　　C. 常用 20% 溶液 5ml 与 5% 碳酸氢钠混合雾化吸入

　　D. 也能与抗菌药物混合吸入

　　E. 必须用玻璃容器盛放

28. 平喘药有

　　A. 可待因　　　　　　　B. 氯化铵　　　　　　　C. 溴己新

　　D. 沙丁胺醇　　　　　　E. 茶碱

29. 选择性激动 β_2 受体而平喘的药有

　　A. 异丙肾上腺素　　　　B. 沙丁胺醇　　　　　　C. 茶碱

　　D. 特布他林　　　　　　E. 异丙托溴铵

七、案例分析

30. 患者，男，55 岁。既往有支气管哮喘病史。入院 3 天前受凉，后出现咳嗽、咳黄痰喘息，伴发热。查体：体温 38.3℃。咽部充血，双肺呼吸音粗，可闻及散在分布呼气相哮鸣音，诊断为支气管哮喘合并感染，先后给予 0.9% 氯化钠注射液 250ml＋环丙沙星 0.4g 静滴、0.9% 氯化钠注射液 250ml＋氨茶碱 0.25g 静滴。请分析该处方是否合理？为什么？

参 考 答 案

1. B	2. A	3. E	4. B	5. E
6. A	7. D	8. C	9. A	10. C
11. C	12. C	13. D	14. B	15. D
16. B	17. B	18. A	19. D	20. A
21. C	22. C	23. A	24. B	25. E
26. ABCDE	27. ABCE	28. DE	29. BD	

30. 该处方不合理。应用环丙沙星可抑制茶碱的代谢，使氨茶碱的血药浓度升高，可出现氨茶碱的毒性反应。

（房　辉）

第二十八章 作用于子宫的药物

一、A₁ 型题

1. 能使子宫产生节律性收缩，用于催产引产的药物是
   - A. 催产素
   - B. 垂体后叶素
   - C. 麦角新碱
   - D. 麦角毒
   - E. 麦角胺

2. 缩宫素适用于
   - A. 产道、胎位均正常，但宫缩乏力
   - B. 产道障碍
   - C. 有头盆不称
   - D. 有前置胎盘
   - E. 有剖腹产史

3. 缩宫素用于催产时宜采用
   - A. 皮下注射
   - B. 肌内注射
   - C. 静脉注射
   - D. 静脉滴注
   - E. 宫腔内注射

4. 能降低子宫平滑肌对催产素的敏感性的药物是
   - A. 雌激素
   - B. 孕激素
   - C. 糖皮质激素
   - D. 维生素
   - E. 抗生素

5. 不能用于引产的药物是
   - A. 缩宫素
   - B. 麦角新碱
   - C. 地诺前列酮
   - D. 米索前列醇
   - E. 卡前列甲酯

6. 产后出血宜选用
   - A. 缩宫素
   - B. 麦角新碱
   - C. 维生素 K
   - D. 米索前列醇
   - E. 地诺前列素

7. 下列药物中除哪种药物外均可用于产后出血
   - A. 麦角新碱
   - B. 大剂量缩宫素
   - C. 小剂量缩宫素
   - D. 氨甲苯酸
   - E. 氨甲环酸（止血环酸）

8. 产后子宫复原宜选用
   - A. 麦角新碱
   - B. 麦角毒
   - C. 麦角胺
   - D. 二氢麦角碱（氢化麦角碱）
   - E. 缩宫素

9. 下列哪项不是前列腺素的临床应用
   - A. 足月妊娠引产
   - B. 中期妊娠引产
   - C. 药物流产

D. 产后止血　　　　　　　　E. 抗早孕

10. 小剂量缩宫素对子宫的作用特点是

A. 对子宫体兴奋作用强而对子宫颈作用弱

B. 引起强直性收缩

C. 作用强度不受雌激素的影响

D. 作用强度不受孕激素的影响

E. 引起非节律性收缩

11. 麦角新碱用于产后止血是因为

A. 收缩血管　　　　　　　　B. 子宫产生强直性收缩

C. 促进凝血过程　　　　　　D. 对子宫颈有强大的兴奋作用

E. 促进子宫内膜修复

12. 下列药物中**除**哪种药物外均能松弛子宫平滑肌，用于防治早产

A. 沙丁胺醇　　　　　　B. 特布他林　　　　　　C. 米索前列醇

D. 利托君　　　　　　　E. 硫酸镁

13. 麦角制剂**不能**用于

A. 偏头痛　　　　　　　　　B. 产后子宫出血

C. 中期妊娠引产　　　　　　D. 产后子宫复旧不良

E. 其他原因所致的子宫出血

14. 麦角胺治疗偏头痛的机制是

A. 收缩脑血管　　　　　　　B. 阻断血管平滑肌 α 受体

C. 抑制前列腺素合成　　　　D. 扩张血管，提高供氧量

E. 阻断 β 受体，使血管收缩

二、A₂ 型题

15. 患者，女，26 岁。足月妊娠，昨晚 8 时发动分娩，开始时子宫收缩力良好，但当宫口开大至 3cm 时，宫缩减弱，持续时间缩短，间歇时间长，每当阵缩达高峰时按压子宫壁，感觉不够硬且可被压下陷，宫颈不再继续扩张。宜选用何药催产

A. 小剂量缩宫素静脉滴注　　　B. 大剂量缩宫素肌肉注射

C. 麦角新碱　　　　　　　　　D. 麦角胺

E. 垂体后叶素

16. 患者，女，24 岁。怀孕 2 个月，因患先天性心脏病而需终止妊娠，请问给予什么药物流产

A. 缩宫素　　　　　　　B. 麦角新碱　　　　　　C. 垂体后叶素

D. 米索前列醇　　　　　E. 利托君

17. 患者，女，25 岁。足月自然产一男婴，在胎儿娩出后 4 小时出现阴道大量出血，应选择

A. 麦角新碱＋缩宫素　　B. 米非司酮　　　　　　C. 前列腺素

D. 麦角新碱＋前列腺素　E. 利托君

三、X 型题

18. 缩宫素和麦角新碱共同的作用或临床应用是
    A. 均可引起子宫强直性收缩
    B. 均可治疗产后子宫出血
    C. 收缩子宫作用与女性激素水平有关
    D. 均可用于产后子宫复原
    E. 收缩宫体作用均强于宫颈

19. 催产素的适应证有
    A. 催产　　　　　　　　B. 引产　　　　　　　　C. 产后子宫出血
    D. 功能性子宫出血　　　E. 产后子宫复原

四、案例分析

20. 患者，女，28 岁。妊娠足月自然分娩，产一女婴，但因胎盘残留，于产后 3 小时出现阴道大量出血，医生开了下列处方，请分析是否合理？为什么？

处方：缩宫素 10U

用法：10U，肌内注射，立即

马来酸麦角新碱 0.5mg×6

用法：一次 0.5mg，一日 3 次

参 考 答 案

1. A　　　　2. A　　　　3. D　　　　4. B　　　　5. B
6. B　　　　7. C　　　　8. A　　　　9. D　　　　10. A
11. B　　　12. C　　　13. C　　　14. A　　　15. A
16. D　　　17. A　　　18. ABCD　　19. ABCE

20. 该处方合理。因为大剂量缩宫素及麦角新碱均可使子宫平滑肌产生强直性收缩而压迫肌间血管止血。缩宫素起效快，用药后能迅速发挥止血作用。但由于缩宫素维持时间短，另给予作用强而持久的麦角新碱口服可弥补这一不足。

（吴　艳）

第二十九章　肾上腺皮质激素类药物

一、A₁ 型题

1. 抗炎作用最强的糖皮质激素是
   - A. 氢化可的松
   - B. 曲安西龙
   - C. 地塞米松
   - D. 泼尼松
   - E. 氟轻松

2. 经体内转化后才有效的糖皮质激素是
   - A. 泼尼松龙
   - B. 可的松
   - C. 地塞米松
   - D. 曲安西龙
   - E. 氟轻松

3. 糖皮质激素用于严重感染的目的是
   - A. 提高机体抗病能力
   - B. 促进毒素的排泄
   - C. 抗炎、抗毒、抗过敏、抗休克
   - D. 改善微循环
   - E. 对抗细菌外毒素

4. 糖皮质激素用于严重感染时必须
   - A. 逐渐加大剂量
   - B. 加用 ACTH
   - C. 合用肾上腺素
   - D. 合用有效、足量的抗菌药
   - E. 用药至症状改善后 1 周

5. 长疗程应用糖皮质激素采用隔日疗法可避免
   - A. 反馈性抑制垂体-肾上腺皮质功能
   - B. 诱发或加重感染
   - C. 停药症状
   - D. 诱发或加重溃疡
   - E. 反跳现象

6. 治疗量时几乎无保钠排钾作用的是
   - A. 氢化可的松
   - B. 泼尼松
   - C. 可的松
   - D. 泼尼松龙
   - E. 地塞米松

7. 糖皮质激素最常用于下列哪种休克
   - A. 过敏性休克
   - B. 感染性休克
   - C. 心源性休克
   - D. 低血容量性休克
   - E. 神经性休克

8. 糖皮质激素隔日疗法的给药时间最好在
   - A. 早上 5 点
   - B. 上午 8 点
   - C. 中午 12 点
   - D. 下午 5 点
   - E. 晚上 8 点

9. 糖皮质激素用于慢性炎症的主要目的在于
   A. 促使 PG 合成减少
   B. 促进炎症消散
   C. 促使炎症部位血管收缩，通透性下降
   D. 减少蛋白水解酶的释放
   E. 抑制肉芽组织生长，防止粘连和瘢痕形成

10. 糖皮质激素禁用于
   A. 角膜炎　　　　　　　B. 视神经炎　　　　　　C. 虹膜炎
   D. 角膜溃疡　　　　　　E. 视网膜炎

二、A₂ 型题

11. 唐某，女，30 岁。患有红斑狼疮，长期应用泼尼松治疗，其饮食应为
   A. 低钠、低糖、低蛋白　　　　　　B. 低钠、高糖、低蛋白
   C. 低钠、高糖、高蛋白　　　　　　D. 低钠、低糖、高蛋白
   E. 高钠、高糖、高蛋白

12. 孙某，男，50 岁。患大叶性肺炎，并发感染性休克。药物治疗应选下述哪种方案
   A. 头孢拉定＋口服泼尼松　　　　　B. 头孢拉定＋口服可的松
   C. 头孢拉定＋口服泼尼松龙　　　　D. 头孢拉定＋肌内注射可的松
   E. 头孢拉定＋静脉滴注氢化可的松

三、A₃ 型题

13～14 题共用题干

患者，女，寒战、高热，血压 80/50mmHg，面色苍白，入院后诊断为感染中毒性休克，采用糖皮质激素治疗

13. 感染中毒性休克使用糖皮质激素治疗时，应采用
   A. 大剂量肌内注射　　　　　　　　B. 小剂量反复静脉滴注
   C. 大剂量突击静脉滴注　　　　　　D. 一次负荷量肌内注射
   E. 小剂量快速静脉注射

14. 下列哪一项**不是**糖皮质激素的禁忌证
   A. 活动性肺结核　　　B. 妊娠早期　　　　　　C. 创伤修复期
   D. 严重精神病　　　　E. 肾病综合征

四、A₄ 型题

15～17 题共用题干

患者，女，45 岁。轻度甲状腺功能亢进病史 2 年，并患有支气管哮喘，合用下列药物半年，出现皮肤变薄、多毛、糖尿

15. 系哪一种药物的不良反应
   A. 卡比马唑　　　　　B. 曲安西龙　　　　　　C. 沙丁胺醇
   D. 甲硫氧嘧啶　　　　E. 氨茶碱

16. 长期使用该药引起的代谢紊乱描述**错误**的是
    A. 血钾升高　　　　　B. 血糖升高　　　　　C. 负氮平衡
    D. 水钠潴留　　　　　E. 向心性肥胖

17. 如突然停用该药，会产生反跳现象，其原因是
    A. 患者对激素产生依赖性或病情未充分控制
    B. 肾上腺皮质功能亢进
    C. 甲状腺功能亢进
    D. 垂体功能亢进
    E. ACTH 分泌突然增高

五、B₁ 型题

18～21 题共用答案
    A. 地塞米松　　　　　B. 氟轻松　　　　　　C. 泼尼松
    D. 氢化可的松　　　　E. 华法林

18. 短效制剂的糖皮质激素是
19. 中效制剂的糖皮质激素是
20. 长效制剂的糖皮质激素是
21. 外用制剂的糖皮质激素是

六、X 型题

22. 糖皮质激素的"四抗"作用是
    A. 抗炎　　　　　　　B. 抗毒　　　　　　　C. 抗免疫
    D. 抗休克　　　　　　E. 抗病毒

23. 糖皮质激素可刺激骨髓造血功能，使血中哪些细胞增多
    A. 红细胞　　　　　　B. 血小板　　　　　　C. 中性粒细胞
    D. 淋巴细胞　　　　　E. 嗜酸性粒细胞

24. 糖皮质激素的不良反应有
    A. 低血钾　　　　　　B. 高血压　　　　　　C. 骨质疏松
    D. 高血糖　　　　　　E. 荨麻疹

25. 长期使用糖皮质激素引起的代谢紊乱包括
    A. 血钾升高　　　　　B. 血糖升高　　　　　C. 负氮平衡
    D. 水钠潴留　　　　　E. 向心性肥胖

26. 糖皮质激素有哪些临床应用
    A. 严重感染　　　　　B. 防止炎症后遗症　　C. 治疗过敏性疾病
    D. 抗休克治疗　　　　E. 接触性皮炎

七、案例分析

27. 患者，男，40 岁。患有风湿性关节炎，近日伴发感冒，医生给开了下列处方，请问该处方是否合理，为什么？
    处方：阿司匹林片 0.5g×30

用法：一次 0.5g，一日 3 次

泼尼松片 5mg×60

用法：一次 10mg，一日 3 次

参 考 答 案

1. C	2. B	3. C	4. D	5. A
6. E	7. B	8. B	9. E	10. D
11. D	12. E	13. C	14. E	15. B
16. A	17. A	18. D	19. C	20. A
21. B	22. ABCD	23. ABC	24. ABCD	25. BCDE
26. ABCDE				

27. 此处方不合理。糖皮质激素能增加胃酸和胃蛋白酶的分泌，抑制胃黏液的分泌和组织修复，从而诱发或加重胃及十二指肠溃疡。阿司匹林对胃黏膜有直接刺激作用及抑制前列腺素合成，可引起胃溃疡。故两药并用，能增强对消化道的刺激，加剧消化道的溃疡，甚至导致胃出血。

(徐胤聪)

第三十章 甲状腺激素类药与抗甲状腺药

一、A₁型题

1. 适用于治疗呆小病的药物是
   A. 甲硫氧嘧啶　　　　　B. 甲巯咪唑　　　　　C. 小剂量碘
   D. 卡比马唑　　　　　　E. 甲状腺素
2. 治疗黏液性水肿的药物是
   A. 甲硫氧嘧啶　　　　　B. 甲巯咪唑　　　　　C. 小剂量碘
   D. 卡比马唑　　　　　　E. 甲状腺素
3. 治疗单纯性甲状腺肿的药物是
   A. 小剂量碘　　　　　　B. 丙硫氧嘧啶　　　　C. 甲巯咪唑
   D. 卡比马唑　　　　　　E. 大剂量碘
4. 硫脲类药物的作用机制是
   A. 抑制 TSH 释放
   B. 直接拮抗已合成的甲状腺素
   C. 抑制甲状腺腺泡内过氧化物酶，妨碍甲状腺素合成
   D. 抑制甲状腺激素释放
   E. 破坏甲状腺组织
5. 硫脲类药物最严重的不良反应为
   A. 血小板减少　　　　　B. 溶血性贫血　　　　C. 肝损害
   D. 粒细胞缺乏症　　　　E. 肾损害
6. 甲亢手术前准备正确给药是
   A. 先给硫脲类，术前 2 周再加服大剂量碘剂
   B. 先给大剂量碘剂，术前 2 周再给硫脲类
   C. 只给大剂量碘剂
   D. 只给小剂量碘剂
   E. 术前不需给药
7. 治疗甲状腺危象的主要药物是
   A. 丙硫氧嘧啶　　　　　B. 小剂量碘　　　　　C. 大剂量碘
   D. 泼尼松龙　　　　　　E. 甲状腺激素
8. 抑制甲状腺球蛋白水解酶，减少甲状腺激素释放的是
   A. 小剂量碘　　　　　　B. 大剂量碘　　　　　C. 放射性碘

153

D. 甲状腺素 　　　　　　 E. 丙硫氧嘧啶

9. 对硫脲类药物叙述**错误**的是

A. 作用缓慢 　　　　　　　　　 B. 不易通过胎盘屏障

C. 对已合成的甲状腺激素无效 　 D. 治疗后期可引起甲状腺肿大

E. 可引起粒细胞减少

10. **不能**单独用于甲亢进行内科治疗的药物是

A. 丙硫氧嘧啶 　　　　 B. 甲巯咪唑（他巴唑） 　　 C. 卡比马唑

D. 碘化物 　　　　　　 E. 放射性碘

二、A₂ 型题

11. 患者，女，16 岁。家住离海较远的山区。近期发现颈部变粗，医院检查甲状腺体弥漫肿大，表面光滑柔软，无震颤及杂音，诊断为地方性甲状腺肿，宜选用何种方法治疗

A. 手术 　　　　　　　 B. 丙硫氧嘧啶 　　　　　 C. 小剂量碘

D. 大剂量碘 　　　　　 E. 放射性碘

三、A₃ 型题

12～13 题共用题干

患者，女，35 岁。患原发性甲状腺功能亢进 3 年，经多方治疗病情仍难控制，需行甲状腺部分切除术

12. 术前准备药物有丙硫氧嘧啶，丙硫氧嘧啶的基本作用是

A. 抑制碘泵 　　　　　　　　 B. 抑制 Na^+-K^+ 泵

C. 抑制甲状腺过氧化物酶 　　 D. 抑制甲状腺蛋白水解酶

E. 阻断甲状腺激素受体

13. 用于术前准备，可使腺体缩小变硬、血管减少而有利于手术进行的药物是

A. 甲巯咪唑 　　　　　 B. 丙硫氧嘧啶 　　　　 C. ¹³¹I

D. 卡比马唑 　　　　　 E. 碘化物

四、A₄ 型题

14～17 题共用题干

女性患者，甲状腺肿大，伴多汗、多食、消瘦、心悸、烦躁，根据同位素扫描及血 T_3、T_4 检查，诊断为甲亢

14. 该患者应选用以下哪种药物进行治疗

A. 甲状腺素 　　　　　 B. 丙硫氧嘧啶 　　　　 C. 碘剂

D. 胰岛素 　　　　　　 E. 肾上腺皮质激素

15. 对该药用药护理的叙述，**错误**的是

A. 定期查血象 　　　　　　　 B. 定期查肝功能

C. 定期测定凝血酶原时间 　　 D. 抗甲状腺药治疗是长期的过程

E. 增加高热量的食物摄入

16. 为防止该药发生严重不良反应，故治疗期间应定期复查

  A. 尿常规   B. 肝肾功能   C. 血常规

  D. 心血图   E. 甲状腺扫描

17. 服药一段时间后，症状控制不好，甲状腺肿大明显，需行手术治疗，此时应

  A. 服用碘剂   B. 继续服用抗甲状腺素药物

  C. 用普萘洛尔控制心率   D. 辅助治疗

  E. 以上都需要

五、B₁ 型题

18～20 题共用答案

  A. 血管神经性水肿   B. 诱发心绞痛   C. 甲状腺功能减退

  D. 肾衰竭   E. 粒细胞缺乏症

18. 甲状腺激素的不良反应是

19. 碘化物的主要不良反应是

20. 放射性 ^{131}I 的主要不良反应是

21～23 题共用答案

  A. 甲状腺素   B. ^{131}I   C. 大量碘化钾

  D. 普萘洛尔   E. 磺酰脲类

21. 甲状腺危象宜选用

22. 甲亢术后复发对硫脲类无效宜选用

23. 黏液性水肿宜选用

六、X 型题

24. 甲状腺素可用于

  A. 呆小病   B. 甲状腺危象   C. 单纯性甲状腺肿

  D. 黏液性水肿   E. 以上都不可

25. 大剂量碘的应用有

  A. 甲亢的术前准备   B. 甲亢的内科治疗   C. 单纯性甲状腺肿

  D. 甲状腺危象   E. 黏液性水肿

26. 丙硫氧嘧啶的主要临床适应证有

  A. 黏液性水肿   B. 甲状腺危象   C. 甲亢术前准备

  D. 单纯性甲状腺肿   E. 甲状腺功能亢进

七、案例分析

27. 患者，女，57 岁。有甲亢病史 2 年，行甲状腺次全切除手术后 1 天后体温升高至 38～39℃。心脏搏动力强，心率 160 次/分，呕吐、多汗，烦躁不安，基础代谢率＋60% 以上，T3 水平明显高于正常，诊断为甲状腺危象。甲状腺危象可用哪种药物治疗？简述 其理论依据。

参 考 答 案

1. E   2. E   3. A   4. C   5. D

6. A　　　7. C　　　8. B　　　9. B　　　10. D
11. C　　　12. C　　　13. E　　　14. B　　　15. E
16. C　　　17. E　　　18. B　　　19. A　　　20. C
21. C　　　22. B　　　23. A　　　24. ACD　　25. AD
26. BCE

27. 应立即用大剂量的碘剂静脉滴注，大剂量碘能抑制甲状腺球蛋白水解酶，阻止甲状腺激素的释放；拮抗 TSH 的作用；抑制过氧化物酶，使酪氨酸的碘化及碘化酪氨酸的耦联受阻，从而抑制甲状腺激素的合成。症状可迅速缓解，合用大剂量的硫脲类药物，可阻止新的甲状腺素的合成。

（徐胤聪）

第三十一章 降血糖药

一、A₁ 型题

1. 有关胰岛素药理作用的叙述，**错误**的是
   A. 促进葡萄糖的酵解和氧化
   B. 促进蛋白质的合成并抑制其分解
   C. 促进脂肪的合成并抑制其分解
   D. 促进钾离子进入细胞内
   E. 促进糖原异生

2. 下列哪一种糖尿病**不宜**首选胰岛素
   A. 合并重度感染的糖尿病
   B. 轻、中型糖尿病
   C. 需作手术的糖尿病
   D. 妊娠期糖尿病
   E. 糖尿病酮症酸中毒

3. 有关胰岛素的描述哪一项是**错误**的
   A. 适用于各型糖尿病
   B. 必须冷冻保存
   C. 饭后半小时给药
   D. 经常更换注射部位
   E. 防止发生低血糖症

4. 胰岛素常用的给药途径是
   A. 舌下含服
   B. 口服
   C. 皮下注射
   D. 肌内注射
   E. 静脉注射

5. 胰岛素使用过量的不良反应是
   A. 低血糖
   B. 高钾血症
   C. 胃肠道反应
   D. 脂肪萎缩
   E. 过敏反应

6. 甲苯磺丁脲降血糖作用的机制是
   A. 促进葡萄糖降解
   B. 拮抗胰高血糖素的作用
   C. 抑制葡萄糖从肠道吸收
   D. 刺激胰岛 β 细胞释放胰岛素
   E. 减少糖原异生

7. 大剂量可引起畸胎，孕妇禁用的药物是
   A. 二甲双胍
   B. 低精蛋白锌胰岛素
   C. 苯乙双胍（苯乙福明）
   D. 氯磺丙脲
   E. 珠蛋白锌胰岛素

8. 甲苯磺丁脲**不会**引起
   A. 粒细胞减少
   B. 肝损害
   C. 过敏反应
   D. 低血糖症
   E. 高钾血症

9. 可造成乳酸性酸血症的降血糖药是
   A. 苯乙双胍
   B. 氯磺丙脲
   C. 甲苯磺丁脲
   D. 格列本脲
   E. 阿卡波糖

二、A₂ 型题

10. 患者，女，50岁。患有1型糖尿病，长期用胰岛素治疗。今餐前突感饥饿、软弱无力、出汗、心悸、精神不安，应立即给予
　　　A. 静脉注射胰岛素　　　B. 口服糖水　　　　　C. 口服格列本脲
　　　D. 口服苯乙双胍　　　　E. 口服阿卡波糖

11. 患者，男，56岁。有糖尿病史15年，近日并发肺炎。查：呼吸35次/分，心率105次/分，血压90/60mmHg。呼出气体有丙酮味，意识模糊。尿酮呈强阳性，血糖500mg/dl。处置药物应选用
　　　A. 三碘甲状腺原氨酸　　B. 珠蛋白锌胰岛素　　C. 普通胰岛素
　　　D. 格列奇特　　　　　　E. 低精蛋白锌胰岛素

三、A₃ 型题

12～13题共用题干

患者，男，50岁。2年前诊断为冠心病，心绞痛。近半月来心前区疼痛发作频繁，今晨在骑车途中，突然胸骨后压榨性剧痛，像触电样向左臂内侧放散，舌下含硝酸甘油不能缓解，出大汗，面色灰白，手足发凉，入院诊断为急性广泛性前壁心肌梗死，治疗药物中有极化液

12. 极化液由胰岛素、10％葡萄糖和下列何药组成
　　　A. 氯化钾　　　　　　　B. 氯化钙　　　　　　C. 氯化钠
　　　D. 乳酸钠　　　　　　　E. 葡萄糖酸钙

13. 极化液治疗心肌梗死时，胰岛素的主要作用是
　　　A. 纠正低血钾　　　　　　　　B. 改善心肌代谢
　　　C. 为心肌提供能量　　　　　　D. 促进钾离子进入心肌细胞
　　　E. 纠正低血糖

四、A₄ 型题

14～16题共用题干

患者，男，20岁。1型糖尿病患者，在治疗过程中出现心悸、出汗、饥饿感、意识模糊

14. 患者最可能发生的问题是
　　　A. 过敏反应　　　　　　B. 心律失常　　　　　C. 自主神经功能紊乱
　　　D. 低血糖反应　　　　　E. 周围神经炎

15. 引起该现象的常见原因是
　　　A. 注射胰岛素剂量过大　　　　B. 每日运动量适中
　　　C. 注射胰岛素与进餐时间密切配合　　D. 每餐按规定进食量进餐
　　　E. 并发冠心病及脑血管病

16. 下列处理措施正确的是
　　　A. 使用胰岛素　　　　　B. 血常规检查　　　　C. 做心电图检查
　　　D. 静脉注射50％葡萄糖　E. 静脉滴注生理盐水

五、B₁ 型题

17～21题共用答案

    A. 二甲双胍   B. 氯磺丙脲   C. 胰岛素

    D. 罗格列酮   E. 阿卡波糖

17. 尿崩症患者宜选用

18. 肥胖糖尿病患者宜选用

19. 糖尿病酮症酸中毒患者宜选用

20. 对胰岛素产生耐受者选用

21. 竞争性抑制葡萄糖苷酶的药物是

六、X 型题

22. 胰岛素的不良反应有

    A. 低血糖   B. 过敏反应   C. 肝损害

    D. 急性胰岛素抵抗   E. 局部反应

23. 有严重肝病的中型糖尿病患者宜选用

    A. 丙硫氧嘧啶   B. 胰岛素   C. 阿卡波糖

    D. 二甲双胍   E. 氢氯噻嗪

24. 磺酰脲类的不良反应有

    A. 变态反应   B. 胃肠道反应

    C. 粒细胞减少   D. 胆汁淤积性黄疸及肝损害

    E. 低血糖

七、案例分析

25. 患者，男，47 岁。因"口渴、多饮、多尿 12 年"入院，诊断为 2 型糖尿病。曾先后使用"降糖片"等控制血糖，近 4 个月改用胰岛素泵，血糖空腹 10～15mmol/L，餐后 11～17mmol/L。请解释患者血糖无法控制的原因、发生机制及防治措施。

参 考 答 案

1. E   2. B   3. C   4. C   5. A

6. D   7. D   8. E   9. A   10. B

11. C   12. A   13. D   14. D   15. A

16. D   17. B   18. A   19. C   20. D

21. E   22. ABDE   23. BC   24. ABCDE

25. 由于发生了胰岛素抵抗。

胰岛素抵抗由于创伤、感染、手术、情绪激动等，血中抗胰岛素物质增多或酮症酸中毒时血中酮体和脂肪酸增多及 pH 降低；体内产生了胰岛素抗体；胰岛素受体数目和亲和力减少等原因妨碍了胰岛素对机体的作用。

胰岛素抵抗可分为急性抵抗性和慢性抵抗性。对前者应正确处理诱因，调整酸碱、水电解质平衡，暂时加大胰岛素剂量。对后者，可改用高纯度胰岛素，换用不同种属动物来源的制剂或加用口服降血糖药等。

                            （张 庆）

第三十二章　性激素类药物与抗生育药

一、A₁ 型题

1. 哺乳妇女退乳时宜选用
   - A. 黄体酮
   - B. 甲睾酮
   - C. 己烯雌酚
   - D. 甲地孕酮
   - E. 苯丙酸诺龙

2. 卵巢功能不全和闭经宜选用
   - A. 甲睾酮(甲基睾丸酮)
   - B. 黄体酮
   - C. 己烯雌酚
   - D. 甲地孕酮
   - E. 苯丙酸诺龙

3. 绝经期综合征应选用下列何药治疗
   - A. 炔雌醇
   - B. 甲地孕酮
   - C. 黄体酮
   - D. 甲睾酮
   - E. 炔诺酮

4. 治疗前列腺癌宜选用
   - A. 炔雌醇
   - B. 丙酸睾酮（丙酸睾丸素）
   - C. 氯米芬
   - D. 苯丙酸诺龙
   - E. 炔诺酮

5. 先兆流产患者宜选用
   - A. 己烯雌酚
   - B. 丙酸睾酮
   - C. 苯丙酸诺龙
   - D. 黄体酮
   - E. 炔雌醇

6. 再生障碍性贫血选用
   - A. 炔雌醇
   - B. 己烯雌酚
   - C. 氯米芬
   - D. 苯丙酸诺龙
   - E. 丙酸睾酮

7. 苯丙酸诺龙禁用于
   - A. 严重烧伤
   - B. 严重高血压
   - C. 术后恢复期
   - D. 骨折不易愈合
   - E. 小儿发育不良

8. 老年性骨质疏松可选用
   - A. 黄体酮
   - B. 甲地孕酮
   - C. 泼尼松龙
   - D. 苯丙酸诺龙
   - E. 氢化可的松

9. 雌激素禁用于
   - A. 绝经后乳腺癌
   - B. 前列腺癌
   - C. 青春期痤疮
   - D. 功能性子宫出血
   - E. 子宫肿瘤

10. 雄激素禁用于

　　A. 功能性子宫出血　　　　　B. 冠心病　　　　　C. 乳腺癌

　　D. 再生障碍性贫血　　　　　E. 老年骨质疏松症

11. 有关孕激素的作用**错误**的描述是

　　A. 可降低子宫对缩宫素的敏感性

　　B. 促进乳腺腺泡的生长发育

　　C. 抑制黄体生成素的分泌

　　D. 对抗雄激素作用

　　E. 在月经期促使子宫内膜由增生期转变为分泌期

12. 主要抑制排卵的避孕药是

　　A. 前列腺素　　　　　　　　　B. 雌激素与孕激素复方制剂

　　C. 大剂量炔诺酮　　　　　　　D. 复方双炔失碳酯

　　E. 己烯雌酚

13. 天然孕激素是

　　A. 甲羟孕酮（甲孕酮）　　　　B. 甲地孕酮

　　C. 炔诺酮　　　　　　　　　　D. 黄体酮

　　E. 炔诺孕酮（甲基炔诺酮）

二、A₂ 型题

14. 患者，女，40 岁。近发现右乳房内有单个无痛性肿块，质坚实，境界不甚清楚，经活检诊断为乳腺癌，治疗宜选用下列何药

　　A. 己烯雌酚　　　　　B. 黄体酮　　　　　C. 丙酸睾酮

　　D. 苯丙酸诺龙　　　　E. 泼尼松

15. 患者，女，45 岁。主诉停经 50 天后来潮血量特多，持续 2 周，停止一段时间后再度出血，妇科检查并无异常，诊断为功能性子宫出血，治疗宜选用下列何药

　　A. 己烯雌酚　　　　　B. 黄体酮　　　　　C. 丙酸睾酮

　　D. 炔雌醇　　　　　　E. 以上均可

三、B₁ 型题

16～20 题共用答案

　　A. 抑制排卵　　　　　　　　　B. 促进蛋白质合成

　　C. 抗孕卵着床　　　　　　　　D. 减少精子数目

　　E. 促进子宫内膜增殖变厚

16. 大剂量炔诺酮能够

17. 复方炔诺酮片能够

18. 棉酚能够

19. 睾丸素能够

20. 雌二醇能够

21～22 题共用答案

　　A. 甲地孕酮　　　　　B. 炔诺酮　　　　　C. 己烯雌酚

　　D. 米非司酮　　　　　E. 烷苯醇醚

21. 终止早期妊娠的药物是
22. 杀灭精子的避孕药是

四、X 型题

23. 与其他药物比较，女性避孕药的特点是
  A. 应用于广大健康育龄妇女 B. 对于安全性要求特别高
  C. 服药时间长，可达 10 年以上 D. 疗效高达 70%～80%
  E. 女用避孕药较男用避孕药发展快

24. 短效口服避孕药的作用机制是
  A. 通过负反馈机制抑制下丘脑-垂体-卵巢轴，使排卵过程受抑
  B. 可能抑制子宫内膜的正常增殖，干扰孕卵着床
  C. 可能影响输卵管的正常活动，使受精卵不能适时到达子宫
  D. 通过负反馈机制抑制下丘脑-垂体-卵巢轴，使受精过程受抑
  E. 子宫颈黏液变得黏稠，使精子不易进入子宫腔

五、案例分析

25. 患者，女，30 岁。口服避孕药，因患急性粟粒性肺结核，医生开写了下列处方，请问该处方是否合理，为什么？
处方：利福平片　0.3g×30
用法：一次 0.6g，一日 1 次，清晨空腹顿服
异烟肼片　0.1g×90
用法：一次 0.2g，一日 3 次
乙胺丁醇片　0.25g×45
用法：一次 0.25g，一日 3 次
口服避孕药
用法：一日 1 片，睡前服

参 考 答 案

1. C	2. C	3. A	4. A	5. D
6. E	7. B	8. D	9. E	10. B
11. D	12. B	13. D	14. C	15. E
16. C	17. A	18. D	19. B	20. E
21. D	22. E	23. ABCE	24. ABCE	

25. 此处方不合理。利福平为药酶诱导剂，能提高肝药酶的活性，加速口服避孕药在肝内的代谢，而降低避孕药的血药浓度，使避孕失败。

（吴　艳）

第三十三章 抗微生物药概述

一、A₁ 型题

1. 下列有关药物、机体、病原体三者之间关系的叙述，**错误**的是
   A. 药物对机体有防治作用和不良反应
   B. 机体对病原体有抵抗能力
   C. 机体对药物有耐药性
   D. 药物对病原体有抑制或杀灭作用
   E. 病原体对药物有耐药性

2. 化学治疗药的概念是
   A. 治疗各种疾病的化学药物
   B. 治疗恶性肿瘤的化学药物
   C. 人工合成的化学药物
   D. 防治病原微生物引起感染的化学药物
   E. 防治细菌感染、寄生虫病和恶性肿瘤的药物

3. 化疗指数是指
   A. ED_{50}/LD_{50}
   B. ED_{90}/LD_{10}
   C. LD_{50}/ED_{50}
   D. LD_{90}/ED_{10}
   E. ED_{95}/LD_{5}

4. 下列何种抗菌药物属于抑菌药
   A. 大环内酯类
   B. 头孢菌素类
   C. 多黏菌素类
   D. 氨基苷类
   E. 青霉素类

5. 对细菌耐药性的叙述，正确的是
   A. 细菌毒性大
   B. 细菌与药物多次接触后，对药物敏感性下降甚至消失
   C. 细菌与药物一次接触后，对药物敏感性下降
   D. 是药物不良反应的一种表现
   E. 是药物对细菌缺乏选择性

6. 抗菌药物联合应用的目的在于
   A. 提高疗效，扩大抗菌谱
   B. 防止或延缓产生耐药性
   C. 减少药物剂量
   D. 降低药物的毒性及不良反应
   E. 以上都包括

7. 抗结核病药联合应用的主要原因是

163

A. 提高疗效   B. 防止或延缓耐药性产生

C. 减少药物剂量   D. 减轻药物不良反应

E. 扩大抗菌谱

二、X型题

8. 下列何种情况**不宜**常规预防性应用抗菌药物

    A. 感冒患者   B. 病毒感染者   C. 昏迷者

    D. 胸腹部手术后   E. 休克患者

9. 细菌产生耐药性的机制包括

    A. 产生灭活酶   B. 降低细菌胞浆膜通透性

    C. 细菌改变周围环境的 pH   D. 细菌改变药物作用的靶位

    E. 细菌改变自身代谢途径

10. 通过影响细菌核酸代谢而发挥抗菌作用的药物有

    A. 喹诺酮类   B. 磺胺类   C. 甲氧苄啶

    D. 利福霉素类   E. 多黏菌素

参 考 答 案

1. C	2. E	3. C	4. A	5. B
6. E	7. B	8. ABCE	9. ABDE	10. AD

（黄素臻）

第三十四章 抗 生 素

一、A₁型题

1. 下列有关青霉素 G 性质的描述，**错误**的是
   A. 水溶液性质不稳定
   B. 有过敏反应，甚至引起过敏性休克
   C. 口服可被胃酸破坏
   D. 半衰期为 4～6 小时
   E. 不耐酶，青霉素酶可令其失去活性

2. 青霉素对下列哪种病原体**无效**
   A. 脑膜炎奈瑟菌　　　　　B. 螺旋体　　　　　　　C. 流感嗜血杆菌
   D. 放线菌　　　　　　　　E. 白喉棒状杆菌

3. β-内酰胺类抗生素的抗菌机制是
   A. 抑制菌体细胞壁合成　　　　　B. 影响胞浆膜的通透性
   C. 抑制细菌核酸合成　　　　　　D. 抑制菌体蛋白质合成
   E. 影响菌体叶酸代谢

4. 青霉素类中对铜绿假单胞菌有作用的抗生素是
   A. 青霉素 G　　　　　　　B. 苯唑西林　　　　　　C. 羧苄西林
   D. 氨苄西林　　　　　　　E. 以上皆不是

5. 下列有关头孢菌素的叙述，**错误**的是
   A. 与青霉素有交叉过敏反应　　　　B. 耐酶，对抗药金葡菌有效
   C. 第一代头孢菌素有肾毒性　　　　D. 为抑菌剂
   E. 主要用于敏感菌引起的严重感染

6. 青霉素 G 对下列何种疾病**无效**
   A. 猩红热　　　　　　　　B. 蜂窝组织炎　　　　　C. 流脑
   D. 大叶性肺炎　　　　　　E. 伤寒

7. 对铜绿假单胞菌感染，下列药物中**无效**的是
   A. 羧苄西林（羧苄青霉素）　　　　B. 头孢哌酮
   C. 头孢呋辛　　　　　　　　　　　D. 头孢他啶
   E. 第三代头孢菌素

8. 青霉素 G 水溶液不稳定，久置可引起
   A. 药效下降　　　　　　　B. 中枢不良反应　　　　C. 诱发过敏反应

D. A+B   E. A+C

9. 青霉素过敏性休克抢救应首选

A. 肾上腺素   B. 去甲肾上腺素   C. 肾上腺皮质激素

D. 抗组胺药   E. 多巴胺

10. 对青霉素最易产生耐药性的细菌是

A. 溶血性链球菌   B. 肺炎链球菌   C. 破伤风芽胞梭菌

D. 白喉棒状杆菌   E. 金黄色葡萄球菌

11. 青霉素**不能**用于治疗

A. 伤寒   B. 扁桃体炎

C. 白喉   D. 梅毒

E. 草绿色链球菌心内膜炎

12. 下列有关青霉素的叙述，**错误**的是

A. 青霉素 G 与半合成青霉素之间有交叉过敏反应

B. 青霉素的过敏性休克只发生在首次给药后

C. 对青霉素产生耐药性的金葡菌感染可用苯唑西林（苯唑青霉素）或红霉素

D. 多数敏感菌不易对青霉素产生耐药性

E. 青霉素为杀菌剂

13. 半合成青霉素的分类及其代表药搭配正确的是

A. 耐酶青霉素——阿莫西林

B. 抗铜绿假单胞菌青霉素——双氯西林

C. 耐酸青霉素——替卡西林

D. 抗革兰阴性菌青霉素——氯唑西林

E. 广谱类——氨苄西林

14. 对肾有毒性的抗生素类是

A. 青霉素类   B. 广谱青霉素类   C. 耐酶青霉素类

D. 第一代头孢菌素类   E. 第三代头孢菌素类

15. 下列有关头孢菌素的叙述，**错误**的是

A. 抗菌机制与青霉素类相似

B. 与青霉素有部分交叉过敏反应

C. 第一代头孢菌素类对铜绿假单胞菌无效

D. 第三代头孢菌素类对肾有一定毒性

E. 第三代头孢菌素类对酶稳定性高

16. 克拉维酸与阿莫西林配伍应用的主要药理学基础是

A. 可使阿莫西林口服吸收更好

B. 可使阿莫西林自肾小管分泌减少

C. 克拉维酸可抑制 β-内酰胺酶

D. 可使阿莫西林用量减少，毒性降低

E. 克拉维酸抗菌谱广，抗菌活性强

17. 下列对第一代头孢菌素的叙述，**错误**的是

A. 对革兰阳性菌的作用强

B. 对革兰阴性菌也有很强的作用

C. 肾毒性较第二代、第三代大

D. 对 β-内酰胺酶较稳定

E. 主用于耐药金葡菌感染及敏感菌引起的呼吸道及泌尿道感染

18. 下列哪项**不是**头孢菌素的不良反应

　　A. 过敏反应　　　　　　B. 肾损害　　　　　　C. 肝损害

　　D. 胃肠反应　　　　　　E. 二重感染

19. 红霉素的抗菌机制是

　　A. 抑制菌体细胞壁合成　B. 抑制菌体蛋白质合成　C. 影响胞浆膜通透性

　　D. 抑制叶酸代谢　　　　E. 抑制菌体核酸合成

20. 红霉素对下列哪种细菌**无效**

　　A. 百日咳鲍特菌　　　　B. 流感嗜血杆菌　　　　C. 支原体

　　D. 铜绿假单胞菌　　　　E. 白喉棒状杆菌

21. 林可霉素的抗菌机制是

　　A. 抑制菌体细胞壁合成　B. 抑制菌体蛋白质合成　C. 影响胞浆膜通透性

　　D. 抑制叶酸代谢　　　　E. 抑制菌体核酸合成

22. 下列有关红霉素的叙述，哪项是**错误**的

　　A. 对革兰阳性菌作用强　　　　　B. 易产生耐药性

　　C. 可用于耐药金葡菌感染　　　　D. 易被胃酸破坏

　　E. 不能用于对青霉素过敏者

23. 下列哪项**不是**红霉素的临床应用

　　A. 耐药金葡菌　　　　　B. 百日咳　　　　　　C. 军团病

　　D. 结核病　　　　　　　E. 支原体肺炎

24. 下列有关大环内酯类抗生素的叙述，**错误**的是

　　A. 作用机制为抑制菌体蛋白质合成

　　B. 属抑菌剂

　　C. 为广谱抗生素

　　D. 乙酰螺旋霉素抗菌谱似红霉素

　　E. 本类抗生素之间有部分交叉抗药性

25. 下列有关林可霉素类的叙述，**错误**的是

　　A. 克林霉素作用较林可霉素弱

　　B. 可致胃肠反应

　　C. 对大多数厌氧菌有效

　　D. 可引起假膜性肠炎

　　E. 克林霉素和林可霉素间有交叉耐药性

26. 下列有关万古霉素的叙述，正确的是

　　A. 抗菌机制为抑制蛋白质合成

　　B. 对革兰阳性菌及革兰阴性菌均有强大抗菌作用

　　C. 对厌氧难辨梭菌有效

　　D. 避免与氨基苷类抗生素合用，以免增加耳、肾毒性

E. 主要用于革兰阳性菌引起的严重感染

27. 下列何药**不能**用生理盐水溶解
    A. 链霉素　　　　　　　B. 红霉素　　　　　　　C. 青霉素
    D. 四环素　　　　　　　E. 庆大霉素

28. 下列**不属于**大环内酯类的药物是
    A. 红霉素　　　　　　　B. 罗红霉素　　　　　　C. 万古霉素
    D. 阿奇霉素　　　　　　E. 克拉霉素

29. 红霉素为下列哪类细菌感染的首选药
    A. 大肠埃希菌　　　　　B. 流感嗜血杆菌　　　　C. 军团菌
    D. 变形杆菌　　　　　　E. 以上皆否

30. 下列药物中为支原体肺炎的首选药是
    A. 红霉素　　　　　　　B. 异烟肼　　　　　　　C. 呋喃唑酮
    D. 对氨基水杨酸　　　　E. 吡哌酸

31. 青霉素 G 过敏的革兰阳性菌感染患者可选用以下何种药物
    A. 红霉素　　　　　　　B. 氨苄西林　　　　　　C. 羧苄西林
    D. 阿莫西林　　　　　　E. 苯唑西林

32. 克林霉素引起的假膜性肠炎应选用下列何药治疗
    A. 林可霉素　　　　　　B. 氯霉素　　　　　　　C. 万古霉素
    D. 氨苄西林　　　　　　E. 羧苄西林

33. 治疗急慢性金黄色葡萄球菌骨髓炎的首选药是
    A. 红霉素　　　　　　　B. 乙酰螺旋霉素　　　　C. 四环素
    D. 克林霉素　　　　　　E. 土霉素

34. 万古霉素类的抗菌机制是
    A. 抑制菌体细胞壁合成　B. 抑制菌体蛋白质合成　C. 影响胞浆膜通透性
    D. 抑制叶酸代谢　　　　E. 抑制菌体核酸合成

35. 下列何药**不需**做皮肤过敏试验
    A. 氨苄西林　　　　　　B. 青霉素 G　　　　　　C. 苯唑西林
    D. 链霉素　　　　　　　E. 红霉素

36. 在碱性环境中抗菌作用增强的抗生素是
    A. 头孢唑林　　　　　　B. 红霉素　　　　　　　C. 庆大霉素
    D. 四环素　　　　　　　E. 青霉素

37. 氨基苷类抗生素的抗菌原理是
    A. 抑制细菌 DNA 合成　　　　　　　B. 抑制细菌 RNA 合成
    C. 抑制菌体蛋白质合成　　　　　　　D. 影响胞浆膜的通透性
    E. 抑制菌体细胞壁合成

38. 对铜绿假单胞菌及抗药金葡菌均有效的抗生素是
    A. 庆大霉素　　　　　　　　　　　　B. 青霉素 G
    C. 红霉素　　　　　　　　　　　　　D. 苯唑西林（苯唑青霉素）
    E. 螺旋霉素

39. 有关氨基苷类抗生素的叙述，**错误**的是

A. 对革兰阴性菌作用强大

B. 口服仅用于肠道感染和肠道术前准备

C. 为静止期杀菌剂

D. 各药物之间无交叉抗药性

E. 抗菌机制是抑制菌体蛋白质合成

40. 与呋塞米（速尿）合用时耳毒性增强的抗生素是

A. 青霉素 G　　　　B. 螺旋霉素　　　　C. 林可霉素

D. 土霉素　　　　　E. 链霉素

41. 对青霉素产生耐药性的淋病患者常选用

A. 庆大霉素　　　　B. 氨苄西林　　　　C. 羧苄西林

D. 大观霉素　　　　E. 红霉素

42. 下列说法**不正确**的是

A. 青霉素抗菌机制是抑制细菌细胞壁合成

B. 红霉素抑制菌体蛋白质合成

C. 头孢菌素抗菌机制与青霉素相似

D. 万古霉素抑制细菌细胞壁合成

E. 多黏菌素抑制菌体蛋白质合成

43. 阻止细菌细胞壁合成的抗生素**不包括**

A. 青霉素　　　　　B. 去甲万古霉素　　C. 大观霉素

D. 万古霉素　　　　E. 头孢哌酮

44. 对耐药金葡菌**无效**的药物是

A. 氨苄西林　　　　B. 头孢唑林　　　　C. 红霉素

D. 庆大霉素　　　　E. 苯唑西林

45. 庆大霉素较常见的不良反应为

A. 肾毒性　　　　　B. 二重感染　　　　C. 过敏反应

D. 阻断神经肌肉接头处　E. 抑制骨髓

46. 有关庆大霉素的叙述，**错误**的是

A. 抗菌作用强，对革兰阴性杆菌作用尤其好

B. 对耐青霉素的金葡菌感染仍无效

C. 水溶液性质稳定

D. 细菌易对其形成耐药性

E. 肾损害较多见

47. 肾功能不全患者患铜绿假单胞菌感染时可选用

A. 多黏菌素 E　　　B. 氨苄西林　　　　C. 庆大霉素

D. 羧苄西林　　　　E. 林可霉素

48. 鼠疫首选药物是

A. 庆大霉素　　　　B. 林可霉素　　　　C. 红霉素

D. 链霉素　　　　　E. 卡那霉素

49. 多黏菌素不良反应多见

A. 可致肾损害　　　B. 神经系统毒性　　C. 静滴过快致呼吸抑制

D. A+B   E. A+B+C

50. 氯霉素最严重的不良反应是
   A. 骨髓抑制   B. 胃肠道症状   C. 肝损害
   D. 肾损害   E. 过敏反应

51. 四环素类药物对下列哪一种病原体**无效**
   A. 立克次体   B. 衣原体   C. 细菌
   D. 真菌   E. 支原体

52. 四环素类抗生素的抗菌机制是
   A. 抑制细菌蛋白质合成   B. 抑制菌体细胞壁合成   C. 影响胞浆膜的通透性
   D. 抑制 RNA 合成   E. 抑制二氢叶酸还原酶

53. 氯霉素的抗菌机制是
   A. 抑制细菌蛋白质合成   B. 抑制菌体细胞壁合成   C. 影响胞浆膜的通透性
   D. 抑制 RNA 合成   E. 抑制二氢叶酸还原酶

54. 下列有关氯霉素的叙述，**错误**的是
   A. 不能透过血-脑屏障   B. 又名左霉素
   C. 广谱抗生素   D. 可引起骨髓抑制
   E. 新生儿尤其早产儿禁用

55. 立克次体感染宜首选
   A. 西索米星   B. 螺旋霉素   C. 四环素
   D. 红霉素   E. 妥布霉素

56. 可引起幼儿牙釉质发育不良并黄染的药物是
   A. 红霉素   B. 林可霉素   C. 青霉素
   D. 黏菌素   E. 四环素

57. 多西环素属于
   A. β-内酰胺类   B. 四环素类的部分合成品
   C. 氨基苷类   D. 大环内酯类
   E. 氯霉素类的部分合成品

58. 抑制菌体蛋白质合成的抗生素**不包括**
   A. 红霉素   B. 多西环素（强力霉素）   C. 大观霉素
   D. 万古霉素   E. 林可霉素（洁霉素）

59. 服用四环素引起的假膜性肠炎，应用下列何药抢救
   A. 头孢菌素   B. 林可霉素   C. 土霉素
   D. 万古霉素   E. 青霉素

60. 孕妇和 8 岁以下儿童禁用的抗生素为
   A. 头孢菌素类   B. 四环素类   C. 大环内酯类
   D. 青霉素类   E. 氨基苷类

二、A₂ 型题

61. 患者，男，20 岁。因患扁桃体炎而采用青霉素治疗，给药后约 1 分钟，患者面色苍白、烦躁不安、脉搏细弱、血压降至 10kPa/8kPa，并伴有呼吸困难，诊断为过敏性休

克，应首选下列何药治疗

    A. 肾上腺素   B. 麻黄碱   C. 阿托品

    D. 间羟胺   E. 去甲肾上腺素

62. 患者，女，10 岁。突发寒战、高热、咳嗽及血痰，诊断为大叶性肺炎，应首选下列何种抗菌药治疗

    A. 链霉素   B. 红霉素   C. 四环素

    D. 氯霉素   E. 青霉素 G

63. 患者，女，37 岁。近几天出现咽痛伴中等程度发热、食欲缺乏、乏力、全身不适等症状，咽部充血，扁桃体肿大，上有假膜，细菌学检查发现白喉杆菌，诊断为普通型咽白喉，最好选用下列哪种治疗方案

    A. 红霉素＋白喉抗毒素   B. 庆大霉素＋白喉抗毒素

    C. 土霉素＋白喉抗毒素   D. SMZ＋TMP

    E. 青霉素＋白喉抗毒素

64. 患者，男，18 岁。近几天来出现周身不适、食欲减退、烦躁不安及高热等症状，检查发现左下肢胫骨下段有红、肿、热、压痛和波动感，穿刺检查为金葡菌感染，诊断为急性骨髓炎，为控制感染，常选用下列何种药物治疗

    A. 林可霉素   B. 克林霉素   C. 青霉素

    D. 红霉素   E. 链霉素

65. 患者，男，42 岁。近来左臂长一疖，穿刺检查为金葡菌感染，青霉素皮试阳性，常选用下列何药治疗

    A. 红霉素   B. 苯唑西林   C. 阿莫西林

    D. 氨苄西林   E. 羧苄西林

66. 患者，男，60 岁。近期出现发热、脾大、瘀点等症状，心脏听诊可闻及杂音，并伴有乏力、纳差、苍白等，血培养为草绿色链球菌，诊断为细菌性心内膜炎，常选用下列何种方案治疗

    A. 庆大霉素＋红霉素   B. 青霉素 G＋TMP   C. 多西环素（强力霉素）

    D. 青霉素 G＋链霉素   E. 青霉素 G＋红霉素

67. 患者，女，37 岁。因肾病综合征伴肾功能不全入院，近几日出现尿急、尿痛、尿频症状，诊断为铜绿假单胞菌致尿路感染，应选用下列何药来控制尿路感染

    A. 庆大霉素   B. SMZ＋TMP   C. 多黏菌素 E（抗敌素）

    D. 羧苄西林   E. 头孢氨苄

68. 患者，女，28 岁。五天前出现尿急、尿痛及尿频症状，尿中查到白细胞和尿蛋白，现突发高热、伴心率加快、血压降低、呼吸加快、出冷汗及尿量明显减少等症状，血中检到变形杆菌，诊断为败血症，常首选下列何药进行抗感染治疗

    A. 庆大霉素   B. 万古霉素   C. 氨苄西林

    D. 羧苄西林   E. 链霉素

69. 患者，女，30 岁。突发高热、皮疹、结膜充血并有焦痂，查体发现焦痂附近的淋巴结肿大、肝脾肿大，诊断为恙虫病（立克次体感染），应首选下列何种抗菌药治疗

    A. 西索米星   B. 螺旋霉素   C. 多西环素

    D. 红霉素   E. 妥布霉素

70. 患者，男，28岁。近几日出现发热，呈稽留热型，并伴有全身不适、乏力、食欲减退和咳嗽等症状，细菌学检查后诊断为伤寒，应选用下列何种抗菌药治疗

  A. 四环素   B. 头孢唑林   C. 氯霉素

  D. 红霉素   E. 庆大霉素

三、A₃ 型题

71~72 题共用题干

患者，男，16岁。因伤寒服用氯霉素，一周后查血象发现有严重贫血和白细胞、血小板减少

71. 这种现象发生的原因可能是

  A. 氯霉素破坏了红细胞   B. 氯霉素缩短了红细胞的寿命

  C. 氯霉素抑制了骨髓造血功能   D. 氯霉素引起了变态反应

  E. 氯霉素抑制了肝药酶

72. 氯霉素应用时，护理人员应进行用药护理，请问下列哪项是**错误**的

  A. 用药前、后及用药期间应系统监护血象

  B. 应严格掌握适应证

  C. 一般不作首选药物

  D. 可长期用药

  E. 新生儿尤其是早产儿、孕妇、哺乳期妇女禁用

73~74 题共用题干

患者，女，20岁。因尿频、尿急、尿痛前来就诊，经检查患有淋病，用青霉素G治疗3天，疗效不明显

73. 可改用的药物是

  A. 林可霉素   B. 红霉素   C. 万古霉素

  D. 大观霉素   E. 氯霉素

74. 关于你选用的药物的叙述，下列哪项是**错误**的

  A. 属于氨基苷类抗生素

  B. 通过抑制细菌蛋白质合成而发挥作用

  C. 属于静止期杀菌药

  D. 不易产生耐药性

  E. 仅限于对青霉素耐药或过敏的淋病患者应用

75~76 题共用题干

患者，男，60岁。因患骨髓炎而服用克林霉素后，出现腹痛、腹泻、脓血便等症状，经诊断为假膜性肠炎

75. 出现这种情况，可能的原因是

  A. 药物严重的胃肠道反应   B. 患者对药物过敏

  C. 患者本身患有肠炎   D. 患者出现"二重感染"

  E. 患者有溃疡病

76. 应该选用何药治疗

  A. 氨苄西林   B. 多黏菌素类   C. 万古霉素

D. 阿米卡星　　　　　　　E. 红霉素

四、A₄ 型题

77～78 题共用题干

患者，女，6 岁。因耳痛、发热求诊，经诊断为中耳炎。该患儿有青霉素过敏史

77. 可选用的药物是

A. 链霉素　　　　　　　B. 阿奇霉素　　　　　　C. 氯霉素

D. 阿米卡星　　　　　　E. 阿莫西林

78. 你选的药物属于

A. β-内酰胺类抗生素　　B. 氨基苷类抗生素　　C. 大环内酯类抗生素

D. 四环素类　　　　　　E. 林可霉素类

79～80 题共用题干

患者，男，56 岁。近一段时间咳嗽，有时痰中带血，并伴有乏力、头痛、咽痛等症状，X 线诊断为支原体肺炎

79. 选用下列哪种药物控制感染为好

A. 青霉素　　　　　　　B. 四环素　　　　　　　C. 氯霉素

D. 庆大霉素　　　　　　E. 红霉素

80. 你选用的药物主要不良反应为

A. 过敏性休克　　　　　B. 局部刺激　　　　　　C. 再生障碍性贫血

D. 肾毒性　　　　　　　E. 二重感染

五、B₁ 型题

81～85 题共用答案

A. 链霉素　　　　　　　B. 四环素　　　　　　　C. 红霉素

D. 青霉素　　　　　　　E. 氯霉素

81. 易引起耳毒性的药物是

82. 可产生二重感染的药物是

83. 可出现赫氏反应的药物是

84. 可致灰婴综合征的药物是

85. 静脉给药可引起血栓性静脉炎的药物是

86～90 题共用答案

A. 氯霉素　　　　　　　B. 青霉素　　　　　　　C. 羧苄西林

D. 四环素　　　　　　　E. 大观霉素

86. 淋病奈瑟菌感染选用

87. 梅毒螺旋体感染选用

88. 斑疹伤寒可选用

89. 伤寒、副伤寒可选用

90. 铜绿假单胞菌感染可选用

91～95 题共用答案

A. 抑制细菌蛋白质合成　B. 抑制细菌细胞壁合成　C. 影响胞浆膜的通透性

D. 抑制二氢叶酸合成酶　　E. 抑制 DNA 回旋酶

91. 头孢菌素类药物的作用机制是

92. 氨基苷类药物的作用机制是

93. 四环素类药物的作用机制是

94. 大环内酯类药物的作用机制是

95. 多黏菌素类药物的作用机制是

96～98 题共用答案

　　A. 支原体肺炎　　　　　B. 立克次体病　　　　　C. 螺旋体病

　　D. 恙虫病　　　　　　　E. 鼠疫

96. 青霉素用于

97. 链霉素用于

98. 红霉素用于

99～100 题共用答案

　　A. 氯霉素　　　　　　　B. 链霉素　　　　　　　C. 克林霉素

　　D. 四环素　　　　　　　E. 红霉素

99. 可首选用于治疗急慢性金葡菌性骨髓炎的是

100. 可首选用于军团菌病的是

六、X 型题

101. 通过抑制菌体蛋白质合成而发挥抗菌作用的药物是

　　A. 青霉素　　　　　　　B. 罗红霉素　　　　　　C. 克林霉素

　　D. 四环素　　　　　　　E. 阿米卡星

102. 青霉素可作为首选用于治疗

　　A. 梅毒　　　　　　　　B. 流脑　　　　　　　　C. 白喉

　　D. 破伤风　　　　　　　E. 支原体肺炎

103. 与青霉素相比，阿莫西林

　　A. 对 G⁺ 细菌的抗菌作用弱　　　　　B. 对 G⁻ 细菌的抗菌作用强

　　C. 对 β-内酰胺酶稳定　　　　　　　　D. 对耐药金葡菌有效

　　E. 耐酸，可口服

104. 有关头孢菌素的各项叙述，正确的是

　　A. 第一代头孢菌素对 G⁺ 细菌作用较二、三代强

　　B. 第三代头孢菌素几乎没有肾毒性

　　C. 口服一代头孢菌素可用于尿路感染

　　D. 第二代头孢菌素对各种 β-内酰胺酶均稳定

　　E. 第三代头孢菌素抗铜绿假单胞菌作用较强

105. 属于大环内酯类抗生素的是

　　A. 阿奇霉素　　　　　　B. 螺旋霉素　　　　　　C. 林可霉素

　　D. 克拉霉素　　　　　　E. 罗红霉素

106. 氨基苷类抗生素常见的不良反应是

　　A. 肾毒性　　　　　　　B. 肝脏毒性　　　　　　C. 过敏反应

     D. 耳毒性   E. 头痛头晕

107. 关于链霉素，以下叙述正确的是
    A. 可引起过敏性休克，用药前应作皮试
    B. 耐药菌株较少
    C. 鼠疫和兔热病的首选药
    D. 可与青霉素配伍用于治疗草绿色链球菌所致的心内膜炎
    E. 全身感染须注射给药

108. 四环素的用药护理包括
    A. 不宜与牛奶、奶制品同服
    B. 孕妇、哺乳期妇女、8 岁以下儿童禁用
    C. 可与糖皮质激素合用
    D. 与抗酸药同服，应至少间隔 2～3 小时
    E. 应饭后服用或与食物同服

109. 氯霉素的不良反应包括
    A. 再生障碍性贫血   B. 二重感染   C. 过敏性休克
    D. 灰婴综合征   E. 皮疹、药物热

110. 林可霉素的特点包括
    A. 对革兰阳性球菌有强大抗菌作用
    B. 作用机制为抑制细菌蛋白质合成
    C. 可与红霉素合用
    D. 与克林霉素之间有完全交叉耐药性
    E. 较克林霉素抗菌作用强

七、案例分析

111. 某肺部感染的患者，发热数日，又并发了代谢性酸中毒，医生给予青霉素钠、5%碳酸氢钠注射液及 10%葡萄糖注射液混合静滴，请问是否合理，为什么？

112. 某患儿，咳嗽、胸痛伴有发热，经诊断为肺炎链球菌感染，医生给予青霉素钠注射剂及罗红霉素治疗，请问是否合理，为什么？

113. 某急性胰腺炎患者，接受手术后发生感染，医生每日给予 20 万单位的庆大霉素进行抗感染治疗，3 天后患者退烧。医生继续给药，29 天后患者死亡。你考虑可能的原因是什么？庆大霉素应用时应如何进行用药护理？

114. 某患者患有呼吸道感染并伴有缺铁性贫血，医生开了四环素片及硫酸亚铁片，请问是否合理，为什么？

115. 患者，女，26 岁。1 周前突感尿频、尿急、小便时有强烈刺痛感，有血。你考虑可能是什么原因？应选择何药治疗？

参 考 答 案

1. D	2. C	3. A	4. C	5. D
6. E	7. C	8. E	9. A	10. E
11. A	12. B	13. E	14. D	15. D

16. C	17. B	18. C	19. B	20. D
21. B	22. E	23. D	24. C	25. A
26. D	27. B	28. C	29. C	30. A
31. A	32. C	33. D	34. A	35. E
36. C	37. C	38. A	39. D	40. E
41. D	42. E	43. C	44. A	45. A
46. B	47. D	48. D	49. D	50. E
51. D	52. A	53. A	54. A	55. C
56. E	57. B	58. C	59. D	60. B
61. A	62. E	63. E	64. B	65. A
66. D	67. D	68. A	69. C	70. C
71. C	72. D	73. D	74. D	75. A
76. C	77. B	78. C	79. E	80. B
81. A	82. B	83. D	84. E	85. C
86. E	87. B	88. D	89. A	90. C
91. B	92. A	93. A	94. A	95. C
96. C	97. E	98. A	99. C	100. E
101. BCDE	102. ABCD	103. ABE	104. ABCE	105. ABDE
106. ACD	107. ACDE	108. ABDE	109. ABDE	110. ABD

111. 不合理。因青霉素溶液最适 pH 为 5～7.5，如果低于 5 或超过 7.5 时极易分解。青霉素与 5％碳酸氢钠加入同一溶液，混合后 pH＞8，故使青霉素分解失活，临床需要使用两药时，应分别注射。

112. 不合理。青霉素为繁殖期杀菌药，罗红霉素为快速抑菌药，两者合用时，后者可降低前者的疗效，属配伍禁忌。

113. 患者可能死于肾衰竭。长期大剂量使用氨基苷类抗生素，特别是庆大霉素易产生肾毒性，用药期间应定期检查肾功能，一旦出现肾功能损害，应调整用量或停药，并避免与有肾毒性的药物如磺胺药、呋塞米等合用。老人、小儿毒性反应尤其明显，更应注意观察尿量及颜色变化。

114. 不合理。因四环素类可与 Fe^{2+}、Ca^{2+} 等多价金属离子形成络合物而使吸收减少。四环素和硫酸亚铁合用，可因形成络合物而影响两者的吸收，故不能合用。

115. 患者可能为尿路感染，可选用氨基苷类抗生素如庆大霉素、阿米卡星或头孢菌素类药物治疗。用药时注意及时监测肾功能。

（黄素臻）

第三十五章 人工合成抗菌药

一、A₁型题

1. 氟喹诺酮类药物抗菌机制是
   - A. 抑制敏感菌二氢叶酸还原酶
   - B. 阻止敏感菌细胞壁基础成分黏肽的合成
   - C. 使敏感菌细胞壁缺损
   - D. 抑制敏感菌 DNA 回旋酶
   - E. 抑制敏感菌蛋白质的合成

2. 氟喹诺酮类中可用于结核病的是
   - A. 氧氟沙星
   - B. 环丙沙星
   - C. 诺氟沙星
   - D. 依诺沙星
   - E. 以上皆不是

3. 抗菌谱较广，可作为流行性脑膜炎的首选药物之一的磺胺类药物是
   - A. 磺胺嘧啶
   - B. 柳氮磺吡啶
   - C. 磺胺甲噁唑
   - D. 磺胺嘧啶银
   - E. 磺胺嘧啶锌

4. 可用于沙眼、角膜炎的磺胺类药物是
   - A. 磺胺嘧啶
   - B. 柳氮磺吡啶
   - C. 磺胺甲噁唑
   - D. 磺胺嘧啶银
   - E. 磺胺醋酰钠

5. 长期大量服用甲氧苄啶可造成人体哪种物质代谢障碍，导致巨幼红细胞性贫血、白细胞减少及血小板减少等疾病
   - A. 铁
   - B. 锌
   - C. 叶酸
   - D. 蛋白质
   - E. 单胺氧化酶

6. SMZ 口服用于全身感染时需加服碳酸氢钠的原因是
   - A. 增强抗菌作用
   - B. 防止过敏反应
   - C. 预防在尿中析出结晶损伤肾
   - D. 预防代谢性酸中毒
   - E. 减少口服时的刺激

7. 对肠内、外阿米巴病均有良效的药物是
   - A. 红霉素
   - B. 四环素
   - C. 甲硝唑
   - D. 青霉素
   - E. 以上皆否

8. 患者在门诊静点洛美沙星注射液，应嘱咐患者
   - A. 静点结束后，外出时避免在强烈日光下暴晒
   - B. 立即监测肾功

    C. 立即多饮水

    D. 不能剧烈运动

    E. 以上皆否

9. 给予患者使用环丙沙星前，应详细询问患者病史，患有下列哪种疾病不能使用该药物

    A. 胃溃疡　　　　　　　B. 高血压　　　　　　　C. 癫痫

    D. 乙型肝炎　　　　　　E. 高脂血症

10. 患者口服"泻立停"（内含磺胺甲噁唑、甲氧苄啶等成分），应认真嘱咐患者的注意事项是

    A. 应与食物同服

    B. 服药时多饮水，以防出现尿道结晶

    C. 服药时间为每餐前 30 分钟

    D. 应在进餐过程中服药

    E. 可适量同服稀盐酸

二、A₂ 型题

11. 患者，女，因尿频、尿急、尿痛、发热就诊，用青霉素 G 治疗 3 天，疗效不好，可改用的药物是

    A. 林可霉素　　　　　　B. 红霉素　　　　　　　C. 万古霉素

    D. 磺胺醋酰　　　　　　E. 氧氟沙星

12. 患者，女，近一段时间时感阴道瘙痒、分泌物增多，医生诊断为阴道滴虫病，首选下列何药治疗效果最佳

    A. 甲硝唑　　　　　　　B. 利福平　　　　　　　C. 红霉素

    D. 呋喃妥因　　　　　　E. 诺氟沙星

13. 患者，男，突发高热伴发冷、寒战，继之出现腹痛、腹泻和里急后重，大便开始为稀便，很快转变为黏液脓血便，有左下腹部压痛及肠鸣音亢进，诊断为急性细菌性痢疾，最好选用下列何种抗菌药控制感染

    A. 利福平　　　　　　　B. 诺氟沙星　　　　　　C. 红霉素

    D. 氨苄西林　　　　　　E. 呋喃妥因

三、A₃ 型题

14~15 题共用题干

患者，男，32 岁。因发热、咳嗽、关节痛 3 日就诊，经 X 线检查，确诊为肺炎，经询问病史，该患者有青霉素过敏史

14. 该患者需药物治疗，可选用下列何药

    A. 头孢呋辛　　　　　　B. 甲硝唑　　　　　　　C. 氨苄西林

    D. 左氧氟沙星　　　　　E. 美罗培南

15. 不宜选用何种药物治疗该患者关节痛

    A. 双氯芬酸钾　　　　　B. 洛芬待因　　　　　　C. 洛索洛芬

    D. 曲马多　　　　　　　E. 美洛昔康

四、A₄ 型题

16～17 题共用题干

患者，女，38 岁。因发热伴胸痛就诊，诊断肺炎，经青霉素 G 治疗 1 周症状无改善，经菌培养和药敏试验该患者为耐甲氧西林的表皮葡萄球菌感染，对 β-内酰胺类抗生素均耐药

16. 首选以下何种药物治疗
    A. 阿奇霉素   B. 利福平   C. 哌拉西林
    D. 甲硝唑   E. 万古霉素

17. 治疗时，护理人员应进行用药护理，下列哪项叙述是**错误**的
    A. 病情变化及时通知医生   B. 监测患者生命体征
    C. 注意药物的不良反应   D. 注意静滴速度及药物浓度
    E. 委托患者家属观察病情

五、B₁ 型题

18～19 题共用答案
    A. 肾毒性   B. 胃肠道反应   C. 变态反应
    D. 头痛头晕   E. 耳毒性

18. 硝基咪唑最常见的不良反应是

19. 磺胺类药物最常见的不良反应是

20～21 题共用答案
    A. 吡哌酸   B. 诺氟沙星（氟哌酸）   C. 环丙沙星
    D. 莫西沙星   E. 替硝唑

20. 8-甲氧基氟喹诺酮类药物是

21. 需要嘱咐患者用药后短期内不宜喝酒或喝含有酒精的饮料的是

六、X 型题

22. 喹诺酮类抗菌药物常见不良反应有哪些
    A. 胃肠道反应   B. 中枢神经系统兴奋   C. 影响软骨发育
    D. 光过敏反应   E. 周围神经炎

23. 患者患有基础心律失常，应用下列哪种药物时应注意监测或观察患者心电变化
    A. 司帕沙星   B. 氧氟沙星   C. 加替沙星
    D. 头孢哌酮   E. 阿米卡星

24. 患者需氧菌、厌氧菌感染，给予头孢噻利与甲硝唑联合用药，从护理的角度应给予患者哪些特殊关注
    A. 告诫患者用药期间及用药结束后不宜饮酒及含有酒精的饮料
    B. 嘱咐患者家属密切注意患者大便次数，以防抗生素相关性腹泻
    C. 让患者尽量多改变体位
    D. 密切观察患者口腔内的变化，防止白色念珠菌感染
    E. 大量饮水

25. 氟喹诺酮类药物的抗菌特点是
    A. 抗菌谱广
    B. 与其他抗菌药物无交叉耐药性
    C. 血药浓度高
    D. 血浆蛋白结合率高
    E. 口服易吸收，体内分布广

26. 给予患者磺胺类药物期间，下列哪项是有必要的
    A. 嘱咐患者密切注意有无尿道刺痛感、尿闭等症状
    B. 嘱咐患者多饮水，或服用适量的碳酸氢钠
    C. 观察患者有无皮肤瘙痒等过敏样反应
    D. 注意患者皮肤是否变黄，以防黄疸发生，并注意监测肝功能
    E. 让患者多吃绿叶蔬菜等富含叶酸的食物，必要时补充亚叶酸钙（甲酰四氢叶酸钙）

七、案例分析

27. 患者，男，21 岁。一天前因发热咽痛就诊于社区医院，因青霉素过敏医生给予洛美沙星静点，静点室光线良好，静点后出现红斑、丘疹，伴瘙痒和灼痛，请问患者可能出现了什么情况？如何预防该现象的发生？

参考答案

1. D	2. A	3. A	4. E	5. C
6. C	7. C	8. A	9. C	10. B
11. E	12. A	13. B	14. D	15. D
16. E	17. E	18. B	19. A	20. D
21. E	22. ABCD	23. ABC	24. ABD	25. ABE
26. ABCDE				

27. 患者出现了光过敏反应。应立即停止用药。洛美沙星应在避光条件下进行静点，避免直接暴露在阳光下。

（董鹏达）

第三十六章　抗结核药

一、A₁型题

1. 多数情况下，结核病都需要联用利福平。用药后应密切注意患者哪方面的不良反应
    A. 肝功能损害　　　　　B. 外周神经炎　　　　　C. 肾功能损害
    D. 视神经炎　　　　　　E. 耳毒性

2. 抗结核作用最弱的药物是
    A. 链霉素　　　　　　　B. 对氨基水杨酸　　　　C. 吡嗪酰胺
    D. 异烟肼　　　　　　　E. 乙胺丁醇

3. 异烟肼与利福平合用易造成
    A. 胃肠道反应加重　　　B. 增加中枢损害　　　　C. 过敏反应
    D. 增加肝毒性　　　　　E. 增加肾脏损害

4. 服用异烟肼时常合用维生素 B_6，其目的是
    A. 减轻肝损害　　　　　B. 增加疗效　　　　　　C. 防止出现耐药性
    D. 防治外周神经炎　　　E. 以上皆否

5. 给予患者利福平口服，应交待患者下列哪一项
    A. 患者服药后尿、痰、眼泪等可变为橘红色，属于正常现象
    B. 避免用药后晒太阳
    C. 饭后立即服用
    D. 观察患者服药后是否出现尿频症状
    E. 服药后避免进行高空作业

6. 给予患者口服异烟肼治疗结核病，有下列哪项病史应慎用并密切观察，或者不用
    A. 风湿性关节炎　　　　　　　　B. 癫痫
    C. 胃溃疡　　　　　　　　　　　D. 冠状动脉硬化性心脏病
    E. 肠炎

7. 下列哪一种药物是抗结核的首选药物
    A. 利福平　　　　　　　B. 异烟肼　　　　　　　C. 乙胺丁醇
    D. 链霉素　　　　　　　E. 吡嗪酰胺

8. 下列抗结核药中属于广谱抗生素的是
    A. 异烟肼　　　　　　　B. PAS　　　　　　　　C. 链霉素
    D. 利福平　　　　　　　E. 乙胺丁醇

9. 对结核菌 A 菌群作用最强的抗结核药物是
    A. 异烟肼　　　　　　　　B. 链霉素　　　　　　　　C. 乙胺丁醇
    D. 利福平　　　　　　　　E. 吡嗪酰胺

10. 对于服用乙胺丁醇的结核病患者，如果患者合并糖尿病，应密切注意下列哪一项
    A. 注意患者的关节症状
    B. 应注意患者的视力变化和红绿色分辨力，出现异常应立即停药
    C. 嘱咐患者不宜吃海鱼、奶酪等含酪胺的食物
    D. 患者的精神状态
    E. 患者的尿、粪便、汗液等排泄物的颜色

二、A₂型题

11. 一肺结核患者抗结核治疗 3 个月，出现视力减退，视野缩小，应停下列哪种药物
    A. 异烟肼　　　　　　　　B. 利福平　　　　　　　　C. 吡嗪酰胺
    D. 乙胺丁醇　　　　　　　E. 链霉素

12. 患者，女，22 岁。因发热、头痛就诊，医生诊断结核性脑膜炎，治疗首选药物是
    A. 异烟肼　　　　　　　　B. 利福平　　　　　　　　C. 左氧氟沙星
    D. 链霉素　　　　　　　　E. 乙胺丁醇

13. 患者，女，35 岁。患慢性肾炎 5 年，近 2 个月来周身不适，乏力，低热，咳嗽，胸片显示右上肺小斑片阴影，痰结核菌阳性，最不应采用的抗结核治疗方案是
    A. 异烟肼，利福喷汀，乙胺丁醇
    B. 异烟肼，吡嗪酰胺，利福平，链霉素
    C. 异烟肼，利福平，乙胺丁醇
    D. 异烟肼，利福喷汀，吡嗪酰胺，左氧氟沙星
    E. 异烟肼，利福喷汀，吡嗪酰胺

三、A₃ 型题

14～15 题共用题干

患者，女，39 岁。2 个月前患结核性胸膜炎，经胸腔抽液及异烟肼、利福平、链霉素、吡嗪酰胺化疗，胸腔积液吸收，但复查肝功能仅显示胆红素轻度升高，考虑与药物代谢有关

14. 最可能引起此现象的药物为
    A. 吡嗪酰胺　　　　　　　B. 利福平　　　　　　　　C. 异烟肼
    D. 乙胺丁醇　　　　　　　E. 链霉素

15. 治疗期间护理人员应观察药物不良反应，下列哪项叙述是**错误**的
    A. 消化道症状　　　　　　B. 流感症候群　　　　　　C. 肝功损害
    D. 血小板减少　　　　　　E. 肾毒性

四、A₄ 型题

16～17 题共用题干

患者，女，59 岁。既往有癫痫病史，近 3 月出现间断咳嗽、咳痰伴低热症状，给予

抗生素及祛痰治疗，1个月后症状不见好转，体重逐渐下降，后拍胸片诊为"浸润型肺结核"

16. 该患者应慎用以下哪一种抗结核药物
    A. 异烟肼　　　　　　　　B. 利福平　　　　　　　　C. 吡嗪酰胺
    D. 乙胺丁醇　　　　　　　E. 链霉素

17. 关于该药物下列叙述哪一项是**错误**的
    A. 可引起外周神经炎　　　　　　　B. 有肝损害
    C. 仅对细胞外结核杆菌有效　　　　D. 脑脊液中药物浓度高
    E. 是杀菌药

五、B₁ 型题

18～19 题共用答案
    A. 利福平　　　　　　　　B. 乙胺丁醇　　　　　　　C. 链霉素
    D. 异烟肼　　　　　　　　E. 吡嗪酰胺

18. 主要毒性为视神经炎的药物是

19. 有癫痫或精神病史者抗结核治疗时应慎用

六、X 型题

20. 患者使用异烟肼治疗结核病，应做哪些用药监护
    A. 嘱咐患者定期检查肝功能
    B. 询问患者服药后有无兴奋、失眠、精神失常或惊厥等
    C. 注意维生素 B₆ 的补充
    D. 治疗结核性脑膜炎应加大剂量
    E. 不能单用，防止出现耐药

21. 利福平常见的不良反应有
    A. 肝毒性　　　　　　　　B. 胃肠道反应　　　　　　C. 过敏反应
    D. 肾毒性　　　　　　　　E. 致畸作用

22. 乙胺丁醇抗结核作用的特点
    A. 为抑菌药
    B. 耐药性缓慢
    C. 抗菌谱广
    D. 对链霉素或异烟肼等有耐药性的结核菌仍有效
    E. 对细胞内外结核菌均有效

23. 患者因患有结核病及胃溃疡，需要口服异烟肼、利福平、乙胺丁醇、兰索拉唑等药物，应对患者进行哪些用药护理
    A. 异烟肼不宜和抗酸药同服
    B. 应注意患者的视力变化和红绿色分辨力
    C. 间断用药
    D. 排泄物可将尿液、唾液、泪液等染成橘红色，应提前告知患者
    E. 经常更换抗结核药物

七、案例分析

24. 患者，女，25 岁。因低热，乏力，轻咳少痰，右上肺斑片状阴影和痰结核分枝杆菌阳性而确诊为肺结核，经异烟肼、利福平、吡嗪酰胺、乙胺丁醇治疗 2 个月，上述症状消失，痰菌阴转，各项化验指标正常。但出现极少量右胸腔积液。该现象如何解释？是哪一种药物导致的？该药物还可能出现哪些不良反应？

参 考 答 案

1. A	2. B	3. D	4. D	5. A
6. B	7. B	8. D	9. A	10. B
11. D	12. A	13. B	14. B	15. E
16. A	17. C	18. B	19. D	20. ABCDE
21. ABCE	22. BDE	23. ABD		

24. 予强力杀菌药利福平后，菌体和代谢产物刺激机体而产生类赫氏反应。

不良反应：①消化道症状；②流感症候群；③肝功损害；④血小板减少；⑤皮肤综合征。

（董鹏达）

第三十七章 抗真菌药

一、A₁型题

1. 可局部用于口腔、皮肤、阴道念珠菌病的药物是
   A. 两性霉素 B   B. 制霉菌素   C. 多黏菌素
   D. 氟康唑   E. 土霉素

2. 主要治疗全身性深部真菌感染的药物是
   A. 两性霉素 B   B. 制霉菌素   C. 灰黄霉素
   D. 酮康唑   E. 克霉唑

3. 咪唑类抗真菌药作用机制是
   A. 阻止核酸合成   B. 抑制二氢叶酸合成酶
   C. 阻止细胞壁合成   D. 抑制二氢叶酸还原酶
   E. 抑制细胞膜类固醇合成

4. 易通过血-脑屏障的抗真菌药物是
   A. 阿司咪唑   B. 氟康唑   C. 咪康唑
   D. 酮康唑   E. 克霉唑

5. 仅对浅表真菌感染有效的抗真菌药物是
   A. 两性霉素 B   B. 制霉菌素   C. 灰黄霉素
   D. 酮康唑   E. 克霉唑

6. 不良反应最轻的咪唑类抗真菌药是
   A. 克霉唑   B. 甲硝唑   C. 咪康唑
   D. 酮康唑   E. 氟康唑

7. 目前口服抗真菌作用最强的药物是
   A. 灰黄霉素   B. 酮康唑   C. 两性霉素 B
   D. 克霉唑   E. 氟康唑

8. 无抗真菌作用的咪唑类药物是
   A. 克霉唑   B. 甲硝唑   C. 咪康唑
   D. 酮康唑   E. 氟康唑

9. 两性霉素 B 的作用机制是
   A. 影响真菌细胞膜通透性   B. 抑制真菌 DNA 合成
   C. 抑制真菌蛋白质合成   D. 抑制真菌细胞壁的合成
   E. 抑制真菌细胞膜麦角固醇结合

10. 咪唑类抗真菌药的作用机制是
    A. 多与真菌细胞膜中麦角固醇结合
    B. 抑制真菌细胞膜麦角固醇的生物合成
    C. 抑制真菌 DNA 的合成
    D. 抑制真菌蛋白质的合成
    E. 以上均不是

11. 下列哪种药物与两性霉素 B 合用可减少复发率
    A. 酮康唑　　　　　　　　B. 灰黄霉素　　　　　　　　C. 阿昔洛韦
    D. 制霉菌素　　　　　　　E. 氟胞嘧啶

二、A₂型题

12. 患者，男，70 岁。因糖尿病合并皮肤感染，予口服头孢类抗生素 3 个月后咽部出现白色薄膜，未注意，近 5 天消化不良，腹泻就诊，怀疑为"白色念珠菌病"，宜用
    A. 灰黄霉素　　　　　　　B. 制霉菌素　　　　　　　　C. 两性霉素
    D. 阿昔洛韦　　　　　　　E. 利巴韦林

13. 患者，女，52 岁。双脚趾间痒，长年起水疱，脱皮，细菌学检查有癣菌，患者<u>不宜用</u>
    A. 酮康唑　　　　　　　　B. 咪康唑　　　　　　　　　C. 两性霉素 B
    D. 氟康唑　　　　　　　　E. 灰黄霉素

三、A₃ 型题

14～15 题共用题干

患者，女，48 岁。既往糖尿病史。近一段时间出现发热伴尿频、尿急、小腹坠痛症状，尿培养提示白色念珠菌感染，医生初诊为真菌性尿道炎

14. 该患者需药物治疗，可首选下列哪一种药物
    A. 酮康唑　　　　　　　　B. 灰黄霉素　　　　　　　　C. 两性霉素 B
    D. 制霉菌素　　　　　　　E. 氟胞嘧啶

15. 应用该药治疗时，护理人员应注意观察的内容<u>不包括</u>
    A. 肾损害　　　　　　　　　　　　B. 肝损害
    C. 视力损害　　　　　　　　　　　D. 滴注前应给患者服解热镇痛药
    E. 定期做血钾检查

四、A₄ 型题

16～17 题共用题干

患者，男，58 岁。间断头皮瘙痒伴脱屑就诊，医生诊断为头癣

16. 应选用下列何种药物治疗
    A. 氟康唑　　　　　　　　B. 灰黄霉素　　　　　　　　C. 两性霉素 B
    D. 制霉菌素　　　　　　　E. 氟胞嘧啶

17. 对该药作用特点的叙述，哪一项<u>不正确</u>
    A. 外用无效　　　　　　　　　　　B. 脂肪饮食促进吸收

C. 对深部真菌有抑制作用　　　　D. 抑制各种皮肤癣菌

E. 用药后可出现恶心、呕吐

五、B₁型题

18~19题共用答案

A. 制霉菌素　　　　B. 碘苷　　　　C. 灰黄霉素

D. 两性霉素B　　　E. 甲硝唑

18. 主要用于皮肤癣菌感染的药物是

19. 口服用于防治消化道念珠菌病的药物是

六、X型题

20. 下列关于两性霉素B的叙述，正确的是

A. 口服和肌内注射均较难吸收，只能静脉给药

B. 静脉滴注两性霉素B应速度缓慢

C. 两性霉素B主要用于治疗甲癣

D. 静点期间密切注意患者心率

E. 滴注过程中应避光

21. 属于广谱抗真菌药物的是

A. 克霉唑　　　　B. 两性霉素B　　　C. 氟康唑

D. 酮康唑　　　　E. 制霉菌素

22. 使用两性霉素B应进行哪些用药监护

A. 注意患者有无肾脏损害，多数易发生

B. 不能用生理盐水稀释

C. 可常规让患者口服抗组胺药，以减轻不良反应

D. 密切注意药液是否漏出血管外

E. 静点过程中药物应避光

23. 某患者患有2型糖尿病、新型隐球菌性脑膜炎，抗真菌药物使用氟康唑，应做哪些用药护理

A. 氟康唑与格列吡嗪合用，可使后者血药浓度升高，可发生低血糖

B. 滴注最大速度为每小时200mg

C. 注意患者肝功能的变化

D. 使用氟康唑的患者应密切注意出入量的变化

E. 注意患者有无精神异常

24. 甲癣患者不能采用的药物及疗法有

A. 灰黄霉素局部外用　　B. 特比萘芬外用　　C. 两性霉素B静脉滴注

D. 制霉菌素片口服　　　E. 咪康唑外用

七、案例分析

25. 患者，女，28岁。近半月出现发热、咳嗽，于当地医院予头孢类抗生素系统治疗无效，上述症状加重，且出现气短、喘息伴呼吸困难。查肺CT示双肺多发浸润性阴影。

来院后经纤维支气管镜活检组织病理学检查诊断肺曲霉病，该首选哪一种药物治疗？应用该药时应如何进行用药护理？

参 考 答 案

1. B	2. A	3. E	4. B	5. C
6. E	7. E	8. B	9. A	10. B
11. E	12. B	13. C	14. C	15. C
16. B	17. C	18. C	19. A	20. AD
21. BCD	22. ABDE	23. ABC	24. ACE	

25. 两性霉素B。

为减少该药引起的高热、头痛和过敏反应发生，静滴前半小时常需给患者服用解热镇痛药和抗组胺药，滴注液中加入生理剂量的氢化可的松或地塞米松；为减少血栓静脉炎的发生，滴注液应适当稀释，并经常更换注射部位；两性霉素B对光、热不稳定，应在2～8℃避光密闭保存，稀释时不能用生理盐水，否则会发生沉淀；应定期做血、尿常规、肝肾功能、血钾和心电图检查。

（董鹏达）

第三十八章 抗病毒药

一、A₁型题

1. 属于广谱抗病毒的药物是
   - A. 金刚烷胺
   - B. 碘苷
   - C. 利巴韦林
   - D. 吗啉胍
   - E. 阿昔洛韦

2. 治疗单纯疱疹脑炎有效的药物是
   - A. 金刚烷胺
   - B. 利巴韦林（病毒唑）
   - C. 吗啉胍（病毒灵）
   - D. 碘苷
   - E. 阿昔洛韦

3. 金刚烷胺特异性作用于哪一种病毒
   - A. 疱疹病毒
   - B. 腮腺炎病毒
   - C. 甲型流感病毒
   - D. 麻疹病毒
   - E. 乙型流感病毒

4. 对 DNA 和 RNA 病毒感染均有效的广谱抗病毒药是
   - A. 碘苷
   - B. 金刚烷胺
   - C. 阿昔洛韦
   - D. 利巴韦林
   - E. 阿糖腺苷

5. 兼有抗震颤麻痹作用的抗病毒药是
   - A. 碘苷
   - B. 金刚烷胺
   - C. 阿糖腺苷
   - D. 利巴韦林
   - E. 阿昔洛韦

6. 通过抑制胸苷酸合成酶，使 DNA 合成受阻的抗病毒药是
   - A. 碘苷
   - B. 金刚烷胺
   - C. 阿昔洛韦
   - D. 利巴韦林
   - E. 阿糖腺苷

7. 在下列药物中，抗疱疹病毒作用最强的是
   - A. 碘苷
   - B. 金刚烷胺
   - C. 阿糖腺苷
   - D. 利巴韦林
   - E. 阿昔洛韦

8. 因毒性大不能用于全身治疗的抗病毒药物是
   - A. 碘苷
   - B. 金刚烷胺
   - C. 阿昔洛韦
   - D. 利巴韦林
   - E. 阿糖腺苷

9. 抗病毒药物**不包括**
   - A. 氟胞嘧啶
   - B. 金刚烷胺
   - C. 利巴韦林
   - D. 阿昔洛韦
   - E. 阿糖腺苷

10. 口服易吸收，在体内不被代谢的抗病毒药物是
    - A. 碘苷
    - B. 金刚烷胺
    - C. 甲硝唑

D. 制霉菌素　　　　　　　E. 灰黄霉素

二、A₂ 型题

11. 患者，男，28岁。剧烈运动后大汗淋漓，随即脱去上衣，第二天晨起自觉周身疼痛伴咽部不适，遂到医院就诊，医生诊断"急性上呼吸道感染"，应选择以下何药治疗

A. 青霉素　　　　　　　B. 红霉素　　　　　　　C. 利巴韦林

D. 头孢氨苄　　　　　　E. 氧氟沙星

12. 刘某，因畏光及眼部异物感就诊，医生诊断单纯疱疹性角膜炎，应选择下列哪种药物治疗

A. 碘苷　　　　　　　　B. 金刚烷胺　　　　　　C. 阿昔洛韦

D. 利巴韦林　　　　　　E. 阿糖腺苷

三、A₃ 型题

13～14 题共用题干

患者，女，48岁。既往体健，三天前受凉后出现高热伴周身酸痛、乏力表现，随之爱人亦出现上述症状，两人均于医院就诊，经血清病毒学检查诊断甲型流感

13. 该患者需药物治疗，可选用下列何药

A. 碘苷　　　　　　　　B. 金刚烷胺　　　　　　C. 阿昔洛韦

D. 氟胞嘧啶　　　　　　E. 阿糖腺苷

14. 护士在用药护理时需掌握该药物的药理特点，请问下列哪项叙述是**错误**的

A. 口服不易吸收　　　　　　　　B. 长期用药可引起耐药

C. 抗帕金森病　　　　　　　　　D. 抑制 DNA 合成

E. 可引起中枢和胃肠道不良反应

四、A₄ 型题

15～16 题共用题干

患者，男，20岁。近一周出现发热、咽痛伴周身酸痛、乏力表现。病程中排稀水便，每日 3～5 次不等。查血常规提示白细胞总数减少，淋巴细胞比例增高，便常规正常，予血清病毒学检查诊断甲型流感

15. 应选用下列何种药物治疗

A. 碘苷　　　　　　　　B. 阿糖腺苷　　　　　　C. 阿昔洛韦

D. 氟胞嘧啶　　　　　　E. 金刚烷胺

16. 你选用的抗病毒药还可以用于治疗下列哪一种疾病

A. 癫痫患者　　　　　　B. 急性疱疹性角膜炎　　　C. 单纯疱疹性脑炎

D. 带状疱疹　　　　　　E. 帕金森病

五、B₁ 型题

17～18 题共用答案

A. 金刚烷胺　　　　　　B. 阿昔洛韦　　　　　　C. 利巴韦林（病毒唑）

D. 吗啉胍　　　　　　　E. 碘苷

17. 阻止病毒穿入宿主细胞抑制其脱壳而抗病毒的药物是
18. 既抗 RNA 病毒，又抗 DNA 病毒的广谱抗病毒药物是

六、X 型题

19. 对 DNA 有抑制作用的抗病毒药物是
   - A. 金刚烷胺
   - B. 阿昔洛韦
   - C. 利巴韦林（病毒唑）
   - D. 碘苷
   - E. 吗啉胍

20. 抗病毒药物可能是通过下列哪项产生作用的
   - A. 阻止病毒的吸附、穿入
   - B. 阻止病毒的 DNA 合成
   - C. 阻止病毒 RNA 的合成
   - D. 增加机体抗病毒能力
   - E. 阻止病毒的释放

21. 对 RNA 病毒无效的药物是
   - A. 碘苷
   - B. 金刚烷胺
   - C. 阿昔洛韦
   - D. 利巴韦林
   - E. 阿糖腺苷

22. 金刚烷胺对哪些病毒无效
   - A. 甲型流感病毒
   - B. 乙型流感病毒
   - C. 麻疹病毒
   - D. 腮腺炎病毒
   - E. 单纯疱疹病毒

七、案例分析

23. 患者，男，52 岁。5 天前无诱因出现发热、周身不适，继而自觉左腋下皮肤潮红伴灼痛，2 天后患部皮肤出现簇状分布水疱，沿皮神经排列如带状，疼痛难忍，于当地医院就诊，医生诊断带状疱疹，予金刚烷胺口服抗病毒治疗，患者症状无缓解，且出现恶心伴呕吐，请问患者可能出现了什么情况？此种治疗是否正确（请说明原因）？应该选用哪一种药物？

参 考 答 案

1. C	2. E	3. C	4. D	5. B
6. A	7. E	8. A	9. A	10. B
11. C	12. A	13. B	14. A	15. E
16. E	17. A	18. C	19. BCD	20. ABCDE
21. ACE	22. BCDE			

23. 患者恶心、呕吐考虑为口服金刚烷胺的不良反应。

该患者明确诊断带状疱疹，应用金刚烷胺治疗错误，因为金刚烷胺为特异性抗甲型流感病毒药物。

带状疱疹为单纯疱疹病毒感染，应首选阿昔洛韦治疗。

（董鹏达）

第三十九章　抗寄生虫药

一、A₁型题

1. 伯氨喹使得特异质者发生溶血性贫血的原因是
   A. 叶酸缺乏
   B. 维生素 B_{12} 缺乏
   C. 红细胞内缺乏血红蛋白
   D. 内因子缺乏
   E. 红细胞内缺乏 G-6-PD

2. 氯喹的不良反应以下哪种是**错误**的
   A. 缓慢性心律失常
   B. 听力障碍
   C. 心动过速
   D. 视力障碍
   E. 肝脏损害

3. 氯喹主要浓集于哪种血细胞
   A. 正常红细胞
   B. 被疟原虫入侵的红细胞
   C. 白细胞
   D. 淋巴细胞
   E. 巨噬细胞

4. 通过抑制二氢叶酸还原酶抑制疟原虫的药物是
   A. 乙胺嘧啶
   B. 奎宁
   C. 青蒿素
   D. 氯喹
   E. 伯氨喹

5. 对肠内外阿米巴病都有效的药物是
   A. 甲硝唑
   B. 氯喹
   C. 二氯尼特
   D. 卤化喹啉类
   E. 青蒿素

6. 以下药物**不能**用于蛔虫病治疗的是
   A. 甲苯咪唑
   B. 阿苯达唑
   C. 左旋咪唑
   D. 哌嗪
   E. 甲硝唑

7. 治疗血吸虫病疗效高、不良反应少、疗程短、口服方便的药物是
   A. 吡喹酮
   B. 氯喹
   C. 呋喃丙胺
   D. 甲硝唑
   E. 硝硫氰胺

二、A₂型题

8. 患者，男，42岁。到非洲旅游归国后，出现了寒战、高热等症状，血涂片中查到疟原虫，确诊为三日疟。下列哪个治疗方案最佳
   A. 氯喹
   B. 伯氨喹
   C. 氯喹＋伯氨喹
   D. 青蒿素
   E. 乙胺嘧啶

9. 患者，女，38岁。近段时间阴道分泌物增多，瘙痒，经查为阴道滴虫病。该病的首选药物为

    A. 哌嗪   B. 甲硝唑   C. 阿苯达唑

    D. 氯硝柳胺   E. 甲苯咪唑

三、A₃ 型题

10～11题共用题干

患者，男，45岁。曾食用未煮熟的米猪肉，结果大便中出现绦虫节片，确诊为猪绦虫病

10. 可选下列哪种药物治疗

    A. 甲硝唑   B. 哌嗪   C. 阿苯达唑

    D. 氯硝柳胺   E. 甲苯咪唑

11. 此病的首选药物是哪种

    A. 甲苯咪唑   B. 哌嗪   C. 阿苯达唑

    D. 吡喹酮   E. 甲硝唑

四、A₄ 型题

12～13题共用题干

患者，男，44岁。长期不规则低热，右上腹疼痛。经B超检查在肝脏发现不均质的液性暗区，与周围肝组织分界清楚。超声定位肝穿刺吸得脓液为果酱色无臭。初步诊断为肝阿米巴脓肿

12. 该患者最好选用下列何药治疗

    A. 二氯尼特   B. 吡喹酮   C. 乙胺嗪

    D. 氯喹   E. 阿苯达唑

13. 该药主要针对哪一期的疟原虫

    A. 蚊体的有性生殖阶段   B. 红内期   C. 原发性红外期

    D. 继发性红外期   E. 以上皆对

五、B₁ 型题

14～16题共用答案

    A. 青蒿素   B. 乙胺嘧啶   C. 氯喹

    D. 奎宁   E. 伯氨喹

14. 主要用于控制疟疾症状的首选药是

15. 主要用于控制疟疾复发与传播的首选药是

16. 主要用于疟疾病因性预防的首选药是

17～20题共用答案

    A. 乙胺嗪   B. 阿苯达唑   C. 吡喹酮

    D. 氯硝柳胺   E. 二氯尼特

17. 丝虫病的首选药物是

18. 血吸虫病的首选药物是

19. 蛔虫病的首选药物是

20. 绦虫病的首选药物是

六、X 型题

21. 奎宁的不良反应有

    A. 金鸡纳反应　　　　B. 心脏抑制作用　　　　C. 特异质反应

    D. 兴奋子宫平滑肌　　E. 巨幼红细胞性贫血

七、案例分析

22. 患者，男，5 岁。时常有腹痛，为脐周不定时反复腹痛，无压痛及腹肌紧张，伴食欲减退、恶心、便秘，大便中排出蛔虫。该患儿可选用哪些驱蛔虫药，在用药护理中应注意哪些问题？

参 考 答 案

1. E	2. C	3. B	4. A	5. A
6. E	7. A	8. C	9. B	10. D
11. D	12. D	13. B	14. C	15. E
16. B	17. A	18. C	19. B	20. C

21. ABCD

22. 可选用的药物有阿苯达唑、甲苯咪唑、左旋咪唑、噻嘧啶、哌嗪等。

该类药物用药护理注意事项有：①驱虫药服用时一般采取半空腹状态，期间不宜饮酒及进食过多的脂肪性食物。驱虫期间有便秘的患者可酌情给予泻药，以促进虫体的排出。②养成良好的卫生习惯，秋季为驱虫的理想季节。驱虫结束后应检查大便，观察虫卵情况，未根治者需进行第二疗程的治疗。③2 岁以下小儿禁用甲苯咪唑、阿苯达唑、噻嘧啶。妊娠早期、肝肾功能不全者禁用左旋咪唑。噻嘧啶可导致一过性的门冬氨酸氨基转移酶增高，肝功能不全者禁用。

（刘雪梅）

第四十章　抗恶性肿瘤药

一、A₁型题

1. 大部分抗恶性肿瘤药物最主要的不良反应是
   - A. 听力减退
   - B. 消化道反应
   - C. 脱发
   - D. 过敏反应
   - E. 骨髓抑制

2. 下列何药属于周期特异性抗恶性肿瘤药
   - A. 长春碱
   - B. 环磷酰胺
   - C. 白消安
   - D. 塞替派
   - E. 放线菌素 D

3. 抗恶性肿瘤药物用药期间白细胞计数一般<u>不低于</u>多少
   - A. $1.5 \times 10^9/L$
   - B. $1.0 \times 10^9/L$
   - C. $2.5 \times 10^9/L$
   - D. $5.0 \times 10^9/L$
   - E. $2.0 \times 10^9/L$

4. 肾脏是化疗药物的主要排泄场所，因此化疗期间应鼓励患者大量饮水，每日尿量应保持在多少毫升以上
   - A. 3000～3500ml
   - B. 1000～2000ml
   - C. 1500～2000ml
   - D. 2000～3000ml
   - E. 500～1000ml

5. 常引起周围神经炎的抗癌药是
   - A. 甲氨蝶呤
   - B. 氟尿嘧啶
   - C. L-门冬酰胺酶
   - D. 巯嘌呤
   - E. 长春新碱

6. 无骨髓抑制作用的抗恶性肿瘤药是
   - A. 长春新碱
   - B. 白消安
   - C. 顺铂
   - D. 地塞米松
   - E. 阿糖胞苷

7. 对消化道肿瘤有显著疗效的药物是
   - A. 环磷酰胺
   - B. 塞替派
   - C. 氟尿嘧啶
   - D. 白消安
   - E. 放线菌素 D

8. 通过抑制二氢叶酸还原酶而抗恶性肿瘤的是
   - A. 顺铂
   - B. 氟尿嘧啶
   - C. 氮芥
   - D. 甲氨蝶呤
   - E. 阿糖胞苷

9. 环磷酰胺对下列何种肿瘤疗效最佳
   - A. 淋巴肉瘤
   - B. 原发性脑瘤
   - C. 黑色素瘤
   - D. 膀胱癌
   - E. 宫颈癌

二、A₂型题

10. 患者，女，13 岁。患有急性白血病，化疗期间出现食欲减退及严重的恶心、呕吐、腹泻、腹痛等消化道症状。为了尽量减轻消化道症状，采取的措施中**错误**的是
    A. 给药时间宜安排在饭后或睡前
    B. 以高糖、高脂、少纤维的食物为主
    C. 可给予镇静止吐药对减轻消化道反应有一定作用
    D. 反应严重者可采取少量多餐或随意餐的形式
    E. 必要时禁食补液

三、A₃型题

11～12 题共用题干

患者，男，58 岁。因患尿毒症采取了肾移植手术，为避免术后排斥反应，应用免疫抑制剂，用药过程中出现出血性膀胱炎

11. 该患者可能应用了哪一种药物
    A. 柔红霉素　　　　　　B. 环磷酰胺　　　　　　C. 高三尖杉酯碱
    D. 他莫昔芬　　　　　　E. 阿糖胞苷
12. 该药通过直接影响 DNA 结构和功能发挥作用，同类药物还有
    A. 放线菌素 D　　　　　B. L-门冬酰胺酶　　　　C. 氮芥
    D. 氨鲁米特　　　　　　E. 氟尿嘧啶

四、A₄型题

13～14 题共用题干

患者，男，60 岁。出现低热、乏力、体重减轻等症状，查体发现有脾肿大，血象检查白细胞计数高达 100×10^9/L 以上，血片中大多为中性杆状核和晚幼粒细胞，其余为分叶核、中幼粒、早幼粒和少数原始粒细胞。初步诊断为慢性粒细胞性白血病

13. 该患者最好选用下列何药治疗
    A. 甲氨蝶呤　　　　　　B. 氟尿嘧啶　　　　　　C. 氨鲁米特
    D. 他莫昔芬　　　　　　E. 白消安
14. 对该药的以下说法**错误**的是
    A. 对急性粒细胞性白血病有效　　　B. 长期应用导致骨髓抑制
    C. 肺纤维化　　　　　　　　　　　D. 闭经
    E. 睾丸萎缩

五、B₁型题

15～19 题共用答案
    A. 氮芥　　　　　　　　B. 柔红霉素　　　　　　C. 长春碱
    D. 甲氨蝶呤　　　　　　E. 肾上腺皮质激素
15. 主要通过影响核酸生物合成的药物是
16. 直接影响 DNA 结构和功能的药物是

17. 主要通过干扰转录过程和阻止 RNA 合成的药物是

18. 影响蛋白质合成的药物是

19. 影响激素平衡的药物是

六、X 型题

20. 抗恶性肿瘤药的不良反应有

    A. 局部反应   B. 骨髓抑制   C. 消化道反应

    D. 泌尿系统损害   E. 口腔黏膜损害及脱发

七、案例分析

21. 患者,男,70 岁。患胃癌晚期,在化疗注射时药液不慎外溢,导致剧烈疼痛,请问患者可能出现了什么情况? 在日常用药时护理人员应注意哪些问题?

参 考 答 案

1. E	2. A	3. C	4. D	5. E
6. D	7. C	8. D	9. A	10. B
11. B	12. C	13. E	14. A	15. D
16. A	17. B	18. C	19. E	20. ABCDE

21. 大多数化疗药有较强的刺激性,如不慎误入血管外,可致难愈性组织坏死和局部硬结。

护理人员在用药时首先要作好解释工作以消除患者恐惧心理,要求患者在注射时感到疼痛或有异常感觉应立即告知,防止患者因勉强忍受而造成不良后果。多次用药时,应制订合理的静脉使用计划,由远端小静脉开始,左、右臂交替使用,因下肢静脉易于栓塞,除特殊情况外,避免使用下肢静脉给药。如不慎药液溢出或可疑溢出时,局部立即注射 0.9% 氯化钠注射液稀释,同时使用大剂量糖皮质激素局部浸润注射,冰敷 4 小时以上。疼痛严重者可用氯乙烷表面麻醉止痛。

(刘雪梅)

第四十一章　免疫功能调节药

一、A₁型题

1. 以下药物属于免疫抑制剂的是
   A. 卡介苗　　　　　　B. 左旋咪唑　　　　　　C. 环孢素
   D. 白细胞介素-2　　　E. 转移因子

2. 下列**不属于**免疫抑制药的是
   A. 左旋咪唑　　　　　B. 泼尼松　　　　　　　C. 环孢素
   D. 抗淋巴细胞球蛋白　E. 他克莫司

3. 左旋咪唑可用于治疗
   A. 感染性病　　　　　　　　　　B. 肾衰竭
   C. 器官移植后的排斥反应　　　　D. 免疫缺陷病
   E. 疟疾

4. 卡介苗常见的不良反应是
   A. 恶心、呕吐　　　　　　　　　B. 心律失常
   C. 肝肾损害　　　　　　　　　　D. 注射局部出现红斑、硬结或溃疡
   E. 白细胞减少

5. 以下药物**不属于**免疫增强剂的是
   A. 左旋咪唑　　　　　B. 白细胞介素-2　　　　C. 环孢素
   D. 干扰素　　　　　　E. 转移因子

6. 器官移植后最常用的免疫抑制剂是
   A. 泼尼松　　　　　　B. 环磷酰胺　　　　　　C. 环孢素
   D. 硫唑嘌呤　　　　　E. 地塞米松

7. 环孢素的主要不良反应是
   A. 心律失常　　　　　B. 肌无力　　　　　　　C. 消化道反应
   D. 神经系统反应　　　E. 肝肾损害

8. 以下药物属于免疫增强剂的是
   A. 泼尼松　　　　　　　　　　　B. 吗替麦考酚酯（霉酚酸酯）
   C. 环孢素　　　　　　　　　　　D. 他克莫司
   E. 转移因子

二、A₂型题

9. 患者，男，28岁。计划进行角膜移植手术。为防止移植后的排斥反应，应选择下

列何药

    A. 干扰素   B. 转移因子   C. 左旋咪唑

    D. 环孢素   E. 胸腺素

三、A₃ 型题

10~11 题共用题干

患者，女，20 岁。在应用免疫增强剂白细胞介素-2 时，发生发热、寒战、肌肉及关节疼痛等症状

10. 该患者发生了何种情况

    A. 金鸡纳反应   B. "流感"样症状   C. 赫氏反应

    D. 瑞夷反应   E. 特异质反应

11. 白细胞介素-2 在临床主要用于何种疾病

    A. 恶性肿瘤的生物治疗   B. 器官移植后的排斥反应

    C. 自身免疫性疾病   D. 蛔虫病

    E. 结核病

四、A₄ 型题

12~13 题共用题干

患者，女，患有尿毒症，采取肾移植手术，但手术后出现皮疹、腹泻、胆红素升高等排斥反应

12. 为防止此种情况的发生，可预防性应用下列哪种药物

    A. 环孢素   B. 左旋咪唑   C. 白细胞介素-2

    D. 干扰素   E. 胸腺素

13. 该药作用于下列哪种细胞

    A. B 细胞   B. T 细胞   C. 巨噬细胞

    D. 补体细胞   E. NK 细胞

五、B₁ 型题

14~18 题共用答案

    A. 卡介苗   B. 左旋咪唑   C. 干扰素

    D. 白细胞介素-2   E. 转移因子

14. 既可促进免疫功能低下者抗体生成，又能减少自身免疫性疾病患者抗体生成的是

15. 既有预防结核病作用又有免疫调节作用的是

16. 既有免疫调节作用又有驱蛔虫作用的是

17. 既有抗病毒作用又有免疫调节作用的是

18. 小剂量增强免疫功能，大剂量则抑制免疫反应的药物是

六、X 型题

19. 干扰素的作用包括

    A. 广谱抗病毒   B. 抗细菌   C. 免疫调节作用

D. 抗寄生虫　　　　　　　E. 抑制肿瘤细胞增殖

七、案例分析

20. 患者，女，35 岁。患有系统红斑狼疮，在用药过程中用到环孢素。请问该药属于哪种免疫调节剂？在用药过程中有哪些护理措施？

参 考 答 案

1. C	2. A	3. D	4. D	5. C
6. C	7. E	8. E	9. D	10. B
11. A	12. A	13. B	14. B	15. A
16. B	17. C	18. C	19. ACE	

20. 环孢素为免疫抑制剂。

护理措施有：①用药时应定期监测肝、肾功能，肌酐较原基础水平增高 30％以上者就要减量。减量 1 个月后如不降则停药。②用药时需每日监测血压，必要时加用降压药。③注意做好口腔护理。

（刘雪梅）

第四十二章 解毒药物

一、A₁ 型题

1. 解救铜中毒首选
   A. 乙酰胺　　　　　　B. 二巯丁二钠　　　　C. EDTA-CaNa
   D. 青霉胺　　　　　　E. 二巯丙磺钠

2. 氰化物中毒是因为 CN⁻ 与体内的何种酶结合而引起
   A. 胆碱酯酶　　　　　B. 含巯基酶　　　　　C. 细胞色素氧化酶
   D. 酰胺酶　　　　　　E. 乌头酸酶

3. 有机氟中毒的解救药是
   A. 阿托品　　　　　　B. 氯解磷定　　　　　C. 乙酰胺
   D. 青霉胺　　　　　　E. 亚甲蓝

4. 解救砷中毒首选
   A. 二巯丙磺钠　　　　B. 二巯丁二钠　　　　C. 青霉胺
   D. EDTA-CaNa　　　　E. 硫代硫酸钠

5. 解救亚硝酸钠导致的高铁血红蛋白症可选用
   A. 大剂量亚甲蓝　　　B. 小剂量亚甲蓝　　　C. 硫代硫酸钠
   D. 青霉胺　　　　　　E. 二巯丙磺钠

6. 对汞中毒无解毒作用的药物是
   A. 青霉胺　　　　　　B. 二巯丙磺钠　　　　C. 二巯丁二钠
   D. 依地酸钙钠　　　　E. 硫代硫酸钠

7. 不可用于氰化物中毒解救的是
   A. 小剂量亚甲蓝　　　B. 大剂量亚甲蓝　　　C. 亚硝酸钠
   D. 硫代硫酸钠　　　　E. 亚硝酸异戊酯

8. 关于氯解磷定描述**错误**的是
   A. 用药要早　　　　　B. 剂量要足　　　　　C. 不可重复使用
   D. 禁与碱性药物配伍　E. 对乐果中毒基本无效

9. 主要用于治疗遗传性铜代谢障碍性疾病的药物是
   A. 亚硝酸钠　　　　　B. 青霉胺　　　　　　C. 二巯丁二钠
   D. 依地酸钙钠　　　　E. 乙酰胺

10. 下列何药可以使胆碱酯酶恢复活性
    A. 亚甲蓝　　　　　　B. 乙酰胺　　　　　　C. 氯解磷定

201

D. 阿托品　　　　　　　　E. 二巯丙磺钠

二、A₂ 型题

11. 患者，女，28 岁。因家庭琐事与丈夫发生争吵，一气之下吞服大量有机氟类灭鼠药，患者出现恶心、呕吐、烦躁不安、抽搐、血压下降等，应选用下列何药解救

A. 氯解磷定　　　　　　B. 乙酰胺　　　　　　C. 阿托品

D. 青霉胺　　　　　　　E. 硫代硫酸钠

12. 患者，男，38 岁。农民，喷洒 1605 农药过程中突然昏迷，后经诊断为有机磷酸酯类农药中毒，应立即注射下列何药

A. 乙酰胺　　　　　　　B. 氯解磷定　　　　　C. 硫代硫酸钠

D. 亚硝酸钠　　　　　　E. 青霉胺

三、A₃ 型题

13～15 题共用题干

患者，男，37 岁。误服有机磷农药约 80ml，不久出现昏迷，被送入医院，经检查瞳孔缩小，呼吸困难，满肺可闻及湿啰音

13. 出现该症状的原因是

A. 动眼神经兴奋　　　　B. 迷走神经持久兴奋　　C. 迷走神经持久抑制

D. 急性肺炎　　　　　　E. 急性气管炎

14. 该患者**不宜**进行下列哪项治疗

A. 洗胃　　　　　　　　B. 导泻　　　　　　　C. 催吐

D. 迅速开放静脉通路　　E. 灌肠

15. 抢救该患者首选下列哪种药物

A. 碳酸氢钠　　　　　　B. 阿托品　　　　　　C. 利多卡因

D. 洛贝林　　　　　　　E. 肾上腺素

四、B₁ 型题

16～18 题共用答案

A. 瞳孔缩小、视力模糊、流涎　　　B. 肌肉震颤、抽搐

C. 躁动、谵妄、循环衰竭　　　　　D. 皮疹

E. 急性腹痛

16. 有机磷农药中毒的中枢神经系统症状为

17. 有机磷农药中毒的外周 M 样症状为

18. 有机磷农药中毒的外周 N 样症状为

五、X 型题

19. 金属与类金属中毒的常用解毒药有哪些

A. 二巯丙醇　　　　　　B. 二巯丁二钠　　　　C. 青霉胺

D. 依地酸钙钠　　　　　E. 阿托品

20. 有机磷中毒常用的抢救药有哪些

A. 阿托品　　　　　　B. 氯解磷定　　　　　　C. 碳酸氢钠

D. 碘解磷定　　　　　E. 硫代硫酸钠

参 考 答 案

1. D　　　　2. C　　　　3. C　　　　4. A　　　　5. B

6. D　　　　7. A　　　　8. C　　　　9. B　　　　10. C

11. B　　　　12. B　　　　13. B　　　　14. C　　　　15. B

16. C　　　　17. A　　　　18. B　　　　19. ABCD　　　　20. ABD

（左晓霞）

第四十三章　调节水、电解质及酸碱平衡药

一、A₁ 型题

1. 正常成年人每日需要氯化钠
   - A. 2g
   - B. 3~4g
   - C. 5~9g
   - D. 10~11g
   - E. 12~13g

2. 细胞外液的主要阳离子为
   - A. Na^+
   - B. K^+
   - C. H^+
   - D. Ca^{2+}
   - E. Mg^{2+}

3. 正常血清钾浓度为多少
   - A. 2.5~3.5mmol/L
   - B. 3.5~4.5mmol/L
   - C. 4.5~5.5mmol/L
   - D. 6mmol/L
   - E. 6.5mmol/L

4. 调节酸碱平衡最重要的器官为
   - A. 肺
   - B. 肝脏
   - C. 肾脏
   - D. 胃
   - E. 小肠

5. 以下关于葡萄糖的描述哪种是错误的
   - A. 5%葡萄糖注射液主要用于补充水和糖分
   - B. 20%以上的高渗葡萄糖注射液静脉推注后可提高血浆渗透压
   - C. 5%~10%葡萄糖在输液时可用作静脉给药的稀释剂和载体
   - D. 长期单纯补给葡萄糖时，易出现高钾、低钠及低磷血症
   - E. 高渗溶液与甘露醇合用于脑水肿、肺水肿及降低眼内压

6. 患有佝偻病的患儿，应选用何药治疗
   - A. 氯化铵
   - B. 氯化钾
   - C. 氯化钠
   - D. 氨丁三醇
   - E. 葡萄糖酸钙

7. 硫酸镁中毒解救应选用何药
   - A. 氯化钾
   - B. 氯化铵
   - C. 碳酸氢钠
   - D. 氯化钠
   - E. 葡萄糖酸钙

8. 酸中毒的低钠患者，应用何药最为妥当
   - A. 0.9%氯化钠
   - B. 10%氯化钠
   - C. 口服补液盐
   - D. 乳酸钠林格注射液
   - E. 葡萄糖氯化钠

9. 关于补钾，以下哪项是正确的
   - A. 补钾浓度不宜过高，1000ml 液体中氯化钾含量不超过 6g

    B. 氯化钾注射液可以缓慢静脉推注或入壶

    C. 口服补钾绝对安全，不会有生命危险

    D. 静脉滴注浓度较高，速度较快或静脉较细时，易刺激静脉引起局部疼痛

    E. 尿量低于 40ml/h 或 500ml/d，也可补钾

10. 高钾血症患者应用钙剂的作用是

    A. 防止低钙   B. 防止抽搐

    C. 降低血钾浓度   D. 对抗钾对心肌的抑制作用

    E. 减低毛细血管通透性

二、A₂ 型题

11. 患者，男，48 岁。不能进食，反复呕吐 2 天，现主诉乏力、腹胀，给予心电图示 T 波低平、ST 段降低，诊断为

    A. 高钙血症   B. 高钾血症   C. 低钾血症

    D. 低钙血症   E. 酸中毒

12. 患者，男，32 岁。诊断为麻痹性肠梗阻，主诉恶心、呕吐、厌食、少尿但不口渴，查体眼窝凹陷、皮肤弹性降低，诊断为

    A. 低渗性缺水   B. 等渗性缺水   C. 高渗性缺水

    D. 酸中毒   E. 碱中毒

三、A₃ 型题

13～14 题共用题干

患者，男，48 岁。因急性肾衰竭收入院，患者主诉全身乏力、腹胀不适，查体心动过缓、心律不齐，血清钾 6mmol/L

13. 对该患者的诊断为

    A. 低钾血症   B. 高钾血症   C. 低钠血症

    D. 低钙血症   E. 高钙血症

14. 该患者的心电图检查应为

    A. ST 段降低   B. 出现 U 波   C. T 波高尖

    D. QRS 波变窄   E. PR 间期缩短

四、A₄ 型题

15～17 题共用题干

患者，男，38 岁。完全性幽门梗阻，严重呕吐，导致代谢性碱中毒

15. 该患者可能伴有

    A. 高钾血症   B. 低钾血症   C. 低钠血症

    D. 低钙血症   E. 高钙血症

16. 辅助检查示

    A. 血 pH＞7.45   B. 血 pH＜7.35   C. 血 K^+ 浓度上升

    D. 血 $PaCO_2$ 下降   E. 血 Cl^- 浓度上升

17. 补钾时应注意

    A. 立即补钾   B. 尿量＞20ml/h   C. 尿量＞30ml/h

    D. 尿量＞35ml/h   E. 尿量＞40ml/h

五、B₁ 型题

18～20 题共用答案

    A. 碳酸氢钠   B. 氯化铵   C. 氨丁三醇

    D. 氯化钾   E. 乳酸钠

18. 普鲁卡因引起的心律失常伴酸血症者首选

19. 治疗代谢性酸中毒首选

20. 洋地黄中毒引起的阵发性心律失常首选

六、X 型题

21. 补钾的原则

    A. 见尿补钾   B. 尽量口服补钾   C. 禁止静脉推注钾

    D. 无限量补钾   E. 滴速勿快

参 考 答 案

1. C	2. A	3. B	4. C	5. D
6. E	7. E	8. D	9. D	10. D
11. C	12. B	13. B	14. C	15. B
16. A	17. E	18. E	19. A	20. D
21. ABCE				

（左晓霞）

第四十四章　消毒防腐药

一、A₁ 型题

1. 用于皮肤、体温计及手术器械消毒，酒精最适宜浓度是
   - A. 100％
   - B. 95％
   - C. 75％
   - D. 50％
   - E. 30％

2. 关于乙醇的叙述，**不正确**的是
   - A. 浓度在 70％～75％时消毒效果好
   - B. 易挥发，需加盖保存，定期调整浓度
   - C. 经常用于皮肤消毒
   - D. 用于体温计浸泡消毒
   - E. 用于黏膜及创伤的消毒

3. 福尔马林是
   - A. 40％的甲醛水溶液
   - B. 60％的甲醛水溶液
   - C. 2％戊二醛水溶液
   - D. 4％戊二醛水溶液
   - E. 40％乙醛水溶液

4. 以下哪类药物**不能**用做皮肤黏膜的消毒防腐药
   - A. 乙醇
   - B. 戊二醛
   - C. 碘附
   - D. 碘酊
   - E. 苯扎氯铵（洁尔灭）

5. 理想的器械消毒药可选用
   - A. 乙醇
   - B. 过氧化氢
   - C. 碘附
   - D. 碘酊
   - E. 戊二醛

6. 以下哪种消毒药物，对组织刺激小，可以用于创面及黏膜的消毒药
   - A. 75％乙醇
   - B. 2％戊二醛
   - C. 50％乙醇
   - D. 2％碘酊
   - E. 1％过氧化氢

7. 大部分消毒剂在高浓度时杀菌作用大，当浓度降低至一定程度时只有抑菌作用，但下列哪种消毒剂**除外**
   - A. 苯扎溴铵（新洁尔灭）
   - B. 苯酚（石炭酸）
   - C. 乙醇
   - D. 氯己定（洗必泰）
   - E. 碘附

8. 下列消毒剂哪种一般**不用于**空气消毒
   - A. 氯己定（洗必泰）
   - B. 戊二醇
   - C. 醋酸

D. 过氧乙酸　　　　　　　E. 乙醇

9. 下列哪种说法**不正确**

   A. 用于皮肤的消毒药，要求其抗菌作用强、起效快、渗透性强、刺激性较小

   B. 用于创面及黏膜的消毒药，要求对组织刺激小，不妨碍伤口愈合等

   C. 用于环境的消毒药，要求杀菌作用强，对环境污染小

   D. 用于器械的消毒药，应选用不损伤器械且杀菌作用强的药物

   E. 用于污染严重的金属器械，可选用杀菌力强且对金属腐蚀性小的药物

10. 关于消毒剂乙醇的描述，以下哪项是**错误**的

   A. 皮肤、温度计一般消毒常用 70% 或 75% 乙醇

   B. 预防压疮常用 40%～50% 乙醇

   C. 物理降温常用 20%～30% 乙醇

   D. 70%～75% 的乙醇杀菌作用最强

   E. 浓度越高，杀菌作用越强

二、A$_2$ 型题

11. 患者，男，38 岁。左下肢不慎被镰刀割伤，送至医院，拟行伤口清创、缝合，以下哪项消毒剂用于预防厌氧菌感染

   A. 75% 乙醇　　　　　　B. 3% 过氧化氢　　　　　　C. 碘附

   D. 碘酊　　　　　　　　E. 5% 硼酸

12. 患者，男，18 岁。拟行阑尾切除术，术前皮肤消毒以下哪项**不合适**

   A. 2% 碘酊　　　　　　　B. 消毒净　　　　　　　C. 碘附

   D. 75% 乙醇　　　　　　E. 95% 乙醇

三、A$_3$ 型题

13～15 题共用题干

患者，男，28 岁。于菜市场与人发生口角后，被人用切菜刀连捅 3 刀，其中 1 刀切破脾脏，送至医院，拟行急诊手术

13. 该患者需马上行脾切除术，术野皮肤消毒，以下哪类消毒剂合适

   A. 醇类　　　　　　　　B. 酚类　　　　　　　　C. 氧化类

   D. 表面活化剂　　　　　E. 烷化剂

14. 该患者伤口抗氧化剂使用过氧化氢，合适的浓度是

   A. 0.2%　　　　　　　　B. 1%　　　　　　　　　C. 3%

   D. 5%　　　　　　　　　E. 10%

15. 该患者为乙肝患者，术后器械消毒使用以下哪种消毒剂合适

   A. 环氧乙烷　　　　　　B. 戊二醇　　　　　　　C. 过氧乙酸

   D. 甲醛　　　　　　　　E. 2.5% 碘酒

四、B$_1$ 型题

16～18 题共用答案

   A. 醋酸　　　　　　　　B. 乙醇　　　　　　　　C. 碘附

D. 甲醛　　　　　　　　　E. 戊二醛
16. 用于皮肤的消毒药是
17. 用于创面及黏膜的消毒药是
18. 用于环境的消毒药是

五、X型题

19. 灭菌剂包括
    A. 环氧乙烷　　　　　B. 乙醇　　　　　　　C. 过氧乙酸
    D. 甲醛　　　　　　　E. 2.5%碘酒
20. 常用的化学消毒剂有哪些
    A. 醇类　　　　　　　B. 酚类　　　　　　　C. 氧化类
    D. 表面活化剂　　　　E. 烷化剂

参 考 答 案

1. C	2. E	3. A	4. A	5. E
6. E	7. C	8. E	9. B	10. E
11. B	12. E	13. A	14. C	15. B
16. B	17. C	18. A	19. ACD	20. ABCDE

（左晓霞）

第四十五章 维生素类及酶类制剂

一、A₁ 型题

1. 与人体视力有关，缺乏容易得夜盲症的脂溶性维生素是
   - A. 维生素 A
   - B. 维生素 B₁
   - C. 维生素 D
   - D. 维生素 K
   - E. 维生素 B₂

2. 脚气症与以下哪种维生素缺乏有关
   - A. 维生素 A
   - B. 维生素 B₁
   - C. 维生素 B₂
   - D. 维生素 B₆
   - E. 叶酸

3. 以下哪种维生素是水溶性维生素
   - A. 维生素 A
   - B. 维生素 B₂
   - C. 维生素 D
   - D. 维生素 E
   - E. 以上皆是

4. 缺乏下列何种维生素可导致糙皮症
   - A. 维生素 A
   - B. 维生素 B₁
   - C. 维生素 B₂
   - D. 维生素 C
   - E. 维生素 PP

5. 与人体骨骼有关，缺乏容易得骨质疏松的维生素是
   - A. 维生素 A
   - B. 维生素 B₁
   - C. 维生素 D
   - D. 维生素 K
   - E. 维生素 B₂

6. 以下哪种抗生素具有抗衰老作用
   - A. 维生素 A
   - B. 维生素 B₁
   - C. 维生素 E
   - D. 维生素 K
   - E. 维生素 PP

7. 属于脂溶性维生素的是
   - A. 维生素 A
   - B. 维生素 B₁
   - C. 维生素 B₂
   - D. 维生素 C
   - E. 维生素 B₆

8. 以下哪种药物与抗生素、化疗药物并用，能促进药物对病灶的渗透和扩散，治疗关节炎、关节周围炎、蜂窝织炎、小腿溃疡等
   - A. 胰蛋白酶
   - B. 糜蛋白酶
   - C. 菠萝蛋白酶
   - D. 玻璃酸酶
   - E. 维生素 C

9. 皮下注射大量的某些抗生素（如链霉素）或其他化疗药物（如异烟肼等）以及麦角制剂时，合用以下哪种药物，可使扩散加速，减轻痛感
   - A. 胰蛋白酶
   - B. 糜蛋白酶
   - C. 菠萝蛋白酶
   - D. 玻璃酸酶
   - E. 维生素 C

10. 以下哪种说法**不正确**

    A. 大多数维生素不能由机体合成，需从食物中摄入，仅少数在人体内合成或由肠内细菌合成

    B. 维生素 C 又称抗坏血酸，富含于新鲜蔬菜和水果中

    C. 维生素 A 缺乏可引起如夜盲症、干眼病、角膜软化症和皮肤粗糙等

    D. 长期或大量服用维生素，造成过量或中毒反应，应立即停药

    E. 一些不良的生活及饮食习惯可造成维生素的丢失，如吸烟

二、A₂ 型题

11. 患者，女，7 岁。因关节、肌肉疼痛、容易跌倒，诊断为佝偻病，应选用下列何药配合钙剂治疗

    A. 维生素 A   B. 维生素 B_1 C. 维生素 E

    D. 维生素 K   E. 维生素 D

12. 患者，男，38 岁。患脚气病，很可能是以下哪种维生素缺乏

    A. 维生素 A   B. 维生素 B_1 C. 维生素 E

    D. 维生素 K   E. 维生素 PP

三、A₃ 型题

13～15 题共用题干

患者，女，1 岁。常出现睡眠不安、好哭、易出汗等现象，可见方形颅，长到 1 岁半时，两腿向内弯曲成"O"型

13. 出现该症状的原因是缺乏以下哪种维生素

    A. 维生素 A   B. 维生素 B   C. 维生素 C

    D. 维生素 D   E. 维生素 E

14. 该营养素的生理功能是

    A. 构成机体的氧化还原酶系

    B. 促进碳水化合物的代谢和能量的产生

    C. 调节体内钙、磷代谢

    D. 是体内许多酶系统的重要辅基成分

    E. 提高机体免疫功能，促进抗体生成

15. 为补充缺乏的维生素，应多食用下列哪种食物

    A. 粮谷类   B. 鱼肝油、各种动物肝脏

    C. 新鲜蔬菜和水果   D. 豆类和豆制品

    E. 坚果类

四、B₁ 型题

16～18 题共用答案

    A. 维生素 A   B. 维生素 B_1 C. 维生素 B_2

    D. 维生素 PP   E. 维生素 K

16. 脚气病是缺乏

17. 夜盲症是缺乏

18. 糙皮症是缺乏

五、X型题

19. 下列属于水溶性维生素的有
    A. 维生素 A　　　　　　B. 维生素 B 族　　　　C. 维生素 C
    D. 维生素 D　　　　　　E. 维生素 E

20. 维生素 PP 缺乏所致的"3D"症状是指
    A. 皮炎　　　　　　　　B. 皮疹　　　　　　　　C. 腹泻
    D. 溃疡　　　　　　　　E. 痴呆

参 考 答 案

1. A	2. B	3. B	4. E	5. C
6. C	7. A	8. C	9. D	10. D
11. D	12. B	13. D	14. C	15. B
16. B	17. A	18. D	19. BC	20. ACE

（左晓霞）

综合测试题（一）

一、A₁型题（每题1分，共40分）

1. 抗炎作用最强的糖皮质激素是
   - A. 氢化可的松
   - B. 曲安西龙
   - C. 地塞米松
   - D. 泼尼松
   - E. 氟轻松

2. 丙磺舒增加青霉素的药效是由于
   - A. 与青霉素竞争结合血浆蛋白，提高后者浓度
   - B. 减少青霉素代谢
   - C. 竞争性抑制青霉素从肾小管分泌
   - D. 减少青霉素酶对青霉素的破坏
   - E. 抑制肝药酶

3. 治疗重症肌无力首选
   - A. 毒扁豆碱
   - B. 毛果芸香碱
   - C. 琥珀酰胆碱
   - D. 新斯的明
   - E. 阿托品

4. 阿托品解除平滑肌痉挛效果最好的是
   - A. 支气管平滑肌
   - B. 胆道平滑肌
   - C. 胃肠道平滑肌
   - D. 子宫平滑肌
   - E. 尿道平滑肌

5. 治疗过敏性休克首选
   - A. 苯海拉明
   - B. 糖皮质激素
   - C. 肾上腺素
   - D. 酚妥拉明
   - E. 异丙肾上腺素

6. 选择性作用于 β_1 受体的药物是
   - A. 多巴胺
   - B. 多巴酚丁胺
   - C. 去甲肾上腺素
   - D. 麻黄碱
   - E. 异丙肾上腺素

7. 对抗去甲肾上腺素所致的局部组织缺血坏死，可选用下列哪种药
   - A. 阿托品
   - B. 肾上腺素
   - C. 酚妥拉明
   - D. 多巴胺
   - E. 普萘洛尔

8. 地西泮不具有下列哪项作用
   - A. 镇静、催眠、抗焦虑作用
   - B. 抗抑郁作用
   - C. 抗惊厥作用
   - D. 抗癫痫
   - E. 中枢性肌肉松弛作用

9. 在下列药物中广谱抗癫痫药物是

A. 地西泮　　　　　　　　B. 苯巴比妥　　　　　　　C. 苯妥英钠

D. 丙戊酸钠　　　　　　　E. 乙琥胺

10. 治疗三叉神经痛可选用

A. 苯巴比妥　　　　　　　B. 地西泮　　　　　　　　C. 苯妥英钠

D. 乙琥胺　　　　　　　　E. 阿司匹林

11. 成瘾性最小的药物是

A. 吗啡　　　　　　　　　B. 芬太尼　　　　　　　　C. 喷他佐辛

D. 可待因　　　　　　　　E. 哌替啶

12. 吗啡中毒最主要的特征是

A. 循环衰竭　　　　　　　B. 瞳孔缩小　　　　　　　C. 恶心、呕吐

D. 中枢兴奋　　　　　　　E. 血压降低

13. 大剂量阿司匹林（乙酰水杨酸）可用于

A. 预防心肌梗死　　　　　B. 预防脑血栓形成　　　　C. 慢性钝痛

D. 风湿性关节炎　　　　　E. 肺栓塞

14. 治疗急性心肌梗死并发室性心律失常的首选药物是

A. 奎尼丁　　　　　　　　B. 胺碘酮　　　　　　　　C. 普萘洛尔

D. 利多卡因　　　　　　　E. 维拉帕米

15. 强心苷中毒引起的窦性心动过缓的治疗可选用

A. 氯化钾　　　　　　　　B. 阿托品　　　　　　　　C. 利多卡因

D. 肾上腺素　　　　　　　E. 吗啡

16. 高血压合并消化性溃疡者宜选用

A. 甲基多巴　　　　　　　B. 可乐定　　　　　　　　C. 肼屈嗪

D. 利血平　　　　　　　　E. 胍乙啶

17. 治疗香豆素类药过量引起的出血宜选用

A. 鱼精蛋白　　　　　　　B. 维生素 K　　　　　　　C. 维生素 C

D. 垂体后叶素　　　　　　E. 右旋糖酐

18. 肝素过量引起自发性出血的对抗药是

A. 硫酸鱼精蛋白　　　　　B. 维生素 K　　　　　　　C. 垂体后叶素

D. 氨甲苯酸　　　　　　　E. 右旋糖酐

19. 下列哪种药属于胃壁细胞 H^+ 泵抑制药

A. 西咪替丁　　　　　　　B. 哌仑西平　　　　　　　C. 奥美拉唑

D. 丙谷胺　　　　　　　　E. 硫糖铝

20. 下列哪种药物适用于催产和引产

A. 麦角毒　　　　　　　　B. 缩宫素　　　　　　　　C. 前列腺素

D. 麦角新碱　　　　　　　E. 麦角胺

21. 抗甲状腺药甲巯咪唑（他巴唑）的作用机制是

A. 直接拮抗已合成的甲状腺素

B. 抑制甲状腺腺胞内过氧化物酶，妨碍甲状腺素合成

C. 使促甲状腺激素释放减少

D. 抑制甲状腺细胞增生

E. 使甲状腺细胞摄碘减少

22. 磺酰脲类降血糖药物的主要作用机制是
    - A. 促进葡萄糖降解
    - B. 拮抗胰高血糖素的作用
    - C. 妨碍葡萄糖的肠道吸收
    - D. 刺激胰岛 β 细胞释放胰岛素
    - E. 增强肌肉组织糖的无氧酵解

23. 环丙沙星抗菌机制是
    - A. 抑制细菌细胞壁的合成
    - B. 抗叶酸代谢
    - C. 影响胞浆膜通透性
    - D. 抑制 DNA 螺旋酶，阻止 DNA 合成
    - E. 抑制蛋白质合成

24. 甲氧苄啶抗菌机制是
    - A. 抑制细菌蛋白质合成
    - B. 抑制细菌二氢叶酸还原酶
    - C. 抑制细菌细胞壁合成
    - D. 抑制细菌二氢蝶酸合成酶
    - E. 影响细菌胞浆膜通透性

25. 能渗透到骨及骨髓内首选用于金葡菌骨髓炎的抗生素为
    - A. 红霉素
    - B. 乙酰螺旋霉素
    - C. 头孢氨苄
    - D. 克林霉素
    - E. 阿奇霉素

26. 研究药物对机体作用及作用原理的科学，称为
    - A. 药理学
    - B. 药效学
    - C. 药动学
    - D. 药剂学
    - E. 药物学

27. 用药降低眼压，可治疗青光眼的药物是
    - A. 后马托品
    - B. 阿托品
    - C. 山莨菪碱
    - D. 东莨菪碱
    - E. 毒扁豆碱

28. 对吗啡中毒导致的呼吸衰竭首选
    - A. 洛贝林（山梗菜碱）
    - B. 尼可刹米
    - C. 安钠咖（苯甲酸钠咖啡因）
    - D. 二甲弗林（回苏灵）
    - E. 哌甲酯

29. 治疗癫痫持续状态发挥作用最快的药物是
    - A. 苯妥英钠
    - B. 苯巴比妥
    - C. 地西泮（安定）
    - D. 乙琥胺
    - E. 丙戊酸钠

30. 氯丙嗪对哪一类的精神失常疗效最佳
    - A. 抑郁症
    - B. 更年期精神病
    - C. 精神分裂症
    - D. 躁狂症
    - E. 中毒性精神病

31. 对阿司匹林不良反应的叙述，哪项是错误的
    - A. 胃肠道反应
    - B. 凝血障碍
    - C. 水杨酸反应
    - D. 肝脏损害
    - E. 过敏反应

32. 淋病的首选药物是
    - A. 红霉素
    - B. 阿米卡星（丁胺卡那霉素）
    - C. 小诺米星（小诺霉素）
    - D. 青霉素

E. 四环素

33. 对青霉素过敏患者的 G$^+$ 细菌感染，宜选用
    A. 苯唑西林（苯唑青霉素）　　　　　B. 氨苄西林
    C. 羧苄西林　　　　　　　　　　　　D. 头孢氨苄
    E. 红霉素

34. 下列抗结核药物中，抗菌谱广、杀菌力和穿透力强的是
    A. 链霉素　　　　　　　B. 利福平　　　　　　C. 乙胺丁醇
    D. 异烟肼　　　　　　　E. 对氨基水杨酸

35. 治疗全身深部真菌病的首选药物是
    A. 灰黄霉素　　　　　　B. 两性霉素 B　　　　C. 制霉菌素
    D. 酮康唑　　　　　　　E. 克霉唑

36. 新洁尔灭（苯扎溴铵）溶液浸泡金属器械，为防止生锈可加用
    A. 亚硝酸钠　　　　　　B. 碳酸氢钠　　　　　C. 氯化钠
    D. 硫酸钠　　　　　　　E. 碘化钠

37. 既可控制症状又可根治间日疟的首选药物是
    A. 乙胺嘧啶＋伯氨喹　　B. 乙胺嘧啶＋氯喹　　C. 奎宁＋氯喹
    D. 氯喹＋伯氨喹　　　　E. 青霉素＋氯喹

38. 阿米巴肝脓肿以甲硝唑控制症状后应加用何药根治
    A. 氯喹　　　　　　　　B. 伯氨喹　　　　　　C. 喹碘方
    D. 依米丁（吐根碱）　　E. 红霉素

39. 作用于 M 期的抗肿瘤药物是
    A. 长春新碱　　　　　　　　　　　　B. 氟尿嘧啶
    C. 多柔比星（阿霉素）　　　　　　　D. 雌激素
    E. 塞替派

40. 氰化物中毒的主要原因是与体内的
    A. 胆碱酯酶结合　　　　　　　　　　B. 含巯基的酶系统结合
    C. 细胞色素氧化酶结合　　　　　　　D. 单胺氧化酶结合
    E. 肝微粒体酶结合

二、A$_2$ 型题（每题1分，共10分）

41. 患者，女，30岁。患有红斑狼疮，长期应用泼尼松治疗，其饮食应为
    A. 低钠、低糖、低蛋白　　　　　　　B. 低钠、高糖、低蛋白
    C. 低钠、高糖、高蛋白　　　　　　　D. 低钠、低糖、高蛋白
    E. 高钠、高糖、高蛋白

42. 患者，女，56岁。上呼吸道感染，扁桃体肿大，发热 38.5℃，医生给予以下哪
种方案治疗为宜
    A. 青霉素＋对乙酰氨基酚　　　　　　B. 青霉素＋吲哚美辛
    C. 氯芬那酸＋环丙沙星　　　　　　　D. 氨苄西林＋萘普生
    E. 复方甲噁唑＋吡罗昔康

43. 患者，男，34岁。近几日眼内有异物感、分泌物增多，伴有畏光流泪，诊断为沙

眼，应用下列何种磺胺药治疗

  A. SD-Ag　　　　　　B. SMZ　　　　　　C. SA-Na

  D. SASP　　　　　　E. SML

44. 患者，男，45 岁。患胃溃疡多年，经常服用中和胃酸药，此类药物的作用为

  A. 对因治疗　　　　　B. 对症治疗　　　　　C. 局部作用

  D. 全身作用　　　　　E. 间接作用

45. 患者，男，37 岁。便秘后应用泻药，尿液呈红色，经化验尿呈碱性（排除血尿），请分析患者应用的药物可能是

  A. 液状石蜡　　　　　B. 硫酸镁　　　　　　C. 酚酞

  D. 开塞露　　　　　　E. 硫酸钠

46. 某患者一氧化碳中毒，呼吸微弱，脸色青紫，四肢发绀，宜选用

  A. 二甲弗林（回苏灵）　　　　　B. 氨茶碱

  C. 安钠咖（苯甲酸钠咖啡因）　　　D. 洛贝林（山梗菜碱）

  E. 肾上腺素

47. 某患者前胸、上臂严重烫伤，住院 5 天后出现绿脓杆菌感染，此时宜选用的治疗方案是

  A. 青霉素 G＋庆大霉素

  B. 苯唑西林（苯唑青霉素）＋庆大霉素

  C. 羧苄西林＋庆大霉素

  D. 氨苄西林＋庆大霉素

  E. 卡那霉素＋庆大霉素

48. 患者，男，76 岁。患急性胃肠炎，出现恶心、呕吐、腹痛、腹泻、轻度失水，T38.5℃，主治医生不在，你应采取哪项应急措施

  A. 哌替啶止痛　　　　B. 安乃近退热　　　　C. 阿托品解痉

  D. 葡萄糖生理盐水补液　　　E. 等待医嘱

49. 患者，女，19 岁。感冒发热，T39.2℃，原有溃疡病，宜用何药退热

  A. 对乙酰氨基酚（扑热息痛）　　　B. 吲哚美辛

  C. 阿司匹林　　　　　　　　　　　D. 安乃近

  E. 吡罗昔康（炎痛喜康）

50. 一妊娠 40 多天的妇女，近有腹痛、不规则阴道出血，诊断为先兆流产，可用何药保胎

  A. 己烯雌酚　　　　　B. 己烷雌酚　　　　　C. 黄体酮

  D. 复方炔诺酮　　　　E. 炔雌醇

三、A₃ 型题（每题 1 分，共 10 分）

51～53 题共用题干

患者，男，36 岁。5 年来经常于餐后 3～4 小时出现上腹疼痛，并伴有反酸、嗳气、上腹烧灼感，3 天前因大量饮酒后上腹疼痛持续不缓，继而呕吐暗红色血液，来院就诊

51. 患者所患疾病可能为

  A. 肝炎　　　　　　　B. 胃炎　　　　　　　C. 胃溃疡

D. 十二指肠溃疡   E. 胆囊炎

52. 下列哪种药物**不能**用于溃疡病的治疗

    A. 氢氧化铝   B. 硫酸镁   C. 西咪替丁

    D. 奥美拉唑   E. 枸橼酸铋钾

53. 既可以治疗厌氧菌感染又可以杀灭幽门螺杆菌的药物是

    A. 庆大霉素   B. 阿莫西林   C. 甲硝唑

    D. 呋喃唑酮（痢特灵）   E. 红霉素

54～56 题共用题干

患者，女，25 岁。寒战、高热，血压 80/50mmHg，面色苍白，入院后诊断为感染中毒性休克，采用糖皮质激素治疗

54. 感染中毒性休克使用糖皮质激素治疗时，应采用

    A. 大剂量肌内注射   B. 小剂量反复静脉滴注

    C. 大剂量突击静脉滴注   D. 一次负荷量肌内注射

    E. 小剂量快速静脉注射

55. 糖皮质激素治疗感染中毒性休克的原因**不包括**

    A. 抗菌   B. 抗炎

    C. 提高机体对内毒素耐受力   D. 稳定溶酶体膜

    E. 兴奋心脏

56. 下列哪一项**不是**糖皮质激素的禁忌证

    A. 活动性肺结核   B. 妊娠早期   C. 创伤修复期

    D. 严重精神病   E. 肾病综合征

57～60 题共用题干

患者，男，6 岁。扁桃体摘除时，医生误将 1‰ 丁卡因当作 1‰ 普鲁卡因应用，扁桃体周围注射 12ml 以后，患者很快出现烦躁不安，面色苍白，随即出现阵发性强烈惊厥，呼吸浅促，口唇发绀，心率减慢，血压下降

57. 该患者出现的反应是

    A. 过敏性休克   B. 患者精神紧张而致晕厥

    C. 药物的毒性反应   D. 药物的副作用

    E. 药物的继发反应

58. 应选用下列何药对抗惊厥症状

    A. 地西泮   B. 硫酸镁   C. 苯巴比妥钠

    D. 异戊巴比妥钠   E. 苯妥英钠

59. 如不及时抢救，致死的首发原因是

    A. 血压下降   B. 惊厥   C. 心率减慢

    D. 呼吸麻痹   E. 心肌收缩力减弱

60. 丁卡因的毒性比普鲁卡因大

    A. 2 倍   B. 4 倍   C. 6 倍

    D. 8 倍   E. 10 倍

四、B₁型题（每题1分，共20分）

61～63题共用答案

　　A. 甲状腺素　　　　　　B. ¹³¹I　　　　　　　　C. 大量碘化钾

　　D. 普萘洛尔　　　　　　E. 磺酰脲类

61. 甲状腺危象宜选用

62. 甲亢术后复发对硫脲类无效宜选用

63. 黏液性水肿宜选用

64～66题共用答案

　　A. 二甲双胍　　　　　　B. 氯磺丙脲　　　　　　C. 胰岛素

　　D. 罗格列酮　　　　　　E. 阿卡波糖

64. 尿崩症患者宜选用

65. 糖尿病酮症酸中毒患者宜选用

66. 竞争性抑制葡萄糖苷酶的药物是

67～70题共用答案

　　A. 阻断血管紧张素Ⅱ受体　　　B. 阻断 α₁ 受体

　　C. 阻断 β 受体　　　　　　　　D. 阻断钙通道

　　E. 抑制 ACE

67. 哌唑嗪的降压作用机制是

68. 硝苯地平的降压作用机制是

69. 卡托普利的降压作用机制是

70. 普萘洛尔的降压作用机制是

71～73题共用答案

　　A. 普鲁卡因　　　　　　B. 利多卡因　　　　　　C. 丁卡因

　　D. 丁哌卡因(布比卡因)　　E. 氯胺酮

71. 常用于封闭疗法，以减少病灶对中枢神经系统产生恶性刺激的药物是

72. 毒性作用强度最大的局麻药是

73. 与普鲁卡因无交叉过敏反应，对普鲁卡因过敏者常选用

74～76题共用答案

　　A. 普萘洛尔　　　　　　B. 硝苯地平　　　　　　C. 维拉帕米

　　D. 地尔硫䓬　　　　　　E. 硝酸甘油

74. 连续用药会出现快速耐受性的抗心绞痛药

75. 不宜用于变异性心绞痛的药物

76. 患者同时伴有支气管哮喘，不宜选用何药

77～80题共用答案

　　A. 硫酸亚铁　　　　　　B. 叶酸　　　　　　　　C. 维生素 B₁₂

　　D. 维生素 K　　　　　　E. 维生素 E

77. 缺铁性贫血宜选

78. 巨幼红细胞性贫血宜选

79. 恶性贫血宜选

80. 神经炎的辅助治疗宜选

五、X 型题（每题 1 分，共 20 分）

81. 糖皮质激素的"四抗"作用是

   A. 抗炎　　　　　　　　B. 抗毒　　　　　　　　C. 抗免疫

   D. 抗休克　　　　　　　E. 抗病毒

82. 通过抑制细菌细胞壁合成发挥抗菌作用的药物是

   A. 红霉素　　　　　　　B. 青霉素 G　　　　　　C. 头孢唑林

   D. 克林霉素　　　　　　E. 苯唑西林

83. 大环内酯类抗生素对下列哪些细菌有效

   A. 革兰阳性菌　　　　　　　　　　B. 革兰阴性菌

   C. 大肠杆菌、变形杆菌　　　　　　D. 军团菌

   E. 耐药金葡菌

84. 易引起磺胺类药物肾脏损害的诱因是

   A. 尿液酸化 pH<5.0　　　　　　　B. 尿液碱化 pH>8.0

   C. 磺胺药溶解度低　　　　　　　　D. 尿液中磺胺药浓度高

   E. 服药期间饮水少

85. 甲硝唑的作用有

   A. 抗阿米巴原虫　　　　B. 抗疟原虫　　　　　　C. 抗阴道滴虫

   D. 抗厌氧菌　　　　　　E. 抗贾第鞭毛虫

86. 可用于防治晕动病的药物是

   A. 东莨菪碱　　　　　　B. 苯海拉明　　　　　　C. 异丙嗪

   D. 氯苯那敏　　　　　　E. 新斯的明

87. 下列关于可待因的叙述，正确的是

   A. 适用于胸膜炎伴干咳　　B. 痰多者禁用　　　　C. 长期应用无成瘾性

   D. 反复使用具成瘾性　　　E. 为弱镇咳药

88. 氢氯噻嗪**不宜**用于

   A. 低钾血症　　　　　　B. 链霉素应用者　　　　C. 痛风患者

   D. 糖尿病患者　　　　　E. 尿崩症患者

89. 甲状腺素可用于

   A. 呆小病　　　　　　　B. 甲状腺危象　　　　　C. 单纯性甲状腺肿

   D. 黏液性水肿　　　　　E. 以上都不可

90. 口服降血糖的药物有

   A. 精蛋白锌胰岛素　　　B. 格列本脲　　　　　　C. 格列齐特

   D. 苯乙双胍（苯乙福明）　E. 阿卡波糖

91. 用药中可致药物性畸胎的是

   A. 甲氧苄啶（TMP）　　B. 四环素　　　　　　　C. 糖皮质激素

   D. 青霉素　　　　　　　E. 苯妥英钠

92. 相互之间有部分或完全交叉耐药性的药物是

   A. 链霉素　　　　　　　B. 卡那霉素　　　　　　C. 庆大霉素

    D. 林可霉素   E. 麦迪霉素

93. 用药期间应定期检查血象的药物有
    A. 苯巴比妥   B. 苯妥英钠   C. 氯霉素
    D. 吲哚美辛   E. 甲氨蝶呤

94. 静脉给药药液外漏易致局部组织坏死的药物为
    A. 去甲肾上腺素   B. 葡萄糖酸钙   C. 氯化钙
    D. 环磷酰胺   E. 多巴胺

95. 强心苷用药期间易诱发心脏毒性的因素是
    A. 高血钙   B. 低血钾   C. 低血镁
    D. 低血钠   E. 低血氯

96. 患者首次使用抗肿瘤药，你应提示可能出现的副作用有
    A. 白细胞减少   B. 恶心、呕吐   C. 食欲减退
    D. 口腔溃疡   E. 脱发

97. 静止期杀菌剂有
    A. 多黏菌素   B. 卡那霉素   C. 庆大霉素
    D. 小诺米星（小诺霉素）E. 妥布霉素

98. 用药中可致过敏反应的药物
    A. 普鲁卡因   B. 泼尼松   C. 青霉素
    D. 链霉素   E. 阿司匹林

99. 肾功能不良，不宜选用的抗菌药物是
    A. 卡那霉素   B. 青霉素   C. SD
    D. 多黏菌素   E. 链霉素

100. 氟喹诺酮类的共同特点是
    A. 与其他抗生素无交叉耐药性   B. 分布广，组织浓度高
    C. 毒性低，不良反应少   D. 能进入细胞内
    E. 给药方便，疗效可靠

参 考 答 案

1. C	2. C	3. D	4. C	5. C
6. B	7. C	8. B	9. D	10. C
11. C	12. B	13. D	14. D	15. B
16. B	17. B	18. A	19. C	20. B
21. B	22. A	23. C	24. B	25. C
26. B	27. E	28. B	29. C	30. C
31. D	32. D	33. E	34. B	35. B
36. A	37. D	38. C	39. A	40. C
41. D	42. A	43. C	44. C	45. C
46. D	47. C	48. D	49. A	50. C
51. D	52. B	53. C	54. C	55. A
56. E	57. C	58. A	59. D	60. E

61. C	62. B	63. A	64. B	65. C
66. E	67. B	68. D	69. E	70. C
71. A	72. C	73. B	74. E	75. A
76. A	77. A	78. B	79. C	80. C
81. ABCD	82. BCE	83. ABDE	84. ACDE	85. ABCDE
86. ABC	87. ABD	88. ABCD	89. ACD	90. BCDE
91. ABCE	92. ABC	93. BCDE	94. ABCDE	95. ABC
96. ABCDE	97. ABCDE	98. ACDE	99. ACDE	100. ABCDE

（徐胤聪）

综合测试题（二）

一、A_1 型题（每题1分，共50分）

1. 甲氧苄啶长期大量服用会引起人体叶酸缺乏症，原因是人体的哪种酶被抑制
   - A. 二氢叶酸还原酶
   - B. 四氢叶酸还原酶
   - C. 二氢叶酸合成酶
   - D. 葡萄糖-6-磷酸脱氢酶
   - E. 单胺氧化酶

2. 服用磺胺类药物时同服碳酸氢钠的目的是
   - A. 防止过敏反应
   - B. 中和胃酸，防止磺胺类药对胃的损害
   - C. 增强抗菌作用
   - D. 加快药物吸收速度
   - E. 碱化尿液，增加磺胺类药物在尿中的溶解度

3. 应用异烟肼时常合用维生素 B_6，其目的是
   - A. 增强疗效
   - B. 防治外周神经炎
   - C. 延缓抗药性
   - D. 减轻肝损害
   - E. 以上都不是

4. 对消化道肿瘤有显著疗效的药物是
   - A. 环磷酰胺
   - B. 塞替派
   - C. 白消安
   - D. 氟尿嘧啶
   - E. 放线霉素

5. H_1 受体兴奋时其效应**不包括**
   - A. 支气管舒张
   - B. 支气管收缩
   - C. 肠道平滑肌收缩
   - D. 血管扩张
   - E. 子宫收缩

6. 下列哪种药物**无**止吐作用
   - A. 苯海拉明
   - B. 异丙嗪
   - C. 氯丙嗪
   - D. 甲氧氯普胺（胃复安）
   - E. 氯苯那敏

7. 对宫口已开全、无产道障碍而宫缩乏力的产妇应选用
   - A. 小剂量缩宫素静脉滴注
   - B. 大剂量缩宫素静脉滴注
   - C. 小剂量麦角新碱静脉滴注
   - D. 大剂量麦角新碱静脉滴注
   - E. 大剂量的前列腺素

8. 阻断 H_2 受体，抑制胃酸分泌的药物
   - A. 氢氧化铝
   - B. 西咪替丁
   - C. 哌仑西平

    D. 丙谷胺   E. 奥美拉唑

9. 奥美拉唑的作用是

    A. 中和胃酸   B. 阻断 H_2 受体   C. 阻断 M 受体

    D. 杀灭幽门螺杆菌   E. 抑制胃壁细胞 H^+ 泵

10. 在抗溃疡药中可引起舌及大便黑染的药物是

    A. 氢氧化铝   B. 硫糖铝   C. 雷尼替丁

    D. 枸橼酸铋钾   E. 甲硝唑

11. 急性肺水肿应首选的药物是

    A. 甘露醇   B. 呋塞米

    C. 氢氯噻嗪   D. 螺内酯

    E. 环戊噻嗪（环戊氯噻嗪）

12. 具有抗利尿作用的药物是

    A. 呋塞米   B. 氢氯噻嗪

    C. 螺内酯   D. 环戊噻嗪（环戊氯噻嗪）

    E. 氯噻酮

13. **不宜**与氨基苷类抗生素合用的药物是

    A. 氢氯噻嗪   B. 螺内酯

    C. 环戊噻嗪（环戊氯噻嗪）   D. 氯噻酮

    E. 呋塞米

14. 高血压伴消化道溃疡的患者**不宜**选用的药物是

    A. 可乐定   B. 利血平   C. 卡托普利

    D. 哌唑嗪   E. 硝苯地平

15. 高血压伴有心绞痛者宜选用

    A. 普萘洛尔   B. 卡托普利   C. 利血平

    D. 硝普钠   E. 哌唑嗪

16. 在高血压急症中，降压最迅速的药物是

    A. 硝普钠   B. 硝酸甘油   C. 硝苯地平

    D. 普萘洛尔   E. 卡托普利

17. 伴糖尿病的高血压患者**不宜**选用

    A. 硝苯地平   B. 卡托普利   C. 氢氯噻嗪

    D. 可乐定   E. 肼屈嗪

18. 能引起"首剂现象"的抗高血压药物是

    A. 哌唑嗪   B. 硝苯地平   C. 卡托普利

    D. 普萘洛尔   E. 可乐定

19. 能逆转心肌肥厚的降压药是

    A. 卡托普利   B. 硝普钠   C. 哌唑嗪

    D. 利血平   E. 普萘洛尔

20. 强心苷对下列何种疾病导致的心衰疗效较差甚至**无效**

    A. 高血压心脏病   B. 心瓣膜病   C. 先天性心脏病

    D. 心衰伴有房颤   E. 缩窄性心包炎

21. 慢性心功能不全患者长期服用噻嗪类利尿药，最常见的不良反应是
    A. 低钾血症　　　　　　B. 低钙血症　　　　　　C. 高镁血症
    D. 低钠血症　　　　　　E. 脱水症

22. 肝素抗凝作用的主要机制是
    A. 与钙离子形成络合物　　　　　B. 促进抗凝血酶Ⅲ的活性
    C. 激活纤溶系统　　　　　　　　D. 对抗维生素 K 的作用
    E. 收缩血管

23. 治疗慢性失血所致贫血宜选用
    A. 叶酸　　　　　　　　B. 维生素 B_{12}　　　　C. 肝素
    D. 枸橼酸钠　　　　　　E. 硫酸亚铁

24. 华法林过量引起的自发性出血，应选用何药对抗
    A. 维生素 K　　　　　　B. 鱼精蛋白　　　　　　C. 垂体后叶素
    D. 氨甲苯酸　　　　　　E. 氨甲环酸

25. 使用糖皮质激素治疗患者宜采用
    A. 高盐、高糖、高蛋白饮食　　　　B. 低盐、高糖、高蛋白饮食
    C. 低盐、低糖、低蛋白饮食　　　　D. 低盐、低糖、高蛋白饮食
    E. 高盐、低糖、高蛋白饮食

26. 消费者直接可以从药店购买的药物称为
    A. 处方药　　　　　　　B. 非处方药　　　　　　C. 麻醉药品
    D. 精神药品　　　　　　E. 放射性药品

27. 药物被吸收入血之前于用药局部呈现的作用称为
    A. 局部作用　　　　　　B. 吸收作用　　　　　　C. 选择作用
    D. 防治作用　　　　　　E. 不良反应

28. 药物在治疗剂量时出现的和治疗目的无关的作用称为
    A. 治疗作用　　　　　　B. 预防作用　　　　　　C. 副作用
    D. 局部作用　　　　　　E. "三致"反应

29. 有些由胃肠道吸收的药物，经门静脉入肝时即被转化灭活，使药效降低的现象称为
    A. 首过消除　　　　　　B. 耐受性　　　　　　　C. 耐药性
    D. 特异性　　　　　　　E. 以上皆否

30. 药物血浆半衰期是指
    A. 药物被机体吸收一半所需的时间
    B. 药物在血浆中的浓度下降一半所需的时间
    C. 药物被代谢一半所需的时间
    D. 药物排泄一半所需的时间
    E. 药物毒性减小一半所需的时间

31. 药物的治疗量为
    A. 等于最小有效量　　　　　　　　B. 大于极量
    C. 等于极量　　　　　　　　　　　D. 在最小有效量和最小中毒量之间
    E. 在最小有效量和极量之间

32. 受体激动剂与受体
    A. 只有内在活性
    B. 只有亲和力
    C. 既有亲和力又有内在活性
    D. 无亲和力又无内在活性
    E. 以上皆否

33. 能使肝药酶活性增强的药物称为
    A. 药酶诱导剂
    B. 受体激动剂
    C. 药酶抑制剂
    D. 受体阻断剂
    E. 部分受体激动剂

34. 若使血药浓度迅速达坪值，需
    A. 每隔一个半衰期给一次剂量
    B. 每隔半个半衰期给一次剂量
    C. 每隔两个半衰期给一次剂量
    D. 首剂加倍
    E. 增加每次给药剂量

35. 胆碱能神经兴奋时**不出现**
    A. 抑制心脏
    B. 舒张血管
    C. 腺体分泌
    D. 瞳孔散大
    E. 支气管收缩

36. 毛果芸香碱对眼的作用是
    A. 缩瞳，降低眼内压，调节麻痹
    B. 缩瞳，降低眼内压，调节痉挛
    C. 缩瞳，升高眼内压，调节痉挛
    D. 散瞳，升高眼内压，调节麻痹
    E. 散瞳，降低眼内压，调节痉挛

37. 阿托品的作用**不包括**
    A. 改善微循环
    B. 加速房室传导
    C. 抑制腺体分泌
    D. 松弛骨骼肌
    E. 散瞳，升高眼压，调节麻痹

38. 阿托品用于麻醉前给药的主要目的是
    A. 防止手术中出血
    B. 镇静
    C. 减少呼吸道腺体分泌
    D. 抑制排尿、排便
    E. 协助改善心脏功能

39. 胆绞痛的最佳治疗方案
    A. 阿托品＋阿司匹林
    B. 哌替啶
    C. 阿托品
    D. 阿托品＋哌替啶
    E. 阿司匹林

40. 可使肾上腺素升压作用翻转的药物是
    A. 酚妥拉明
    B. 阿托品
    C. 麻黄碱
    D. 多巴胺
    E. 新斯的明

41. 肾上腺素对心脏的作用是
    A. 激动 α 受体，使心率加快，传导加快，收缩力加强
    B. 阻断 α 受体，使心率减慢，传导减慢，收缩力减弱
    C. 激动 β 受体，使心率加快，传导加快，收缩力加强
    D. 阻断 β 受体，使心率加快，传导减慢，收缩力减弱
    E. 激动 α 受体和 β 受体，使心率加快，传导加快，收缩力减弱

42. 治疗中毒性休克伴尿量减少的患者最好选用
    A. 去甲肾上腺素
    B. 肾上腺素
    C. 间羟胺
    D. 麻黄碱
    E. 多巴胺

43. 防治腰麻、硬膜外麻醉引起的低血压最好选用
    A. 多巴胺　　　　　　　B. 去甲肾上腺素　　　　C. 肾上腺素
    D. 麻黄碱　　　　　　　E. 间羟胺

44. 治疗过敏性休克首选药物是
    A. 肾上腺素　　　　　　B. 去甲肾上腺素　　　　C. 多巴胺
    D. 麻黄碱　　　　　　　E. 异丙肾上腺素

45. 适用于治疗房室传导阻滞的药物是
    A. 去氧肾上腺素　　　　B. 肾上腺素　　　　　　C. 麻黄碱
    D. 异丙肾上腺素　　　　E. 去甲肾上腺素

46. 心脏新三联针组成正确的是
    A. 肾上腺素 1mg、阿托品 2mg、利多卡因 10mg
    B. 去甲肾上腺素 1mg、阿托品 2mg、利多卡因 10mg
    C. 肾上腺素 1mg、阿托品 1mg、利多卡因 100mg
    D. 异丙肾上腺素 1mg、阿托品 1mg、利多卡因 10mg
    E. 去甲肾上腺素 1mg、肾上腺素 1mg、利多卡因 10mg

47. 酚妥拉明的临床应用**不包括**
    A. 血管痉挛性疾病　　　B. 支气管哮喘　　　　　C. 抗休克
    D. 嗜铬细胞瘤诊断　　　E. 心力衰竭

48. 普萘洛尔的临床应用**不包括**
    A. 心功能不全（后期）　B. 心律失常　　　　　　C. 心绞痛
    D. 高血压　　　　　　　E. 甲亢

49. 去甲肾上腺素用于上消化道出血的给药途径是
    A. 肌注　　　　　　　　B. 皮下注射　　　　　　C. 口服
    D. 静脉注射　　　　　　E. 静脉滴注

50. 普鲁卡因产生局麻作用的机制是
    A. 阻断 Na^+ 内流　　　B. 阻断 Ca^{2+} 内流　　C. 阻断 K^+ 外流
    D. 阻止 Cl^- 内流　　　E. 阻断 K^+ 内流

二、A₂型题（每题 1 分，共 10 分）

51. 患者，男，66 岁。患高血压同时伴有支气管哮喘，在治疗哮喘时，**不宜**选用的药物是
    A. 肾上腺素　　　　　　B. 沙丁胺醇　　　　　　C. 异丙托溴铵
    D. 氨茶碱　　　　　　　E. 糖皮质激素

52. 患者，女，58 岁。患有高血压，与家人怄气，突然头晕、视物模糊，选用硝普钠静脉滴注，**错误**的操作是
    A. 遵医嘱准确控制滴速
    B. 严密监测血压等
    C. 药液现配现用
    D. 避光纸包裹静滴容器
    E. 静滴受阻时挤压输液管，增加滴速

53. 患者，男，67 岁。嗜酒，在一次体检中发现高血压，还有左心室肥厚，请问他最好服用哪类药物

　　A. 钙拮抗剂　　　　　　　　　B. 利尿药

　　C. 神经节阻断药　　　　　　　D. 中枢性降压药

　　E. 血管紧张素转换酶抑制剂

54. 患者，男，58 岁。高血压病史 15 年，因右侧肢体麻木，肌肉无力就诊。经检查确诊为脑血栓形成，请问宜选用何药溶栓

　　A. 华法林　　　　　　B. 枸橼酸钠　　　　　　C. 肝素

　　D. 右旋糖酐 40　　　　E. 尿激酶

55. 患者，女，30 岁。近一段时间时感阴道瘙痒、分泌物增多，医生诊断为阴道滴虫病，首选下列何药治疗效果最佳

　　A. 甲硝唑　　　　　　B. 利福平　　　　　　C. 红霉素

　　D. 呋喃妥因　　　　　E. 诺氟沙星

56. 患者，女，41 岁。患胃溃疡数年，近来发作加剧，伴反酸，医生给予抗酸药氢氧化铝口服以中和胃酸，这种药物治疗是

　　A. 选择作用　　　　　B. 局部作用　　　　　C. 吸收作用

　　D. 预防作用　　　　　E. 对因治疗

57. 患者，男，27 岁。误服大量苯巴比妥后，出现昏迷、呼吸抑制、反射减弱，家属送来急诊就医。抢救此患者时还应用促进药物排泄的药物

　　A. 碱性药　　　　　　　　　　B. 酸性药

　　C. 大分子药物　　　　　　　　D. 与血浆蛋白结合率高的药物

　　E. 以上均不是

58. 患者，男，56 岁。晚餐后不久感胸闷、大汗，心前区压迫性疼痛紧急就诊，拟诊"急性心肌梗死"。接诊护士给患者应用硝酸甘油起效最快的给药方法是

　　A. 舌下含化　　　　　B. 吞服　　　　　　C. 嚼碎后含一段时间

　　D. 掰碎后吞服　　　　E. 用酒送服

59. 患者，女，23 岁。患精神分裂症，医嘱给予氯丙嗪治疗 1 月余，近期出现面容呆板、动作迟缓、肌肉震颤及流涎等症状。这些症状属于

　　A. 一般反应　　　　　B. 急性中毒　　　　　C. 肝毒性

　　D. 过敏反应　　　　　E. 锥体外系反应

60. 患者，女，54 岁。风湿性关节炎，膝关节疼痛已数年，时轻时重，行走不便。应用阿司匹林预防脑血管栓塞宜采用

　　A. 大剂量突出治疗　　B. 大剂量长疗程　　　C. 小剂量长疗程

　　D. 大剂量短疗程　　　E. 中剂量长疗程

三、A₃ 型题（每题 1 分，共 5 分）

61～63 题共用题干

风湿性心脏病患者，今出现心慌气短、下肢水肿、不能平卧，诊断为心功能不全

61. 应给予下列哪种药物治疗

　　A. 强心苷　　　　　　B. 硝普钠　　　　　　C. 利尿剂

D. 肾上腺素　　　　　　　　E. 卡托普利

62. 服用上药后，症状一度好转，近日来出现室性期前收缩，应采取下列哪种措施
    A. 停药，改用利尿剂　　　　　　　B. 继续服药
    C. 减少剂量　　　　　　　　　　　D. 减少剂量、加服奎尼丁
    E. 停药，改用利多卡因

63. 如患者心率持续减少，现心率 55 次/分，应采取下列哪种措施
    A. 停药，补钾　　　　　　　　　　B. 停药，静脉注射利多卡因
    C. 停药，阿托品　　　　　　　　　D. 继续使用强心苷
    E. 继续使用利尿药

64～65 题共用题干

患者，女，46 岁。心悸、气短 5 年，病情加重伴下肢水肿 1 年，5 年前过劳自觉心悸、气短，休息可缓解，可胜任一般工作，近 1 年来反复出现下肢水肿，现来院就诊

64. 患者的疾病可能是
    A. 肾炎　　　　　　B. 支气管哮喘　　　　C. 慢性充血性心力衰竭
    D. 胆囊炎　　　　　E. 肝硬化

65. 不能用于消除患者水肿的药物是
    A. 甘露醇　　　　　　　　　　　　B. 氢氯噻嗪
    C. 呋塞米　　　　　　　　　　　　D. 螺内酯
    E. 环戊噻嗪（环戊氯噻嗪）

四、B₁ 型题（每题 1 分，共 15 分）

66～67 题共用答案
    A. 普萘洛尔　　　　　B. 硝苯地平　　　　　C. 维拉帕米
    D. 地尔硫䓬　　　　　E. 硝酸甘油

66. 连续用药会出现快速耐受性的抗心绞痛药是

67. **不宜**用于变异性心绞痛的药物是

68～72 题共用答案
    A. 支气管哮喘　　　　　　　　B. 支气管哮喘＋心源性哮喘
    C. 黏痰溶解药　　　　　　　　D. 黏痰稀释药
    E. 预防外源性哮喘

68. 氨茶碱可用于治疗

69. 肾上腺素可用于治疗

70. 乙酰半胱氨酸属于何类药

71. 氯化铵属于何类药

72. 沙丁胺醇可用于治疗

73～75 题共用答案
    A. 氢氧化铝　　　　　B. 雷尼替丁　　　　　C. 哌仑西平
    D. 奥美拉唑　　　　　E. 丙谷胺

73. 阻断 M 受体而抑制胃酸分泌的药物是

74. 用于顽固性溃疡及溃疡大出血的药物是

75. 可以中和胃酸的药物是

76～80 题共用答案

    A. 副作用   B. 毒性反应   C. 变态反应

    D. 后遗作用   E. 特异质反应

76. 阿司匹林治疗量时发生的药疹、支气管哮喘属于

77. 山莨菪碱治疗胃肠绞痛时出现的口干属于

78. 长期使用华法林出现出血现象属于

79. 治疗量地西泮治疗失眠时，次日晨感觉嗜睡、头晕属于

80. 使用强心苷类药物治疗充血性心力衰竭出现室颤属于

五、X 型题（每题 1 分，共 20 分）

81. 药物的体内过程包括

    A. 分布   B. 排泄   C. 吸收

    D. 代谢   E. 排斥

82. β 受体兴奋产生的作用包括

    A. 心肌收缩力增强   B. 骨骼肌收缩   C. 心率加快

    D. 支气管平滑肌扩张   E. 脂肪分解

83. 新斯的明临床可用于治疗

    A. 重症肌无力   B. 机械性肠梗阻   C. 术后腹气胀

    D. 术后尿潴留   E. 失眠

84. 东莨菪碱可用于

    A. 麻醉前给药   B. 内脏平滑肌绞痛   C. 抗晕动病

    D. 抗震颤麻痹   E. 抑郁

85. 肾上腺素可用于治疗

    A. 心脏骤停   B. 过敏性休克   C. 鼻黏膜出血

    D. 支气管哮喘   E. 心源性哮喘

86. 青霉素 G 可用于治疗

    A. 梅毒   B. 大肠杆菌性尿路感染   C. 白喉

    D. 流行性脑脊髓膜炎   E. 溶血性链球菌感染

87. 下列对防治青霉素 G 过敏反应的措施的叙述，正确的是

    A. 注意询问病史

    B. 用肾上腺素预防

    C. 做皮肤过敏试验

    D. 换用其他半合成青霉素

    E. 出现过敏性休克时首选肾上腺素抢救

88. 能在脑脊液中达到有效浓度以治疗流行性脑脊髓膜炎的药物有

    A. 阿米卡星   B. 青霉素 G   C. 磺胺嘧啶

    D. 四环素   E. 链霉素

89. 红霉素的主要不良反应有

    A. 胃肠道反应   B. 过敏反应   C. 肝损害

D. 肾损害　　　　　　　　　E. 刺激性强

90. 下列哪种药物常用于治疗强心苷引起的室性心动过速
    A. 钾盐　　　　　　　B. 苯妥英钠　　　　　　C. 维拉帕米
    D. 利多卡因　　　　　E. 阿托品

91. 下列哪些心律失常宜用强心苷治疗
    A. 心房纤颤　　　　　B. 心房扑动　　　　　　C. 室上性心动过速
    D. 室性心动过速　　　E. 房室传导阻滞

92. 硝酸甘油与普萘洛尔合用可产生下列作用
    A. 协同降低心肌耗氧量　　B. 消除反射性心率加快　　C. 缩小增大的心室容积
    D. 心室射血时间延长　　　E. 协同降低血压

93. 口服铁剂时
    A. 可同服维生素 C
    B. 可同服稀盐酸
    C. 禁用茶水服药
    D. 服用缓释片时，勿嚼碎或掰开服用
    E. 服用糖浆剂时，可用橙汁溶解，用吸管服药

94. 属于抗凝血药物的是
    A. 氨甲苯酸　　　　　B. 肝素　　　　　　　　C. 华法林
    D. 枸橼酸钠　　　　　E. 垂体后叶素

95. 糖皮质激素对血液和造血系统的作用有
    A. 延长凝血时间　　　B. 淋巴组织增生　　　　C. 中性粒细胞数增多
    D. 血小板增多　　　　E. 红细胞增多

96. 肾上腺素与局麻药合用产生的作用有
    A. 收缩血管　　　　　B. 延长局麻药作用时间　C. 防止产生低血压
    D. 延缓局麻药吸收　　E. 镇静

97. 苯妥英钠可引起
    A. 共济失调　　　　　B. 齿龈增生　　　　　　C. 巨幼红细胞性贫血
    D. 过敏反应　　　　　E. 三叉神经痛

98. 氯丙嗪可用于
    A. 低温麻醉　　　　　B. 顽固性呃逆　　　　　C. 抗精神病
    D. 药物引起的呕吐　　E. 晕动症

99. 吗啡用于心源性哮喘是利用以下哪些作用
    A. 镇静作用　　　　　　　　　B. 降低呼吸中枢对 CO_2 敏感性
    C. 扩张血管，降低外周阻力　　D. 支气管平滑肌松弛
    E. 镇痛

100. 阿司匹林的不良反应有
    A. 胃肠道反应　　　　B. 过敏反应　　　　　　C. 水杨酸样反应
    D. 凝血障碍　　　　　E. 瑞夷综合征

参 考 答 案

1. A	2. E	3. B	4. D	5. A
6. E	7. A	8. B	9. E	10. D
11. B	12. B	13. A	14. B	15. A
16. A	17. C	18. A	19. A	20. E
21. A	22. B	23. E	24. A	25. D
26. B	27. A	28. C	29. A	30. B
31. E	32. C	33. A	34. D	35. D
36. B	37. D	38. C	39. D	40. A
41. C	42. E	43. D	44. A	45. D
46. C	47. B	48. A	49. C	50. A
51. A	52. E	53. E	54. E	55. A
56. B	57. A	58. A	59. E	60. C
61. A	62. E	63. C	64. C	65. A
66. E	67. A	68. B	69. A	70. C
71. D	72. A	73. C	74. D	75. A
76. C	77. A	78. B	79. D	80. B
81. ABCD	82. ACDE	83. ACD	84. ACD	85. ABCD
86. ACDE	87. ACE	88. BC	89. ABCDE	90. ABD
91. ABC	92. ABCE	93. ABCDE	94. BCD	95. CDE
96. ABD	97. ABCD	98. ABCD	99. ABC	100. ABCDE

(徐胤聪)